内容简介 大千世界/云谲波诡/世族纷争/秘境激斗 隐忍少年/逆境崛起/历经考验/叱咤风云

上古秘境梦魔宫出世，引得天南州各大势力钩心斗角，分别派遣后辈历练探险。主人公钟沉跟随一行人探险秘境，于历练中斩获各类奇宝，得金戈剑，收金傀儡，并结识了越、唐两家的后辈。

梦魔宫外，各方旁门觊觎秘境宝物，纷纷暗中出手，掀起一场混战。钟沉一路过关斩将，名声大噪，顺势崛起。但与此同时，围绕钟沉的巨大阴谋也渐渐浮出水面……

凡人修仙之仙界篇

9

忘语 著

ARTTIME 时代出版
时代出版传媒股份有限公司
安徽文艺出版社

图书在版编目（CIP）数据

凡人修仙之仙界篇. 9 / 忘语著. — 合肥：安徽文艺出版社，2022.4

ISBN 978-7-5396-7370-7

Ⅰ. ①凡… Ⅱ. ①忘… Ⅲ. ①长篇小说－中国－当代 Ⅳ. ①I247.5

中国版本图书馆CIP数据核字(2021)第276928号

FANREN XIUXIAN ZHI XIANJIE PIAN 9

凡人修仙之仙界篇9

忘语 著

出 版 人：姚 巍
责任编辑：宋潇婧 李 芳
装帧设计：周艳芳

出版发行：时代出版传媒股份有限公司 www.press-mart.com
安徽文艺出版社 www.awpub.com
地 址：合肥市翡翠路1118号 邮政编码：230071
营 销 部：(0551)63533889
印 制：湖南天闻新华印务有限公司 电话：(0731)88387856

开本：710mm×1000mm 1/16 印张：18 字数：260千字
版次：2022年4月第1版 2022年4月第1次印刷
定价：34.80元

目　录

CONTENTS

目　录

CONTENTS

第220章

剑斗

“哼，正所谓天道好轮回！你当年夺我剑元，坏我剑阵，且看今日下场如何！这一切终究还是我的，哈哈……”熊山双目圆睁，放声大笑，声音如滚雷般响亮。

当年，他苦心经营，不惜得罪众多势力才筹集了千柄灵剑，结果一切化为泡影。因为此事，他不知道被烛龙道同门背地里嘲笑了多少回！今日大仇得报，他怎能不畅快大笑？

“熊山道友，当年若不是你要炼化我的本命飞剑，我又岂会夺你剑元？你我同出烛龙道，又在无常盟共事，往日交集不少，今日何不化干戈为玉帛，让我带走本命飞剑？”韩立站直了身子，仰头说道。

他的声音不大，却如利剑一般，穿透层层阻隔，传入熊山耳中。

“笑话！当年只怪我眼瞎，不识得你的真面目，一直被你当傻子一样玩弄。之后我虽然有所察觉，但时机并未成熟，自然任你继续逍遥。今日你既送上门来，我自然要将你连同你的本命飞剑一起炼化，融入我的无上仙剑中。”熊山冷哼一声，说道。

“既然此事你不愿善了，那就别怪韩某无情了。”韩立面色一寒，冷声说道。

“死到临头，还敢大放厥词，真是不知天高地厚！”熊山话虽如此，但不知为何，在听到韩立之言后心中没来由地颤了一下。

韩立口中突然发出一声暴喝，身上肌肉快速隆起，身形瞬间拔高百丈，体表生出浓密的金色毛发，化作一只金色巨猿。

其双足跺地，庞大的身躯在重重剑气的重压之下，硬生生地腾空而起，冲入高空。

接近青竹蜂云剑所在区域，金毛巨猿霍然抬起一只覆盖着金色鳞片的手臂，朝冲天剑龙猛地砸了过去。

“轰隆”一声巨响，整条剑龙顿时向外弯折，发出一阵混乱的铮鸣。

刹那间，千余柄各色飞剑相互碰撞，跌出了剑阵范围，七十二柄青竹蜂云剑也在其中。

金毛巨猿光芒一闪，恢复了人形，背后蓦地生出一对晶莹羽翅，翅膀猛地一扇，韩立便在半空中转了一个方向，直奔自己的本命飞剑而去。

然而，不等他靠近飞剑，整个剑阵之上便有一股无形力量扩散开来，将他方才打出去的所有飞剑一拢，重新扯回了剑阵之中。

“这一次，你休想！”熊山俯瞰着下方的景象，冷冷地说道。说罢，其双手在身前一阵掐动，并朝高空中悬浮的那块“万剑铁券”上一点。

只听“吧嗒”一声轻响，一滴泛着金光的精血从熊山的指尖飞出，落在了铁券之上。

铁券表面的金色纹路一阵巨颤，一团若有若无的淡红雾气从中升腾而起，飞入了高空的金色光幕之中。

只听“轰”的一声巨响，金色光幕剧烈一震，轰然破碎，其上出现的所有虚幻光影却没有随之消失，而是纷纷坠落，飞入了剑阵之中。

每一道虚影飞入剑阵，便有一柄飞剑脱离剑龙，被金光虚影握在手中，朝韩立飞去。

韩立本欲再施他法，强行从剑龙之中夺取青竹蜂云剑，却感觉当空有一道阴影飞来，他背后风雷翅猛地一扇，整个人在漫天剑气的压制下，艰难地向后掠出数丈。

“呼”的一声，一柄门板状的巨型铁剑紧贴着其衣衫斩落，引得气流向下一冲，发出一阵呼啸声响。

韩立目光一凝，抬手就是一拳，狠狠地砸在了巨型铁剑上。

一道巨大的青色拳影在剑身之上砰然炸裂，将巨剑砸得剧烈震颤起来。

握着此剑的金光巨人，被这股巨力一震，身影也随着剑身一阵颤动，消散开来。

然而一剑方歇，一剑又至！

不等韩立收回拳头，又有一个金光束发武士手持一柄剑身极长的单刃长剑，冲他直刺而来。

在那武士之后，漫天的金光虚影之中，婀娜女子、金甲力士、长须老者、幼稚孩童……密密麻麻的金色人影重重叠叠，手中各持一柄飞剑，如潮水一般向他涌了过来。

韩立面色不变，自空中一步踏出，背后骤然金光大放。

一轮金色宝轮浮现，悠悠旋转之际，荡漾开层层金色涟漪。进入真言宝轮涟漪波动范围中的虚影和飞剑，瞬间速度一缓，几乎陷入停滞状态。

于是，令人惊奇的一幕出现了！

高空之中，韩立踏空而行，在那些金光虚影和飞剑之中自由穿行，好似闲庭信步。那些原本刺向他的飞剑，此刻成了他的踏脚石，他踩着飞剑朝高空中的悬浮祭坛走去。

此刻，他心中已经了然，若不击败熊山，对方就会一直借助剑阵之力阻碍他取回青竹蜂云剑，时间拖延下去，他的本命飞剑难逃被炼化的命运。

祭坛之上的熊山看到这一幕，心中惊骇不已，口中喃喃道："这是时间法则……你、你竟然将真言化轮经修到了此等程度？"

韩立没有理会熊山，一边朝上走去，一边将妨碍他前进的飞剑拨开，很快就到了距离祭坛不足百丈的位置。

熊山压抑着心中情绪，紧咬牙关走回祭坛正中，双手一阵飞快掐动，朝中央的镂空区域打下一道道法诀。而后，其五指一张，掌心一片光芒闪过，五颗龙眼大小的金色圆珠同时从镂空区域掉下，落入了赤红火海之中。

只听“呼”的一声响，那片炽烈火海之中仿佛有风暴卷起，火焰开始剧烈飘摇，朝四周扩散。

韩立心中有所感应，朝火焰之中望去，就见其内有五团金光亮起，吸引着周围的赤红火焰向其汇聚，化作五颗硕大的狰狞龙首，朝他这边探了出来。

龙首一成型，鼻孔位置便“噗”的一声，喷涌出两道细长火焰，双目之中金芒一亮，望向韩立这边，看起来如同活物一般，极具灵性。

下一瞬，一声似有似无的兽吼声从火海之中传来，五条粗如水缸的火焰长龙飞掠而出，身形在半空中蜿蜒扭动，五爪怒张着朝韩立扑了过来。

周围空气顿时一阵凝滞，滚滚热浪冲叠而至，烧灼得整片空间都有些微微变形，以至于真言宝轮释放出的金色涟漪都在空中发生了扭曲，影响的区域也缩小了许多。

眼见火龙飞近，韩立抬起一掌，朝前猛然一挥。

一片乌黑光芒暴增，重水真轮从中飞射而出，化作磨盘大小，悬浮在韩立身前，剧烈旋转起来，发出阵阵呼啸之声。其上水之道纹光芒大作，一股股黑色重水从中喷涌而出，在高空中化作一个巨大的重水漩涡，迎向了五条赤焰火龙。

五条赤焰火龙巨口大张，里面岩浆翻涌，冒着滚滚黑烟，好似藏着一座即将喷发的火山。

紧接着，就听见五声闷雷滚动般的声响传来，赤焰火龙口中火光大作，无数岩浆火石如同火雨流星一般喷涌而出，朝重水真轮砸落。

“轰隆隆——”

一连串震天声响传来，整片天空几乎被火光映红。

只见漫天火雨砸入重水漩涡之中，激起近百丈高的黑色巨浪，虽未能将其砸穿，但震得下方的重水真轮颤鸣不已。

韩立双臂高举，浑身亦是颤动不止，显然也有些吃不消这磅礴巨力。

“是火龙珠吗？阁下还真舍得下本钱……”韩立低声自语。说罢，他目光忽然一凝，双手法诀一变，身形不退反进，抬掌在重水真轮上猛地一拍。

“嗡——”

重水真轮一声颤鸣，其上涌出的黑色水浪蓦然暴涨，反朝赤焰火龙扑了过去。

五条赤焰火龙俯冲而下，一黑一赤，一水一火，剧烈冲撞之下，交融在一起，升腾起阵阵白雾。

“黑水漫天！”就在此时，韩立忽然发出一声暴喝。

悬空祭坛上方，顿时响起一道震彻天地的轰鸣声！

一道雪白电光闪过，天幕之上顿时裂开一道横贯天际的黑色口子，海量重水从中汹涌而出，化作一道巨大的黑色瀑布悬于天际。

熊山仰头望天，双目圆睁，目眦欲裂。他怎么都不敢相信这是一名真仙能够使出的手段。但事已至此，即使他想握手言和，也为时已晚了。

只见他猛一咬牙，双手在空中一阵挥舞，一道道法诀光芒飞舞而出，落入万剑铁券。

铁券之上金光频闪，一个个金色文字从中飞出，落在大阵周围的八根盘龙金柱上。

金柱之上光芒一亮，八条金龙的头颅微微扬起，双眼之中同时射出赤红光芒，在祭坛正上方汇集在一起，化作一片遍布龙纹的赤红光幕，笼罩了整个光幕。

天幕上的重水瀑布飞落而下，重重地砸落在赤红光幕之上。

“轰隆隆——”

随着一连串连绵不绝的轰鸣巨响传来，赤色光幕之上剧烈震颤，如惊涛拍岸般溅起了阵阵水浪。

熊山身处巨浪之下，感受自然最为直观真切。

他能清晰地看到重水砸落在光幕之上引发的剧烈震荡，也能清楚地感受到那股沛然巨力所带来的强大压力。

赤红光幕之上，遍布重水冲击形成的巨大凹陷，其上的金色龙纹狂闪不已，虽然始终未被攻破，看着却也支撑不了太多时间。

熊山眉头紧蹙，仰头看了一眼那块悬浮高空的万剑铁券，蓦然间双手一招，铁券便飞掠而回，落入了他的手中。

其伸出一根手指，指尖金光一闪，划出一道口子，殷红的鲜血就从中涌了出来。

只见他以手指做笔，以鲜血为墨，在铁券之上快速书写起来。

随着他的指尖移动，铁券表面很快出现了一道暗红色的古怪符文。

符文完成之后，铁券之上原本的金色纹路开始被一层红光浸染，很快就变成了血红之色，如同血管脉络一般，爬满整个铁券。

熊山双手把持着铁券，眼中闪过一抹决绝之色，将其如同胸甲一般一把扣在了自己的胸膛。

只见红黑两色光芒从其胸前亮起，那块万剑铁券居然光芒一闪，没入了他的体内，和其融为了一体。

作为整个大阵的阵枢，万剑铁券脱离了祭坛，大阵也随之停止了运转。

悬空祭坛下方的赤红火海热力消退，火焰熄灭，逐渐化为一团剧烈涌动的火烧云，上方天幕中的赤红光幕也“砰”的一声轻响，化作一片红色晶光，消散开来。

高空中的金光虚影消散殆尽，被法阵吸引而上的所有飞剑却没有落回剑海，只是散去了剑龙形态，仍被一股无形力量牵引着，就这么一动不动地悬浮在空中。

高空中的黑色瀑布本就是韩立以“法言天地”神通造出来的幻象，此刻也随之消失不见，整片天地重归平和。

没了飞剑阻隔，没了火龙侵扰，韩立直跃而上，几个闪动之下，便落在了悬空祭坛中。

他目光扫过，就见熊山浑身上下被一层黑色鳞甲覆盖，整个人周围都有一层影影绰绰的密集血芒浮动，气息也随之一变。

那些血芒不是他物，是一缕缕精纯至极的剑气，凌厉无比，将其周围的空间切割得支离破碎，就连韩立真言宝轮的金光涟漪，都无法渗透进去。

“如此珍贵的剑修至宝，你竟然做如此下乘之用，不觉得暴殄天物吗？”韩立轻轻摇了摇头，有些惋惜地说道。

“无妨，只是消耗部分存储其中的万古剑气罢了，只要能杀了你，就不算亏。”熊山一边说着，一边走上前，单手一伸，一把握住了悬在祭坛中央的金色长剑。

飞剑入手，其周身黑甲上的红色暗纹骤然一亮，围绕在其身侧的模糊血芒立即蔓延而下，将其本命飞剑包裹了起来。

熊山的修为仍然停留在真仙境后期，但浑身气势已经截然不同，站在那里并无攻势，却仿佛一柄世间罕有的仙家利器，锋芒毕露。

韩立见此情形，瞳孔微微一缩，但马上就恢复如常了。

“其实我尚有一事不明，当初你为何能操控我的千锋聚灵剑阵？难不成你也是无生剑宗的旁系传人？”熊山在占据上风之后，并未着急动手，反而缓缓地开口问道。

“无生剑宗不是早已于百万年前销声匿迹了吗，怎会有什么旁系传人？”韩立眉头微挑，有些疑惑地道。

“这么说来，你并不是……不过无妨，你也配与我一战了。”熊山似乎有些遗憾地叹了一口气。

说罢，其足尖一点地面，身形急掠而去，手中长剑直刺向韩立。

韩立目光一闪，身形飘然而起，向后退去，退到祭坛边缘也没有停下来，脚尖一点栏杆，继续向后暴退而去。

只见熊山长剑之上暗红光芒一闪，一道红色剑芒骤然从剑尖迸射而出，瞬间刺过百丈空间，冲到韩立胸前数尺范围，才被真言宝轮释放的金色涟漪挡了下来。

韩立趁机身形一晃，再次向后掠出数丈，才停下了身形。

他心有余悸地看着那道逐渐消散开来的红色剑芒，方才若不是自己及时拉开了距离，那一剑飞射的速度绝对能够抵消真言宝轮的减缓效果，将自己的胸膛刺穿。

“若是所有时间道纹都还在就好了……”

思量间，韩立向下掠去，朝悬在半空中的无数飞剑而去。结果，其身影尚未到达青竹蜂云剑旁，背后就有一道凛冽剑气突袭而至，令他后脊一寒。

他连忙逆转真言宝轮，身形在空中向右一偏，躲过了那道剑光。

只听“嗖”的一声，一道红色剑光从他身侧疾射而过，一下刺入了密集的飞剑阵中，一声清脆的锐响过后，数十柄飞剑被剑芒刺中，径直崩裂成了碎片。

韩立则趁此机会，身形一闪，终于来到了七十二柄青竹蜂云剑旁。

他一掌探出，抓住其中一柄，奋力向外一抽，却惊讶地发现，那柄飞剑被一股强大力量禁锢着，竟是纹丝不动。

正惊讶间，他的身后一道人影闪过，却是熊山已经追了上来，抬手挥起一剑，就朝他狠狠斩落下来。

韩立对身后变故竟是不管不顾，只以手掌紧握剑柄，心念一动，将一缕神念分离而出，注入了剑身之中。

只见其手中长剑剑身猛然一颤，发出一声清脆剑鸣，似是重新感受到了和韩立之间的心神联系，显得无比欢快。

与此同时，一柄被红色剑芒包裹的长剑，朝他的后颈斩落过来。

其身后的真言宝轮上，仅剩的十几团时间道纹光芒大作，从中绽放出金色涟漪，护在了韩立背后。

然而，面对万古剑气包裹的长剑，真言宝轮的减速效果大打折扣，只是稍稍延缓了剑锋落下的速度，根本不足以让韩立避让开来。

就在这千钧一发之际，一道乌黑光芒疾闪而至，化作一道巨大的黑色宝轮，如同盾牌一般挡住了熊山的剑锋。

只听“铮”的一声尖锐鸣响！

熊山的长剑径直破开重水真轮外的乌光，斩在了轮身之上。

重水真轮剧烈一颤，上面聚拢的大片乌光被剑身上攒射而出的暗红剑芒绞得粉碎，真轮表面出现一道颇为深刻的剑痕。

韩立心念与重水真轮相连，自然也感受到了那一剑的威力，心神一震。

他一把将那柄青竹蜂云剑抽了出来，双目之中蓝光闪动，脑海之中随即传来一阵尖锐刺痛，七十一道神念同时分离而出，与剩余的飞剑相互联结在了一起。

这时，熊山也已经身形一晃地绕过了重水真轮，闪身来到了韩立的右侧，朝他一剑横扫而出。

韩立这一次没有再闪身避让，而是主动迎了上去，手中的青竹蜂云剑也朝熊山劈了下去。

两道剑锋纵横相交，一层模糊的暗红色剑芒率先从熊山的本命飞剑上炸裂开来，紧接着一片金色电光也从青竹蜂云剑上爆发开来。

暗红剑芒几乎紧贴着韩立的衣袖上方飞射而过，其握剑的手上的衣袖顿时破碎开来，连带着韩立的手臂上都被划出一道道极深的印痕。

所幸韩立身上的真极之膜并没有被划破，所以倒也并未受伤。

不过，剑芒上附带的剑气极具穿透力，划过韩立手臂时恍如刮骨而过，令他眉梢都忍不住跳了一跳。

韩立强忍剧痛，另一只手朝前一招，身后的重水真轮立即缩小成圆盾大小，呼啸着旋转而至，朝熊山撞了上去。

熊山手臂上黑甲光芒一闪，刚将青竹蜂云剑释放出的辟邪神雷驱散，又连忙横起一臂抵住长剑剑身，将其阻挡在了身前。

重水真轮一下撞击在了熊山长剑之上，不断飞旋，直砸得熊山身躯一颤，向后退开十几丈。

“铮铮铮——”

一阵令人牙酸的锐响从重水真轮下不断传来。

与此同时，韩立忽然双目一凝，单手掐出一个剑诀，并指朝前一指。

“疾！”

随着韩立一声令下，剑阵之中其余的七十一柄青竹蜂云剑接连发出清脆悦耳的剑鸣之声，与他手中那柄飞剑一起飞出，在半空中划过一片青色光弧，同时向熊山疾射而去。

只见飞剑急掠的过程中，无数青色剑光浮现，纵横交错，在半空中齐聚一处，化作一个青光蒙蒙的巨型光球。

青色光球临近熊山时，忽然从中传出一道嘹亮无比的龙吟声，响彻天穹。

巨型光球轰然碎裂，一条浑身碧绿的青色蟠龙张牙舞爪地扑出，血口大张，将熊山吞没了。

韩立见状，同时逆转真言宝轮，单手召回重水真轮，身形一闪，疾速追了上去。

他的速度比青蟠剑阵还要快许多，追至龙首位置时定睛一看，脸上不禁闪过一抹惊讶的神色。

只见熊山神色自若地站在龙口之中，周身被数百道密集剑光死死钉住，身上黑甲暗红光芒频频闪动，竟然没有受到丝毫伤害。

第 221 章

炼剑

韩立见此情形，口中一声冷哼。

只见其身形略一模糊，就带着一连串的残影爆射向青色蟠龙，手掌擎着急速旋转的重水真轮，上面乌光盘旋，朝熊山的腰斩去。

“喝！”

熊山口中暴喝一声，周身黑甲上顿时有一片模糊的暗红剑芒飞射而出，瞬间就将青色蟠龙的剑气龙牙斩得粉碎。

他抬起手臂，手中长剑一挥，重重地斩在了重水真轮上。

只听“铮”的一声锐响。

整个青蟠剑阵支离破碎，所有飞剑四散飞射，熊山的身影从中倒飞而出，退后百余丈后，停在了高空中。

“怎么，想跟我比谁的飞剑更多？”他望向韩立，讥讽地笑着道。

说罢，他单手一扬，将手中长剑抛出，双手掐出一个古怪的法诀，口中默默吟诵一番咒语后，双手霍然张开，朝着空中一招。

他黑甲上的暗红纹路再次一闪，胸前甲片位置浮现了一个形如古篆“剑”字的古怪纹路。

此纹一出，一种难以言状的远古苍凉气息顿时从熊山身上散发出来。

韩立见状，心中不由得一紧，连忙以心神联系蟹道人，告知他在必要的时候联手出击。

整片天空突然变得极度安静，连风声似乎都停止了。

“铮铮铮！”

一阵金属摩擦的声音忽然响起，显得十分突兀和尖锐。

韩立移目望去，就见之前一直悬停不动的剑海藏剑，此刻竟然重新活动了起来。

与之前的状况有所不同，这一次剑海中的所有飞剑全都动了起来，飞出了剑海上空，在一层暗红色的剑芒笼罩下，如同一头苏醒过来的远古巨兽，朝着韩立这边探了过来。

“你就尝尝这万剑剐身的滋味吧！”熊山脸上浮现一抹狰狞之色，暴喝道，“去！”

随着其一声令下，高空中的剑鸣之声顿时大作，成千上万柄各式飞剑倾巢而出，铺天盖地而来，既像洪流奔涌，又像蝗虫过境。

韩立神色骤然一变，如此声势浩大的剑海，如此锋锐的漫天剑芒，不论是他的真言宝轮还是重水真轮，都不可能抵挡得住。

他只是稍作思量，就在心中打定了主意——逃！

归根到底，他之所以来此，本就是为了拿回自己的青竹蜂云剑而已，既然现在目的已经达到了，又何必再厮杀下去？且不去想此事一过，熊山必定会成为他的心腹之患，先逃离此处再说。

心中主意既定之后，韩立马上收回所有法宝，双手一掐法诀，周身响起霹雳之声，一座金色雷阵很快形成，即将发动。

然而事与愿违，为了节省雷阵发动的时间，他没有使用雷鹏之力，而是直接动用了辟邪神雷，却终究还是晚了一点。

“刺啦”一声！

一道暗红剑光当空劈下，刚浮现的金色雷阵，轰然破碎开来。

霎时间，密密麻麻的各色飞剑奔涌而下，瞬间就将韩立吞没了。

韩立神色微变，却没有惊慌失措，一道银光自其袖间飞射而出，化作一枚银色铃铛飞入了高空，摇动不停。

一圈圈密集的银色光波从铃铛四周浮现，朝着周围扩散而去，撑起了一个数十丈大小的银波区域。

与此同时，韩立张口一喷，七枚星环飞射而出，星环滴溜溜一转，彼此嵌套，连接在一起，形成一个更大的圆环，遮在他的头顶上方。

耀眼的星光从七曜星环之中散发而出，形成一片星辰光幕覆盖下来，上面无数星辰图案闪动，与银波区域一起，将他护在了中央。

就在韩立放出这两件法宝之时，万剑洪流已经汹涌而至，来到了他的身前。

一时间，他的头顶和四周，均被密集的剑锋包围，银色铃铛响声不断，撑起的银波区域却被一寸寸压缩，一点点消磨，不断缩小。

七曜星环散发的星辰光幕上，发出阵阵锐响，一个个星辰光点接连熄灭，光芒也变得越发黯淡。

韩立眉头紧蹙，双手挥动，重水真轮和真言宝轮一前一后同时浮现在他身侧。

只见其双手一掐法诀，在重水真轮上重重一拍，真轮表面乌光大颤，水之道纹光芒疾闪，一股磅礴无比的水气从中狂涌而出，化作一条乌黑水龙，冲入了万剑之中。

重水黑龙身躯庞大，恍若一条黑色大江汹涌而过，很快就在万剑当中冲出一条空当地带，韩立身形一动，立即朝着空当区域飞射而去。

“做此困兽之斗还有何意义？”熊山冷笑一声，说道。

说罢，熊山面无表情地抬手抹了一把脸颊，手上顿时变得殷红一片。他强行以秘术催动万剑铁券，不过并非全无代价，他的眼角、鼻孔和耳孔，早已流血。

不过对他来说，只要能够消灭韩立，拿回那七十二柄飞剑，这一切就都是值得的。

“给我合！”熊山口中一声暴喝！

只见万剑丛中被重水黑龙分开的那条通道两旁的无数剑锋骤然聚合，如两座高墙一般合拢，压向了韩立。

“铮铮——”

一阵阵异响不断传来，两边剑墙上的暗红光芒变得愈加密集起来。

韩立还未飞出百丈，前方的剑阵就已经重新合拢，那条重水黑龙也在重重压迫下散开，化作点点水气，重新流回重水真轮中。

重新陷入万剑丛林之中，他的处境更加不妙，不论是银色铃铛还是七曜星环，能够提供给他的庇护已经没剩下多少。用不了多久，这两样法宝在不断加剧的剑芒重压下必然崩溃。

“咔咔咔——”

伴随着一阵细微的声响从头顶上方传来，不堪数百柄飞剑剑尖的攻击，那层星辰光幕上面已经浮现了一层纤如发丝的细纹，眼看就要撑不住了。

韩立目光微凝，手掌一招，七曜星环上光芒一闪，所有星辰光芒瞬间一敛，朝着他身上飞了回来。

与此同时，那枚银色铃铛微微一颤，在半空中一个飞旋，回到了他的身上。

下一刻，他浑身紫金光芒闪烁，无数紫金鳞片层层翻出，覆盖了全身，在他两侧肩膀上各长出一颗头颅，两肋也各长出了两条鳞片覆盖的臂膀。

紧接着，韩立单手一招，将重水真轮召回，同时探出一只手掌，如盾牌一般挡在身前，另外五条手臂则各握住了一柄青竹蜂云剑。

他体内久未动用过的玄武血脉也被激发而出，化作一副嵌有古朴符文的墨绿铠甲，护住了他的躯干。

韩立与人对战，本就以肉身见长，如今修炼了玄仙功法，又有诸多手段加持，他身躯的强悍程度已经不亚于许多防御类灵宝了。

真言宝轮光芒一闪，回到他的体内，立即开始急速逆转。

韩立身形一闪，不再做防御之态，而是以攻为守，不退反进地直接杀入万剑洪流之中。

他身影如闪电，带着一连串肉眼难辨的模糊残影，在剑海之中飞快穿梭。

他的六条手臂如风车一般轮转，五柄青竹蜂云剑上金色电光狂闪，每次砍出，便有数十丈长的电光迸射，将靠近的飞剑尽数打散。

整个剑海之中金色光芒闪动，轰鸣声不断，熊山一时间竟然奈何不了韩立。

韩立心中明白，眼下这种状况不可能持续太久，毕竟同时动用如此多的手段，消耗实在太大，一旦自己的法力无以为继，那就必死无疑了。

他之所以如此不管不顾地冲杀，并非是丧失理智的行为，而是为了给蟹道人的恢复争取一些时间。之前，他发动雷电之阵时，本欲让蟹道人再出手一次，争取些时间。

结果蟹道人动手之际，才发现自己这副融合而来的傀儡身躯竟然在关键时刻掉了链子，有些支撑不住，根本发动不了大规模的神通。

约莫一刻钟后，韩立在半空中穿梭的速度变得越来越慢，其身上的墨绿铠甲早已经密布剑痕，六条手臂上更是鳞片崩裂，血痕累累。

显然，以韩立的肉身也有些快要抵达极限了。

“蟹道友，还没好吗？”韩立心中着急地喊道。

“还差一些，再拖延半刻钟就好……”蟹道人以心神联系，回应道。

韩立闻言，心中泛起一丝苦涩，却没有多说什么，只得咬牙坚持。

然而，熊山却不愿再给韩立半点时间了。这倒不是因为他看穿了韩立的意图，而是因为他这边也快支撑不下去了。他七窍流血，根本来不及擦拭，头脑也变得有些昏沉。

“受死吧……”熊山强行振奋精神，口中发出一声暴喝，五官也略显扭曲。

话音未落，他的身形一阵模糊，变作一道血红光芒，与自己的本命飞剑融为一体，化为一道巨大的红色剑芒，以雷霆万钧之势向韩立所在之处爆射而去。

红色剑芒的速度快极了，瞬间就穿入剑海之中，所过之处所有飞剑纷纷避让，直接形成了一个巨大的空洞，任其穿梭到了韩立身前。

韩立之前被剑海遮蔽了视线，等看到红色剑芒的时候，已经完全来不及躲避了。就在这千钧一发之际，他心中飞快默念口诀，炼神术运转而起，惊神刺骤然发动。

这一刻，熊山只觉得脑海之中突然响起了一声冷哼，声音冰冷无比，令他的识海一瞬间冻结，顿时出现了短暂的失神。

那道直刺而来的红色剑芒，在临近韩立的地方忽然一颤，也随之出现了短暂的停滞。

就是这瞬间的变化，改变了整个战局！

韩立体内的真言宝轮急速逆转，背后风雷翅疾扇，体内青鸾血脉同时激发，身影一个模糊就来到了红色剑芒一侧，手中五柄飞剑集中朝着剑芒上的某一点刺了下去。

“砰”的一声巨响！

红色剑芒轰然炸裂开来，剧烈的气浪冲出，将韩立震得吐血，倒飞出去数百丈，跌入了万剑洪流之中。

与此同时，爆炸开来的红色剑芒中，一块块乌黑铁片飞射而出，在半空中相互碰撞，重新凝聚成了万剑铁券。

一道人影随之从空中跌出，头发散乱，面无血色。

这道人影不是别人，正是熊山。

只见他胸前鲜血直流，身上遍布暗红色的细纹，身躯看似完整，实际上已经被剑气撕裂了。即便如此，他仍然神色癫狂，单手拄着长剑，一步一步走向万剑铁券。

等熊山走到万剑铁券旁边时，他已经成了名副其实的形销骨立。

“啪”的一声响，熊山手中抓着的那柄金色长剑随之崩裂开来，化为无数碎片，四散飞落。

一道金色光芒从熊山天灵盖中飞出，化成了一个数寸高的金色元婴小人，满脸疲惫地望向数百丈外的韩立，目光之中似有疑惑，喃喃道：“这难道……就是命数……吗？”

说罢，这只元婴也随之化作一片金光，消散了。

韩立遥望着这一切，心中不由得叹息一声。

对熊山，他并无多少恨意，甚至在某些层面，熊山还算是同道中人，若非其对自己执念太深，韩立甚至根本不愿与其一战。

熊山一死，剑阵瞬间失控，所有悬在高空中的飞剑如暴雨一般坠落，重新落回了无生剑海之中。

韩立飞掠而上，先是随手一招，将熊山的储物镯收起，后又探出手掌，将万剑铁券一把抓在手中，随后身形几个起落，再次落在了祭坛上。

他打量了一眼手中的万剑铁券，发现其看起来就像是一块摔碎了的瓷片，上面布满了深深的裂痕，仿佛他稍一用力，就能将其彻底掰碎。

韩立略一沉吟，神色微微一动，心中不禁有些犹豫起来。

之前他看过那片金色光幕中的万象图景，知道如何催动这座炼剑法阵，但又有些担忧这块铁券已经破碎至此，还能否作为阵枢支撑他完成炼剑。

他想了片刻，盘膝坐了下来，将万剑铁券放在一旁，取出一枚丹药服下，然后闭目调息起来。

半晌之后，韩立站了起来，再次拾起那块万剑铁券，口中重重地吐出一口浊气。

“不管如何，还是要试一试，也算完成你的遗愿吧。”韩立望向某处，缓缓地说道。

说罢，他随手一抛，万剑铁券上光芒一亮，重新飞到了祭坛上方。

随着他口中念念有词，十指如车轮般流转，祭坛之下的云团被重新点燃，化作了一片赤红火海。

与此同时，冥寒仙府某处。

高空之中，一架十来丈长的碧玉飞车青光闪烁，疾驰而过。

飞车前端站着一名身材修长的男子，手中捧着一个圆形罗盘法宝，上面笼罩着一层白色云气，正中有一个红色光点，不断闪动。

“咦，莫非是轮回殿那些蠢虫吗？”男子有些疑惑，喃喃轻语。

男子身后站着两名手持长戟的金甲傀儡，肃立不动，对此没有半点反应。

无生剑宗半山腰，陆雨晴将银色长剑倒持在身后，仰头望向峰顶。

浓厚的云雾依旧遮蔽着视野，先前还能听到上面不断传来轰鸣声，感受到上面传来的惊人波动，现在却停歇了。那里似乎经历了某种变故，现在终于恢复了平静。

在她的脚边，有几具木质傀儡，躯壳散落了一地。

陆雨晴眼中光芒微闪，犹豫再三之后，才抬起脚步，缓缓拾级而上，往峰顶方向行去。

不知过了多久。

悬空祭坛之上，韩立周身青光涌动，满头大汗。

他的七十二柄青竹蜂云剑正悬在祭坛中央的镂空区域上方，排成了某种特别的形状，如同一个剑阵，彼此之间有金色电丝环绕，发出阵阵电流涌动之声。

下方的熊熊烈焰之中，冒出一个个各色剑元光球，涌入剑身之中。

随着时间的推移，下方剑海中的剑锋越来越少，青竹蜂云剑中吸收的剑元越来越多，七十二柄飞剑上散发出来的气息，也变得越来越盛。

韩立紧盯着这一切，他的心随之越来越紧张。

当最后数十个剑元涌入剑身，被缠绕的金色电芒分解吞噬的瞬间，高空之中突然传来“咔”的一声响。

“糟了……”韩立心头顿时一紧，惊叫道。

话音刚落，悬在空中的万剑铁券上的裂纹就绽放出刺目金光，眼看就要崩碎开来。

有了熊山的前车之鉴，韩立很清楚铁券崩毁的后果，连忙一卷衣袖，想要将青竹蜂云剑拉出祭坛，远遁离开。

然而，他的法力波动刚触到自己的本命飞剑，剑身上便有一道混杂着磅礴剑气的电光爆射而出，将他的衣袖扯碎了。他的身躯也随之感到一阵麻木，一时间竟无法动弹。

就在此时，他手腕上的储物镯白光一闪，一块外形细长、巴掌大小的玉牌从中飞出，直奔万剑铁券而去。

“那是……”韩立目光一凝，望向那物，疑惑地道。

不过，很快他就想起了那物来自圣傀门长老齐珩。齐珩当年与他交战之时，曾使用出自于无生剑宗的七杀剑阵，这么看来的话，那玉牌很有可能本就是无生剑宗之物！

韩立思索间，就看到那块玉牌忽然光芒大亮，变得通透无比，其内部有金色光丝凝成的四个古篆小字：“无生剑胆。”

金字浮现之后，那块玉牌便与万剑铁券光芒相合，渐渐融为了一体。

只听“轰隆”一声巨响，祭坛上方的天幕之中光线骤暗，一片不知从何处而来的浓重乌云飘了过来，里面青紫光芒频频闪动，传来阵阵滚雷之声。

八根盘龙巨柱上的八颗龙首双目金光一闪，仿佛活过来了一般，散发阵阵滔天气焰，仿佛下一刻就要从巨柱上飞升而起。

紧接着，八张龙口纷纷张开，朝着祭坛正中央喷出了滚滚赤焰，大片烈焰在半空中交汇，化为一片翻滚不休的火海。

韩立的身体刚恢复知觉，便立即闪身而出，悬在了祭坛之外。

熊熊翻滚的烈焰倾泻而下，瞬间将整个祭坛吞没了。与此同时，高空之中传来一声震天霹雳，一道青紫雷瀑自乌云之中垂下，落进炽烈火焰之中，久久不息。

电光烈焰之中，已经完全看不到青竹蜂云剑，就是神识也无法渗透进去。

熔炼万剑的铸剑炉，至此才真正形成！

韩立神色复杂，悬空坐了下来，凝神望向剑炉。

时间一晃，三日过去了。

祭坛四周的八根盘龙巨柱上，八颗龙首大口张开，朝着祭坛喷出滚滚赤焰，火海吞没了整个祭坛，比三日前更大了几分。

半空中，一道青紫雷瀑仍然从乌云中垂落，轰入炽烈火焰之中，范围比之前大了不少。

韩立站在火海附近，看起来之前战斗所受的伤已经恢复了，只是神情隐隐有些焦急。

这次炼剑竟然花了如此长的时间，并且完全脱离他的掌控，他想要加快进度也无法插手，只能在一旁等待，幸好血寒等人一直没有出现。

下方道观之内有一名身穿黑衣的美貌女子，正是不知何时来到此处的陆雨晴。

陆雨晴在道观各处闲庭信步，时而驻足于一间破旧阁楼前，时而又在一口早已爬满苔藓的枯井前蹲坐下来。她的一双眼睛不时打量着周围的环境，带着几分茫然，还有几分无法言明的迷离。

第222章

刹那光阴

时间一晃，又过去数年。

一袭青色衣衫的韩立，手捧着一只紫黑色的香炉，沿着幽深的甬道，缓步走入一座地宫。

地宫的大厅内，地面亮起缕缕金光，有阵阵暖意散出。

“晚辈破除核心期间，就暂时委屈前辈一下。”韩立在地宫大厅中央站定，对着香炉说道。

那老道残魂不知道是即将重见天日，有些迫不及待，还是已经习惯了韩立对他的种种不敬，此刻竟然没有出声，只是安安静静地盘坐在香炉之内。

韩立见状，笑了笑，手腕一抖，取出两张金色的封禁符箓，一纵一横地贴在了香炉上，将老道残魂与外界的联系彻底隔绝了。

做完这些后，韩立才提起左手，将香炉装入了袖袋之中。然后他深吸了一口气，缓步走到大厅中央的石台旁，俯身看了一眼嵌于其中的太阴日晷。

与上次来此处不同，他这次明显从其中感受到了时间法则之力，而且与他往日所感受到的略有不同。

日晷上的时间之力，若不动用神识主动触碰，便如枯井般，连一丝涟漪都不会荡起，可当韩立感受到它时，它便如潮水一般向韩立滚滚袭来。

韩立心中诧异，双手掐诀，背后金芒喷涌，真言宝轮浮现。

他神色一敛，双目缓缓阖上，双手一掐法诀，真言宝轮正中的那只金色眼睛立即一转，喷射出一道金色光线，直奔太阴日晷。

那金色光线尚未落下，奇异的一幕就出现了。

原本静止不动的太阴日晷，竟然微微一颤，飘了起来。

中央那根黑色铁针光芒一闪，飞快地旋转起来，并从中射出一道黑色电丝，与那道金色光线撞击在一起。

“噼啪！”

一阵电流声响起，金色光线砰然碎裂，化作一片金粉洒落下来，笼罩了整个石台。

韩立透过真实之眼看着这一幕，双耳之中仿佛响起了一阵雷鸣，令他的神识骤然一空，再次进入了那种空识之境中。

只是这一次，他非但没有五感超脱，眼前反而出现了幻象。

洒落的金粉，忽然倒卷而上，如同一条涓涓不息的金色河流，将他整个人淹没了。

他只觉得自己好似穿行在光阴长河中，身旁不断有金色晶丝流过，他拼命想要抓住，每一次探手而出，都落于空处。

韩立心中有些焦躁，默默运转真言化轮经，悬在他身后的真言宝轮滴溜溜旋转而起，上面的四百余团时间道纹，顿时亮起耀眼光芒。

处在光阴长河中的他，手掌亮起一片金芒，再次探出，一把抓住了一根金色晶丝，正是时间法则之丝。

抓住一根之后，韩立喜不自胜，又朝另一根抓了过去。

两根晶丝入手，整个光阴长河顿时剧烈地震颤起来，仿佛山洪暴发一般，变得暴躁而迅猛。

韩立只觉得自己好似溺水了，连呼吸都变得艰难起来。他开始挣扎扭动，却始终无法挣脱。

就在这时，一道巨大的金色浪潮汹涌而来，朝着他当头拍下。

韩立挣扎之际，心一横，竟冲着浪潮直接撞去，双手同时朝另外两根藏在巨浪中的金色晶丝抓了过去。

又有两根晶丝入手，整条光阴长河顿时响起一声惊天雷鸣，彻底崩溃。

几乎同时，韩立的双目猛然睁开，剧烈地喘息起来。他低头看了一眼双手，空空如也，不禁有些怅然若失。

这时，他突然心有所感，扭头朝真言宝轮上望去，只见上面赫然缠绕着四根金色晶丝！

方才的重重异象，不是幻影，他这一次短暂的感悟，竟收获了四根时间法则之丝。

韩立大喜过望，又朝石台上看了过去。

只见太阴日晷已经重新落回了石台的凹槽内，上面的铁针仍在飞速旋转，但上面的十二时辰刻痕已经变得模糊，几乎无法看清。

韩立心中一动，双手再次掐诀，身后的真实之眼再度亮起刺目金光，一股强大的时间法则之力从中喷涌而出，直接灌入了石台凹槽内。

这一次，太阴日晷没有任何反应，反而是石台上亮起道道金色纹路，密密麻麻如蛛网一般蔓延开来，瞬间铺满大厅地面，继而延伸到地宫的每一个角落。

不多时，地宫外的废墟城池中，也开始出现道道金色纹路，整个秘境映照在一片金光中。

韩立双目之中亮起金色光芒，双手猛地抓住石台边缘，将自身的时间法则之力疯狂地灌入其中，真言宝轮上的时间道纹随之一团团地熄灭。

只听“咔”的一声轻响，石台表面浮现出一道道纤细的裂纹，随着金色纹路朝四面八方扩散。

韩立只觉四面八方的空中，浮现出一道道细小黑线，交织盘错，宛如蜘蛛网一般，并且这些黑线随着宝轮上时间道纹的熄灭，变得越来越粗，越来越密集。

他心中一沉，当即屏住呼吸，周身泛起一层宛如实质的淡银色流光，使他全身看起来银光璀璨。

就在此时，真言宝轮上的第六十团道纹一闪，随之熄灭，一声震天轰鸣响起。

整个小秘境剧烈震动！

韩立双目一眯，只见前方空中，一团直径丈许的金色骄阳蓦然升起，接着轰然爆裂，释放出令人无法视物的金色光芒。

四面八方的黑线在金色光芒之中扭曲变形，并不断朝中间涌去，形成了一个巨大的黑色旋涡，并从中传出一股吸力，将整个秘境内所有的砖石林木尽数吸了进去。

韩立来不及做出什么举动，便如同风暴中的一叶小舟，被吸了进去。他只觉一阵天旋地转后，身形一个踉跄，接着，眼前的一切变得清晰起来。

他目光飞快一扫，顿时一愣。

只见自己此刻正站在一座金色大殿前，身后是数十丈高的金色宫门，而在不远处，则站着一名眉目如画的女子，一脸紧张，嘴巴微张。

这女子正是陆雨晴。

远处，一名八九岁的金发女童正与一名头戴银冠、身穿银袍的赤足女子对峙。

赤足女子周遭有一圈灰光缭绕，她头顶上方，巨大的灰色龙头虚影血口大张，从中喷出一道三色光柱。而金发女童的双手化为两道晶丝飞射而出，与那道三色光柱对轰。

二人正是金童与渠灵！

这一切情景，竟和韩立两千余年前进入金色大门时一模一样！不同的是，笼罩在这座金色宫殿外的那层金色光膜，如今显得有些黯淡。

“怎么回事？”韩立不禁呆住。他在宫殿大门内的世界里待了这么久，外面的世界似乎还停留在他进入前的那一刻。

其他三人此刻也注意到了“消失了一瞬”的韩立，纷纷面露惊讶之色。

陆雨晴一怔，正要开口说话。

“轰隆！”

三色光柱和金童双手化成的晶丝，轰击在一起，发出天崩地裂的巨响。

耀眼无比的光芒从光柱和晶丝上爆发而出，将整个天幕一分为二。

一边是三色光焰，另一边是耀眼晶光，整个空间都震颤起来，尤其是两者接触的地方，更是扭曲颤动，仿佛随时可能裂开。

地上的遗迹、石块等物被天空射下的光芒照耀，立刻如冰雪一般融化，尽数消失，地面也飞快融解。

陆雨晴见此，俏脸一变，身形一晃，化为一道青光朝远处飞射而去，落在了波及范围之外。

韩立却没有动，口中轻喝一声。他体表骤然浮现出三十六团明亮光芒，随即化为一层如有实质的真极之膜。

“哧哧哧！”

一道道光芒照射在他的真极之膜上，发出刺耳的摩擦声，真极之膜光芒闪动，轻轻震颤，却丝毫没有碎裂或者减弱的迹象。

韩立目光炯炯地朝半空望去，只见三色光柱越来越浓郁，很快就将晶丝压了下去。

金童的脸色变得越来越难看。她娇喝一声，断臂处金光一闪，两条手臂再次凝聚而出，不过却是半透明状，两手一推而出。

两道金光从其掌心射出，并且融为一体，金光一闪，再次化为两根金色晶丝。

两根晶丝交叉挡在三色光柱前。但三色光柱内法则之力汹涌，仍然将两道晶丝飞快压倒。

形势变得岌岌可危！

韩立眼见金童体力不支，身形蓦地一晃，从原地消失了。

下一刻，他的身影出现在金童身旁，袖中金光一闪，一只拳头从中闪电般探出，向前捣去。

拳头上金光闪闪，仿佛由赤金打造而成的，上面一枚枚金色符文游走不定。

“呼！”

一道水桶粗细的金色光柱从拳头里飞射而出，无数金色符文在其中跳动，散发出一股股可怕的时间法则之力波动。

“轰——”

金色光柱和三色光柱碰撞在一起，发出一声巨响。

附近空气猛地一震，一圈圈波纹浮现并朝着周围扩散而去，经久不息。

三色光柱立刻被抵住，无法前进一步，两根晶丝也停止了扭曲。

金童面色一松，转头朝韩立望去，惊讶地道：“咦，你的修为……”

渠灵看着韩立，感应到其散发出的金仙层次的气息，眼中也露出不可思议之色。

韩立变拳为掌，蓦然一指点出。

“嗡！”

金色光柱之中光芒一闪，一根近乎透明的金色细线浮现，和金童的晶丝看起来很相似，威势却更为浩大，散发出庞大的时间法则之力波动。

金色细丝一浮现，整个天空顿时为之一暗。

“嗖”的一声！细丝往前飞射而去，后面拖着一道长长的金光，看起来很像一道极薄的金色剑气，一闪没入了三色光柱之中，朝渠灵斩去。

金色细丝所过之处，三色光柱立刻无声无息地消散。

“去！”

金童看到此幕，立刻娇喝一声，同时两手掐诀一点。两道晶丝立刻飞射而出，朝渠灵斩去。

三根法则晶丝交错在一起，三色光柱消散得更快，瞬间就消失了大半。

渠灵眼见此景，面色一变，脚下一点，立刻倒射而去。

韩立眼中精光一闪，一指点出。

金色细丝一个模糊，忽地融入空中，消失无踪。

下一刻，渠灵身前嗡嗡一颤，金色细丝出现。

无数明亮的金色波纹从细丝中散发而出，顷刻间便笼罩了附近数十丈的范围，将渠灵也笼罩了。

渠灵倒射而出的身形陡然一慢，虽然仍在往后飞，但速度慢了很多，她脸上不由得露出惊骇的神色。

金色细丝的速度却丝毫不减，朝渠灵当头斩去。

渠灵面色大变，身体忽地一扭，全身浮现出一块块灰色斑纹，仿佛无数灰色鳞片。

滚滚灰色雾气从这些斑纹中涌出，散发出阵阵法则之力波动，竟然不受金色波纹的影响，裹住她的身体，化为一团直径数丈的灰云。

灰云刚刚形成，金色细丝便飞斩而下，没入其中。

灰云被斩成两半，但随即又融为一体，恢复了原状。

一声闷哼从云中传出。

金色细丝斩开灰云，继续往前飞出数百丈，才停了下来。

灰云骤然剧烈翻滚，散发出耀眼的灰光，猛地从金色波纹中挣脱，一闪飞到数百丈外，停了下来。

这一连串的变化发生得迅疾无比，韩立想要阻止也来不及。他眉头不禁微微一皱，挥手一招。

那根金色细丝如灵蛇一般飞射而回，没入了他体内。

“小子，没想到你隐瞒了修为，连我也被你骗了。不过别以为这样就可以在我面前嚣张，我杀了不知多少金仙，敢伤我手足，拿你的小命来抵偿吧！”灰云中传出一声怒喝。

一股庞大的法则之力从灰云中爆发而出，比方才强大了倍许，潮水般朝四周扩散。

天地灵气翻滚，不断发出颤鸣，浮现出一层层肉眼可见的波纹。

韩立被这股法则之力笼罩，顿觉一阵虚弱感袭来，而且脑海中生出一种惊惶之感，仿佛坠入了噩梦中难以自拔。

一旁的金童眉头一皱，面色隐隐有些发白。

韩立目光微闪，手中掐诀，身上顿时金光大放，形成一个金色光罩，罩住了自己和金童。

金光之中流淌着一股时间法则之力，将灰云释放的法则之力挡在外面。

任凭灰云的法则之力如何冲击，始终不能越过金色光罩。

韩立身体和脑海中的异样顿时消失。

旁边金童的神情也是一松。

“你先下去休息，此人由我来对付就好。”韩立看向金童，说道。

“要你多管闲事！渠灵囚禁我这么久，我谋划这么久，本打算拼着重伤趁其轻敌亲手宰了她。她实力虽然不弱，但根本不可能破开我的防御。现在倒好！这个烂摊子你自己收拾吧。”金童撇嘴，哼了一声，接着抬手一招。

那两道晶丝飞射而回，融入她的身体。

韩立淡淡一笑，没有和金童争辩，转头看向半空的灰云。

灰云中此刻散发出的这股法则之力，和之前灵域中的法则之力大致相仿，但稍有不同。

渠灵似乎掌握了数种法则，深浅难测。

不过韩立已经进阶金仙境中期，不仅肉身之力在大周天星元功的凝练下更进了一层，体内的仙灵力也澎湃流动，全身上下都充满力量，自然对她丝毫不惧。

他眼中精光一闪，正要做什么。

半空中的灰云一阵翻滚，忽地朝两旁消散，现出一条数百丈长的五爪灰龙，灰龙在半空蜿蜒飞舞，散发出巨大的威压。

此龙全身上下没有一片鳞片，倒是长满粗大的倒刺，背脊上更有几根巨大的骨刺，仿佛一根根巨矛，显得狰狞无比，五只巨剑般的利爪，看着便让人胆寒。

五爪灰龙的额头上浮现出一个银色“王”字花纹，散发出柔和的银光，给人的感觉倒是和其他地方截然不同。

“果然……”

韩立上下打量着眼前的五爪灰龙，眼中闪闪发光，隐隐流露出一丝激动之色。

“看来你也看出来了，渠灵的本体正是真灵‘梦魇’，而且血统颇为纯正，实力极强，不好对付。你给我听清楚了，我可不会跟着一个连败两次之人。”金童瞥了韩立一眼，有些不屑地说道。

说完此话，金童辫子一甩，转身朝远处飞去，一闪身落在了远处。

“梦魇……不错。”韩立看向五爪灰龙，缓缓说道。话音刚落，他全身金光大放，化为一道金光飞射而出，直扑五爪灰龙。

五爪灰龙眼见此景，两眼之中燃起两团灰色火焰。紧接着，它大口一张，猛地喷出一个房屋大小的灰色火球，朝着韩立当头射去。

灰色火球上灰焰翻滚，散发出炙热的气息，还夹杂着法则之力。

灰色火球所过之处，空气剧烈波动，威势惊人。

韩立面色丝毫不变，也没有躲闪，单手一挥。

“嗡！”

一道刺目青光飞射而出，化为一柄青色巨剑，正是青竹蜂云剑。

青色巨剑散发出一道道巨大的青色剑气，四处弥漫，空气为之震颤。

剑身上浮现一道道比之前更粗大的金色电弧，一股毁灭气息爆发出来。

附近天地灵气沸腾，各色光点浮现，交织在一起，附近空间似乎化为一片混沌。

进阶金仙境界后，施展青竹蜂云剑时，韩立再也没有先前吃力的表现，发挥出了此剑真正的威能。

韩立掐诀一挥，青色巨剑一剑斩出，劈在巨大的灰色火球上。

“刺啦”一声，灰色火球被青色巨剑斩成了两半。

韩立身形一晃，直接从两半火球中间飞过。

就在此刻，一道白光和一道黑光蓦然从两半灰色火球中电射而出，一前一后将韩立拦在中间。

白光一闪，化为一条数十丈长的白色巨蟒，巨蟒张口喷出一团白雾，其中夹杂着无数雪花和冰凌，散发出恐怖的寒气。

白色雾气从天而降，化为一片直径数十丈的圆形白色冰雪区域，一下将韩立淹没了。

黑光一闪，化为一条漆黑怪鱼，身形呈条状，全身布满斑点，口中长满锋利的牙齿，看起来极为凶狠。

“噼里啪啦！”

黑色怪鱼体表的斑点射出一道道漆黑闪电，发出骇人的雷鸣巨响，转眼间形成一片漆黑的雷电森林，由下而上，罩住了韩立。

白色冰雪区域和黑色雷电森林仿佛巨大的磨盘，一上一下将韩立夹在中间，顷刻间淹没了他，从中释放出巨大的法则之力，似要将其连同元婴一起碾成齑粉。

第223章

域斗

远处半空中的五爪灰龙一动不动，静静地看着眼前的情景，双目中灰光闪动不已。

就在此刻，一点细小的金光突然从黑白磨盘中央浮现，仿佛黑夜里的一只萤火虫，渺小却异常显眼。

那点金光一跳，迅速变大，朝着周围扩散。空中，无数金色波纹荡漾，缕缕霞光在其中跳动闪烁，散发出一股浩瀚的法则气息。

周围的白色冰雪和黑色闪电，一触及这金光，行动立刻变得迟缓了。

“这是……”五爪灰龙眼见此景，双目灰光一闪，口吐人言道。

金光迅速扩散，转眼间就蔓延了方圆二三十里的范围，形成一片巨大的金色灵域。

五爪灰龙神色一变，全身灰光大放，倒飞而出，一个模糊过后，便出现在数十里外，险而又险地躲过了金色灵域的笼罩。

白色巨蟒和黑色怪鱼的反应没有五爪灰龙这般迅疾，一下也被金色灵域笼罩，动作顿时变得迟缓。

“嗖”的一声，一个人影从冰雪雷电中疾射而出，正是韩立。

他全身上下，一丝伤痕也无。

但见其二话不说，蓦然抬手，屈指一弹。

两道极细的金色晶光飞射而出，斩向了两头灵兽。

白色巨蟒和黑色怪鱼脸上露出惊恐之色，身躯一扭，想要躲闪，但是它们此刻速度大减，和金色晶光相比，实在慢了太多。

金光一闪，金色晶光从白色巨蟒和黑色怪鱼身上一扫而过。

巨蟒和怪鱼的身体顿时裂成了两半。

两半身子仍以十分缓慢的速度慢慢分离，并遵循着先前二者想要逃遁的方向而去，连从中洒落的血液也迟缓至极。

但两道金色晶光速度惊人，光芒一闪后，便消失了，下一刻，出现在了韩立身前。

其中一道晶光捆缚着一条白色小蛇，另一道则缠绕着一条黑色小鱼。

这两只元婴在晶光束缚之下一动不动，仿佛凝固了一般。

白色冰雪和黑色闪电，猛地跳动几下，缓缓消散。

一连串的事情发生得快如闪电，眨眼间，两头金仙级别的妖兽便被当场斩杀。

五爪灰龙身处金色灵域外，将此景看在眼中，瞳孔一缩。

“渠灵道友，这种试探的举动就免了吧。阁下凭借这些刚刚踏足金仙境的妖物，便以为能伤在下分毫？”韩立看向五爪灰龙，淡淡说道。

说话的同时，他挥手发出一股金光，卷住了两只元婴。

金光一闪，二者的元婴消失无踪。

“你竟然也掌握了灵域！不可能，若是如此，你此前又岂会被我的灵域所困！莫非……”五爪灰龙缓缓说道，语气明显凝重了许多。

“呵呵，没错，说起来还得多亏阁下。”韩立眨了眨眼睛，如此说道。

老道残魂传授给他的凝聚灵域之法，果然没有假，让其顺利凝聚出了真正属于自己的灵域，此番初次施展，看来效果还颇为不错。

“你说什么？”五爪灰龙听闻韩立此话后，似乎明白了些什么，眼中怒火一闪而逝。

“渠灵，先前你仗着灵域之力，险些害了我的性命。现在，就让我们再好好较量一次！”韩立声音一寒，两手一掐诀，身形电射而出。其身体周围的金色灵域也随之飞射而出，仿佛一片金云滚滚呼啸前进。

“韩立，再加把劲，替本仙女将那老巫婆干掉！”远处，金童不知从何处拿出一面铜锣，乒乒乓乓敲打着，嘴里大呼小叫。

另一边，陆雨晴悬浮于半空，远远看向韩立，美眸一闪。

“这是……时间法则之力……”她口中喃喃自语，美眸连闪。

下一刻，陆雨晴身上光芒一闪，悄无声息地融入了下方的城池之中，消失不见，没有引起任何人的注意。

半空之中，五爪灰龙全身灰光大放，朝着后面倒射而出，丝毫不让韩立的金色灵域碰触到自己。

与此同时它抬爪一挥，半空灰云迅疾一落而下，笼罩住了它的身体。

“轰隆隆！”

灰云翻滚，眨眼间也形成一个灰色灵域，然后猛地朝着周围扩散而去，赫然瞬间扩散出了足足三四十里，比韩立的灵域还要大了几乎一倍，反而一下将韩立笼罩了。

韩立眼中露出惊色，渠灵上次和他战斗，施展的灵域只有千丈，他虽然猜到那并不是渠灵灵域的极限，但没想到渠灵的灵域范围竟然如此之大。

被灰色灵域笼罩，他眉头一皱，全身力气飞快消散，经脉中仙灵力的运转也有些不顺畅。

韩立轻哼一声，身上金光大放，形成一个金色护罩，一股股时间法则之力在其中流动，体内虚弱之感立刻减弱不少。

只是渠灵此刻施展的是真正的灵域，时间法则之力也无法完全抵消对方灵域的影响。

五爪灰龙倒射而出的同时，头顶灰光一闪，那个灰色王座再次浮现。

灰色王座上面的每一道灵纹都尽数亮起，绽放出耀眼的灰光，背后的三面镜影再次浮现。

第一面镜子明亮无比，散发出耀眼的灰光，第二面和第三面镜子却暗淡无光。

灰龙抬爪一指点出，一道晶光飞射而出，没入第二面镜子。

“嗡！”

第二面镜子也立刻变得明亮无比，射出一道耀眼的黑光，化为一柄黑色巨剑，朝着韩立当头劈下。

黑色巨剑散发出一股强大的法则之力，正是那股让人狂乱的法则。

不过黑色巨剑一进入韩立的金色灵域范围，速度立刻大减。

韩立身形一晃，轻易便将黑色巨剑躲了过去。

“果然是时间减速……”五爪灰龙眼见此景，心中一沉。

就在此刻，韩立身体周围的金色灵域忽地一闪，长鲸吸水般倒卷而回，尽数没入他的体内。

没有了时间之力护体，他口中发出一声闷哼，面露痛苦之色，却咬牙忍住。

五爪灰龙眼见此景，顿时一怔。

不等其反应过来，韩立口中飞快念出咒语，身后金光一闪，真言宝轮虚影浮现，逆行转动起来。

韩立身上再次金光大放，身形立刻变得模糊不清，化为一道金色残影，朝着前面飞射而去。

韩立和五爪灰龙之间的距离飞快缩短，转眼间就缩短了一半以上。

“这……”五爪灰龙顿时面色大变，狂吼一声，全身灰光大放。

韩立身上的金光立刻一盛，朝着周围扩散而去，瞬间化为一个金色灵域，这一下破釜沉舟，兔起鹘落，将来不及躲避的五爪灰龙罩住了。

五爪灰龙的速度顿时大减，很快韩立就追了上来，两者之间的距离飞快缩短。

五爪灰龙神情大变，蓦然张口。

一道灰色光柱飞射而出，里面隐隐有无数跳动的符文，融入王座后面的第三面镜影中。

第三面镜影一颤，浮现一道道白光。

这些白光虽然明亮，但惨白一片，仿佛风化后的骨骼一般，散发出浓郁的死亡气息。

灰龙再次张口，喷出一团灰色精血。此血迎风化为一片灰雾，赫然蕴含了九道灰色晶丝，分别缠上了三面镜影。

三面镜影同时一颤，发出一股吞噬之力，转眼间便将灰雾一丝不剩地吸了进去。

一道道灰、黑、白三色光柱从镜面中喷射而出，一闪化为数十道三色龙影。每一道三色龙影都和五爪灰龙大小相仿，散发出三种迥然不同的强大法则气息。

“嗖！”

“魇龙……诛仙！”五爪灰龙龙爪一挥。

话音刚落，数十条三色龙影飞射而出，彼此交错，化为一座玄妙大阵，爆发出强大的气息，朝着追来的韩立轰击而去。

这些三色龙影组成的大阵速度极快，即便被金色灵域影响，也不比韩立慢，竟然一下拦在了前面。

韩立眉头微皱，然后冷哼一声，衣袖一挥。

三柄百丈长的青色巨剑在他身前浮现，每一柄剑都绽放出耀眼的青光，仿佛三团青色太阳一般，正是三柄青竹蜂云剑。

巨剑表面浮现出一道道粗大无比的金色电弧，散发出一股股毁灭气息。

他此刻修为大增，能驱使的青竹蜂云剑数量也随之增加，已经能自如地催动三柄。

他屈指一弹，三根金色晶丝飞射而出，正是时间法则之丝。

三根时间法则之丝一个模糊，融入了三柄青竹蜂云剑内。

青竹蜂云剑立刻一顿，停滞在半空，剑身上散发的耀眼青光陡然明亮了很多，并且青光之中浮现出耀眼的金光，让人难以直视。

剑身上一道道粗大的辟邪神雷，也猛地一亮，化为一枚枚巨大雷电符文，环绕在剑身周围，气息比之前更加庞大。

“轰隆隆！”

青色巨剑陡然震颤起来，爆发出一股比之前强大了数倍的剑气，空气也为之震颤轰鸣。

韩立两手掐诀一点，三柄雷电环绕的青色巨剑顿时一震，幻化出一道道雷电剑影，包裹住龙影大阵，猛地一绞。

“砰砰砰！”

伴随着一连串震天巨响，那些龙影尽数裂开，被一扫而空。

韩立只是略一停留，下一刻继续往前电射而去，全身金光大放，真言宝轮急速逆转。

他的速度再次猛增，身形一个模糊，便飞到了五爪灰龙身前数百丈处。

“该结束了……”

韩立说着，双手十指飞快掐诀，耀眼的金光陡然从他身上爆发而出，真言宝轮瞬间停止了逆转，开始正向旋转。

“嗡！”

一圈圈密集的金色波纹从宝轮上爆发，瞬间弥漫了周围千丈范围，将五爪灰龙笼罩。

被金色波纹笼罩的一切，立刻仿佛冻结了一般，停滞了。五爪灰龙也是一样，面上保持着震惊之色，嘴巴微张，身体一动不动。

韩立目光闪动，挥手一拍。

青光一闪，三柄青竹蜂云剑出现在五爪灰龙身旁，表面青光缭绕，围着灰龙身体闪电般一绞。

青光交错间，五爪灰龙的身体顿时断成十几截，却没有分开，甚至连一丝血液也没有溅出。

与此同时，一根时间法则之丝不知从何处浮现，一闪没入了五爪灰龙的脑袋。

片刻之后，灰光一闪，时间法则之丝捆着一条灰色小龙飞了出来，小龙额头上有一个银色花纹，正是渠灵的元婴。

一股金色波纹从晶丝上散发而出，笼罩灰色元婴，将其牢牢禁锢。

韩立暗暗呼出一口气，单手一挥。

金色灵域一闪，化为大片金光，没入他的体内。

韩立身体周围的金色波纹也微微闪动，尽数飞射而回，没入了滴溜溜旋转不已的真言宝轮。

真言宝轮飞快地闪动了两下，缓缓消散。

就在此刻，韩立口中发出一声轻咦，心念一动，真言宝轮停止消散，再次凝聚而出，从他背后飞起，落在前面。

只见真言宝轮上的时间道纹，赫然又有十几团变得黯淡、灰沉沉的，和先前时间道纹变黯淡的样子一模一样。

“这是……”韩立眼中闪过一丝惊讶之色。

他心念一动，释放出一股神念之力，没入养魂炉，将此情形告知了老道残魂。

“这是当然，灵域这般厉害的神通，你以为催动它只要消耗仙灵力就够了？施展灵域消耗的主要是你的时间法则之力，时间道纹熄灭再正常不过。”残魂不以为奇地说道。

韩立听闻此话，点了点头。

他现在凝聚出了整整十根时间法则之丝，要恢复这十几团时间道纹，似乎用不了多久。

一念及此，他心中一松，然后挥手一招。

三柄青竹蜂云剑飞射而回，停在他身前。

金光一闪，里面的时间法则之丝飞射而出，融入他的身体。

青竹蜂云剑散发的金芒顿时消失，气息也大减，恢复了之前的样子。

韩立见此情形，心中一动。

青竹蜂云剑蕴含的灵力强大无比，他临时融入了一根时间法则之丝，便能使其具有一丝时间法则之力，威能立刻大增，若是以后此剑蕴含匹配的法则，威能不知会大到什么程度。

念及此，他心中顿时一阵火热。

韩立深吸了一口气，平复了一下心绪，一挥衣袖，三柄青色巨剑飞快缩小，飞入了他的衣袖中。

此番大战，虽然他的时间灵域初显威力，在真言宝轮的配合下，几乎没有费多少手段便击杀了渠灵，但维持灵域对仙灵力的消耗不小，催动青竹蜂云剑对仙灵力的消耗也很大。

两相结合之下，即便他已进阶金仙境中期，也有些吃不消，此刻面色有些苍白。

从目前来看，灵域的优点是范围颇大，但其威能相对有限，而真言宝轮释放的区域虽然范围较小，但威能不弱。

韩立翻手取出一颗赤红丹药服下，正要运功炼化。

就在此刻，时间法则之丝禁锢的渠灵的元婴额头上的银色“王”字花纹银光大放，身体奋力挣扎起来。

时间法则之丝竟然也被其挣得连连晃动，松开了几分。

渠灵的元婴不知施展了什么神通，竟连时间法则之力也无法影响它。

“还想逃？！”韩立面色一沉，屈指一点。

时间法则之丝顿时一亮，从中散发出更为明亮的光芒，再次将渠灵的元婴缠住。

渠灵的元婴口中忽地发出一声尖鸣，身躯猛地膨胀，变大了四五倍。

韩立眉头微皱，将时间法则之丝牢牢地捆在渠灵的元婴身上，这种情况，他更加不可能让其挣脱。

就在下一刻，渠灵的元婴额头的银色“王”字花纹再次一亮，接着“砰”的一声，灰色元婴猛然爆裂开来，化为一片灰光，消失了。

一道模糊龙影从漫天灰光中飞射而出，正是渠灵的神魂，神魂周围有一层极淡的银光笼罩，速度快得惊人，一个闪动便消失了。

韩立见此，眉头一蹙。

渠灵的元婴被自己用时间法则之丝捆住，照理说连动弹一下也是休想，竟然还有办法挣脱。

看来这些真灵金仙即便只剩下元婴，神通也不小，今日算是给自己上了一课。

他摇了摇头，抬手一挥，那根时间法则之丝飞回了自己体内。

对方即便是真灵，如今只剩下区区一个神魂，逃掉了也没有什么，毕竟这里并非外界，即便未来有什么隐患，此刻他也无暇顾及。

渠灵此前释放的三色灵域震颤了几下，飞快消散。

里面的五爪灰龙的尸体，顿时碎裂，从半空中坠落。

韩立单手一挥，一只青色钵盂飞射而出，一闪变成亩许大小，将五爪灰龙的尸体尽数接住，一块也没有漏掉。

他手一招，青色钵盂飞射而回，在途中化为原先大小，落入他的手中。

韩立朝着钵盂里面看了两眼，露出满意之色，翻手将其收了起来。

紧接着，他挥手发出一道青光，将不远处失去控制但仍悬在半空的灰色王座收了回来。

他略一打量后，便将其收了起来。

就在此刻，金光一闪，金童的身影出现在韩立身旁，此前那面铜锣已不知去向。

“韩立，你竟然看不住区区一只元婴，真是浪费！”金童眉头大皱，不满地嘟囔道。

“怎么，你想要金仙元婴？”韩立看了金童一眼，有些奇怪地问道。

“这还用说吗？金仙元婴的元气充沛，而且蕴含神魂之力，对本仙女来说，自然是不错的补品！”金童撇撇嘴说道。

韩立没说什么，单手一翻，掌心多出了一只白色玉盒，打开盖子，里面是一黑一白两只元婴，正是先前斩杀的白色巨蟒和黑色怪鱼的元婴。

金童本想再说什么，见此眼睛一亮，立刻死死地盯住了两只元婴。

“这两只元婴我本来另有用途，此番你助我诛杀渠灵功不可没，便给你恢复一下元气吧。”韩立说着，将玉盒递了过去。

“算你有良心！既然你说得这么诚心诚意，那本仙女就勉为其难地收下了。”金童丝毫没有和韩立客气的意思，眉开眼笑地一把抓过了玉盒。

她深吸了一口气，随即张口，发出一道金光，金光一下子卷住了两只元婴，将其吸入口中。

她那圆圆的小脸上露出了满足之色。

韩立有些无语，眼底深处却闪过宠溺之色。

一道道金光旋即在金童身上浮现，仿佛水波一般闪动，最后朝着金童的双臂汇聚而去。两只原本半透明的手臂，迅速变成实体。

几次呼吸之后，金童蓦然仰头，将口中之物咽下肚，用新生的手臂抹了抹嘴，还打了个饱嗝。

她身上的金光很快停止了跳动，手臂也几乎恢复原状。

“看来金仙级别的元婴对你来说，确实是不错的补品。话说这么多年没见，你竟变成了这般模样。”韩立点了点头，说道。

“怎么，本仙女这样有什么不好吗？话说，若是再有一只的话，本仙女的伤势就能全部恢复了。都怪你！否则就有三只元婴了。”金童将眉毛一竖，瞪了韩立一眼，仍有些不满地说道。

“急什么，如今仙府内金仙云集，即便我不去找他们，恐怕也有人会主动找上门来。”韩立目光转向某个方向，淡定地说道。

“还有吗？那太好了！有本仙女在，加上你的灵域，保管叫他们有来无回。"金童嘻嘻一笑，伸了伸懒腰，露出一排雪白的细齿，自信地说道。

"此事姑且不论。金童，有件事我想先问一下你。"韩立看着金童，神情变得严肃起来，说道。

"哦，什么问题？"金童被韩立突如其来的问话弄得微微一怔，有些紧张地回道。

"当年我飞升仙界，之后遇到强敌，被人打下界，因为敌人的法则之力，我损失了很多记忆。你可还记得我们在遭遇强敌之前，是如何在仙界度过的？"韩立沉声问道。

虽然从陶羽和方磐那里得知了一些情况，但他对飞升仙界之后遇到的事情仍然没有彻底弄清楚，如今砚台爆裂，最后的线索可能都失去了。

不知为何，韩立对这段记忆很在意。

"我也不记得了，我对仙界的记忆，好像也是从遭遇那个叫方磐的人开始的。之后我略施小计宰了方磐的一头灵宠，回来后便找不到你的踪迹。再后来，我就遇到了那个渠灵，被其擒住。此女善于培育各种灵宠，我一直有吃有喝还可以升级，就暂且虚与委蛇，留了下来。"金童想了想后，眉头皱在了一起，说道。

第224章
清点

韩立听完金童的话后，眉头微皱，随即又舒展开来。

虽然与自己失去联系的蟹道人、金童等人陆陆续续地回来了，但他对于过去发生之事仍模模糊糊，且随着事情的进展，他越来越觉得事情不简单，自己可能被牵扯进了什么阴谋之中。

此外，他还明里暗里得罪了一些人，这些自己此前招惹不了的人，如今大多都在这冥寒仙府之中。万幸的是，他阴错阳差得了一个不小的机缘，修为突飞猛进，他也一跃成为一名金仙。

如此一来，自己在这里也有了自保之力，至于那些模糊的记忆，还是等出去后再做打算吧。

“韩立，我们走吧！咱们去找你说的那些金仙！刚刚为了帮你对付那老妖婆，我可是掉了一个小境界呢！”金童拉了拉韩立的衣袖，撒娇道。

“走吧，此地不宜久留。对了，金童，以后打不过就跑，千万不要强行使用秘术。”韩立点了点头，神色凝重地嘱咐道。

“哼，我都是为了救你啊！”金童有些不满地嘟囔道。

韩立微微一笑，周身青光一闪，正准备动身之时，目光朝周围一扫，眉头顿时一皱。

因为刚刚的大战，除了金色宫殿之外，附近的一切基本被夷为了平地，空旷无比，一眼便能看到尽头。

附近一个人影也看不到，刚刚还在这里的陆雨晴，已经不知去了哪里。

虽说自己与渠灵方才一战打得颇为激烈，但在两大灵域的笼罩之下，悄无声息地走掉，绝非易事。

“金童，方才我与渠灵打斗之时，你有没有注意到和我一起来的那名女子，她去了哪里？”韩立看向金童，问道。

“女的？哦，那个和你一起来的人呀，她先是在远处观战，后来就施展秘术潜入地下，不见了。”金童一怔，随即毫不在意地说道。

“跑了？”韩立闻言，眉头一皱。

“是啊，我看是你带来的人，就没拦着。不然本仙女小手一挥，自然可以留下她。”金童朝韩立眨了眨眼睛，笑着说道。

韩立对金童之言充耳未闻，只是沉默地站在那里，面露沉吟之色，不知在想些什么。

金童见韩立若有所思的样子，小嘴一嘟，也将小脑袋别开了。但没过多久，她便悄悄侧首，用余光瞥了瞥韩立。

就在此时，韩立身形一晃，飞身而起，眼中蓝光一闪，浮现两道耀眼的蓝光，朝着周围扫去。

片刻之后，韩立眼中的蓝光消散，眉头却蹙得更紧了。

他刚刚将附近寻找了一圈，并没有发现其他修士的气息，也没有陆雨晴残留的气息。

“还走不走呀？我可是饿了！”金童飞了过来，两手插着小腰说道。

“此女身上有一张关于此地的残破地图，我之所以会来这里，便是循着她的地图找来的。”韩立说道。

他没有说出口的是，他隐隐觉得陆雨晴有些古怪，尤其是出了幽寒宫后，她的行为神态越发奇怪，此刻她突然消失，一点线索也没有留下，更是反常。

“没了地图咱们就自己找呗。”金童撇了撇嘴，满不在乎地说道。

“好，我们走。”韩立点了点头，化为一道青光，朝远处飞射而去。

金童周身金光一闪，化为一道金光，跟了上去。

二人往前飞了小半个时辰，前方仍然是一片废墟，他们在一处半坍塌的宫殿附近落了下来。

“我们就在这里休息一下吧。”韩立在一间还算完整的偏殿内坐下，单手一挥，数十道蓝光飞射而出，落在大殿各处，形成一个蓝色法阵。

金童在韩立旁边坐了下来。

韩立轻轻呼出一口气，闭目运转功法，炼化先前服用的丹药，身上浮现一层柔和青光，遮掩他的身体。

金童看了韩立一眼，随即闭上了眼睛，身上浮现出一层金光，也修炼起来。

大半日过去，韩立身上的青光消散，现出他的身形，他气色如常，显然体内的仙灵力已经尽数恢复。

一旁的金童全身被金光笼罩，将周边的仙灵气源源不断地吸进嘴里。

韩立看了金童一眼，很快收回了视线，单手一挥。光芒一闪，他身前多出两件东西，正是灰色王座和盛放渠灵尸体的青色钵盂。

韩立看向灰色王座，挥手打出了一道青光，青光没入灰色王座。

灰色王座顿时浮现一层灰光，不过并不怎么明亮。

他两手掐诀，不断变化，灰色王座散发出的灰光明亮起来，三面镜影慢慢浮现，分别散发出灰、黑、白三种光芒。

韩立眼睛一亮，这个灰色王座的品质可不低，在他身上的诸多仙器之上。更为难得的是，此王座蕴含三种迥然不同的法则之力，这样的仙器他以前从未见过。

灰色王座的威能刚刚也展现了，是极强的。

可惜此宝是渠灵的本命仙器，内部蕴含极重的本命烙印，根本无法祛除，就算勉强将其祭炼，也只能发挥出五六成的威能。

韩立暗暗叹了一口气，挥手将灰色王座收了起来，看向青色钵盂。

他当空一抓。

数道光芒从青色钵盂中飞出，落在他的身前，正是四个颜色各异的小袋，还有一条镶嵌着数百颗五颜六色的宝石的白色玉带，以及一枚黑漆漆的戒指。

这些东西之前都在渠灵身上，他没来得及收起来。

韩立先拿过四个小袋，略一翻看，眼中顿时微微一亮。

这些小袋并非储物袋，而是灵兽袋，每一个都极为不凡，内部空间极大，仿佛一个小型的秘境空间。每个空间的灵气都极为浓郁，气候环境也各异。

要炼制一个这样的灵兽袋，付出的代价恐怕不亚于炼制一件品阶不低的后天仙器。

此刻这四个小袋子都空空如也，八成是用来安置那些金仙级别的灵兽的，不过那几头金仙灵兽都已经被消灭了。

韩立眼中闪过喜色，挥手将四个小袋收了起来。

这些灵兽袋他虽然目前用不到，但都是无价之宝，出去后即便是卖给驯养灵兽的修士或者宗门，也能换到不少仙元石。

他随即拿起了那条白色玉带，放出神识略一探查，眼睛再次一亮。

这条白色玉带也是存放灵兽之物，上面的每一颗宝石都是一个空间，里面存放着各种灵兽。

有的空间里只有一只灵兽，有的空间里有千余只，甚至上万只，可谓千奇百怪。不过这些灵兽的实力并不高，连真仙境的都十分稀少，大多是大乘期以下。

另外，每个空间中都有一块石碑，石碑上面记载了豢养灵兽的特性和用途，这些灵兽并非都是用来战斗的，也有一些具有探索、追踪等作用。

韩立这些年去过不少地方，见识也算广博，看到这些灵兽的介绍，仍觉得大开眼界。

不过此刻，玉带空间中的灵兽，竟然尽数殒灭，没有一个活着的。这让韩立心中十分诧异，也大呼可惜。

这些灵兽身上并无伤痕，看起来并非因为刚刚战斗的余波而死，这就有些奇怪了。

他微一沉吟，单手一挥，一只青色麋鹿的尸体浮现。

韩立伸出一根手指，点在麋鹿脑袋上，一点青光没入其中。

片刻之后，他脸色变得有些难看，又挥手取出一头白色冰蚕的尸体，手指再次点在其脑袋上，指尖亮起一点青光，没入其中。

韩立很快收回手指，眼中闪过一丝怒色。他已经查出了这些灵兽的死因，它们都是死于一种禁制之力。

渠灵在这些灵兽体内都设下了一种共生禁制，此禁制极为歹毒，一旦主人殒灭，这些灵兽也会随之而死，堪称所有契约禁制中最为霸道的一种。

韩立摇了摇头，翻手将白色玉带也收了起来。这玉带的价值恐怕在那几个高级灵兽袋之上。

他最后拿起那枚黑色戒指，将其贴在额头，释放神识，没入其中。片刻之后，他眼中露出震惊之色。

韩立一挥手，只听“哗啦啦”一阵响，地上多出了一大堆东西，几乎占了半个大殿。

这些东西很杂乱，五花八门，灵草矿石、材料法宝，应有尽有，散发出各色光芒，将大殿内映照得通亮。

这些东西几乎每一件都蕴含极强的灵力，价值不菲。

韩立进入仙府后，找到了不少宝物，但是和渠灵身上的这些东西一比，就远远不如了。

不过地上这些东西，有不少明显是其他修士的，显然此女干了不少杀人夺宝的事情。

韩立面色一变，翻手抓过一块赤红色令牌，令牌上面铭刻着一个赤红朱雀图案，正是真焰宗的标记。

他目光一扫，这样的令牌这里还有六七个。看来真焰宗等人遇到渠灵，被其尽数斩杀了。

韩立摇头，轻叹了一口气，对于真焰宗诸人，他并无多少好感，不过同行之人遭难，他心中难免有些感叹。

韩立挥手将真焰宗等人之物扔回地上，继续查看地上的其他东西。

结果没多久，他就眼睛一亮，挥手发出一道青光，卷住了不远处的一只翠绿色的葫芦，将其吸入手中。

此物正是渠灵先前使用过的玄天葫芦。

韩立张口喷出一道青光，没入玄天葫芦。

葫芦上顿时泛起了一层绿光，上面隐隐有细小的符文流转不停，宛如涓涓细流，柔和如水，朝着周围荡漾而去，给人一种生机盎然之感。柔和的绿光之中，散发出一股淡淡的法则之力波动。

韩立眼中露出一丝喜色，自己和这玄天葫芦之间竟隐约产生了一丝心神联系。

他心念一动，一滴精血从指尖飞出，滴在了玄天葫芦上。血并没有融入其中，而是在葫芦上滚了一下，滴在了地面上。

韩立见此情形，没有露出失落的神情，反而眼睛一亮，点了点头，这葫芦果然是玄天之宝。

他以前虽然有玄天斩灵剑，但对玄天之宝的了解并不多，到了仙界之后，才渐渐从各种典籍上看到一些关于玄天之宝的信息。

玄天之宝是天地孕养之物，天生天养，和一般仙器大不相同，其中一个重要的标志是，它们无法用精血祭炼，只能以自身的仙灵力慢慢温养，逐渐炼化掌控，这个炼化时间会相当漫长。

当初的玄天斩灵剑便是如此，韩立不知把其放在体内温养了多少年，才慢慢地做到掌控自如。

玄天之宝的主人一旦被杀，宝物落在另一个人手中，那人可以立刻催动，不像有的仙器，需要祛除原有的精血烙印并慢慢祭炼之后，才能使用。而且，得到此宝的人可以发挥出全部的威能。

韩立如此想着，深吸了一口气后，将玄天葫芦贴在额头上，一缕神识勉强延伸而出，没入葫芦内部。

下一刻，他眼睛微微睁大，露出惊讶之色。

玄天葫芦内部赫然是一个颇大的空间，到处弥漫着绿光，这些光慢慢旋转，形成一个巨大的绿色旋涡。空间的深处看不清，不过影影绰绰似乎还有别的什么。

在绿色旋涡中央，悬浮着一柄青色小剑，正是他的那柄青竹蜂云剑。

韩立见此，心中暗暗一松，总算是找回了自己的本命仙器，七十二柄飞剑若是少了一柄，那麻烦可不小。

不过他没有立刻收起自己的飞剑，而是继续控制着神识，朝着空间深处探查。但当神识蔓延到绿色旋涡边缘，立刻碰到一股巨力，被拦住了。

韩立心中有些惊讶，略一沉吟后，又加大了神识之力，却发现仍然无法前进分毫。

他眼神闪动，没有继续徒劳。

加大神识之力似乎没有用，必须想别的办法才能突破，估计得继续祭炼此葫芦，直至真正将之掌控才行。

对他而言，这玄天葫芦越厉害玄妙，自然越好。

他心念一动，将神识缠绕在青色小剑上，向外一拉。

青光一闪，一柄小剑从葫芦口飞射而出。柔和的青光从青竹蜂云剑中散发而出，比之前暗淡了几分。

韩立眉头一皱，随即通过飞剑内的心神烙印感应到了飞剑内部的变化，面色顿时一沉。

这柄飞剑散发的光芒变得暗淡，并非因为其内蕴含的灵力减弱了。飞剑内庞大的灵力并未有丝毫减弱，而是原本有些杂乱的灵力变得精纯了不少，也更加内敛了。

韩立眼中闪过一丝惊喜，他没想到，这玄天葫芦竟然还有使灵力变得精纯的作用。

他略一沉吟，挥手打出一道青光，没入玄天葫芦内。

葫芦口绿光一闪，喷出一道绿光，再次卷住这柄飞剑，将其吸入其中。

韩立目光一闪，再次挥手。

金光一闪，一座灯笼大小的迷你三层阁楼浮现，正是他先前在幽寒宫找到的一个具有困禁神通的仙器。

绿光一卷，将迷你阁楼也吸了进去。

对于玄天葫芦的作用，他还要再验证一下。

韩立翻手将玄天葫芦收起来，目光朝着地上望去，眉头不禁皱了起来。

地上这些宝物数量太多，而且大多数他都不认得，就这么整理，恐怕没有一两天完成不了。

韩立略一沉吟，低声喊道："魔光。"

话音落下，他的影子一阵扭曲晃动，拉长、扩大了几分。

影子发出一阵轻微异响，一个黑乎乎的人影从影子中分离出来，飞快站了起来，魔光的身影显现。

"韩道友，有何事吩咐……咦，道友的修为又有大进步，怎么可能，这才多少时间？道友真是……真是奇才，仙界罕见，仙界罕见啊！"魔光感应到韩立的气息，失声道。

魔光朝周围望去，看到韩立身前的诸多事物以及站在一旁的金童，再次一怔。

韩立没有理睬魔光，大手一挥。

金色雷光一闪，蟹道人的身影浮现。

"蟹道友……"魔光感应到蟹道人散发出的气息，神情再次一变，露出不自然的神情。

魔光的修为虽然已经尽数恢复，但也只有真仙境中后期的实力，蟹道人却是一具金仙境层次的仙傀，一旁的金童也达到了金仙境层次，韩立则已经达到金仙境中期，可以说，他被这几人远远甩在了后面。

“方才我和一位金仙交手，将其斩杀后得到了不少东西，不过这些东西我大多数不识得。二位对于仙域的了解比韩某多，所以想请你们帮我鉴别一下。”韩立直接说道。

“原来是这事，没有问题。在下修为虽然不强，但之前跟着马良，见闻倒还算广博。”魔光笑道。

蟹道人也点了点头，在韩立身旁坐了下来。

“先请二位帮我整理一下这些东西，同时将其来历、用途都刻在玉简上，方便我查找。”韩立取出两块空白玉简，递给魔光、蟹道人。

“呀，好多宝贝！”就在此刻，一个清脆的声音从旁边传来。金童不知何时停止了修炼，走了过来，眼中满是喜色。

“噬金仙，多年不见。你的修为一日千里，韩道友有你相助，他日定能进阶道祖，纵横仙域。”魔光对金童拱了拱手，笑道。

“你看起来鬼鬼祟祟的，令人讨厌，快走开！”金童眉毛一蹙，对魔光没好气地说道。

魔光闻言，脸上的笑容一僵。

“金童，不要这般无礼！当年我们一起飞升仙界，后面各自经历了很多事情，今日能再次聚首，也是缘分。”韩立声音一沉，呵斥道。

金童看了魔光一眼，哼了一声，没有再说什么。下一刻，她就被地上的各色灵宝吸引，眼睛直勾勾地看了过去。

“金童，我们这次收获不小。”韩立见此，笑着说道。

金童似乎已经听不到韩立说的是什么了，腮帮子一鼓，张口喷出一道金光，一下卷住不远处的七八柄金色飞刀。这些飞刀造型一样，看起来是一套，每一柄都散发出惊人的灵力，显然是极为不凡的灵宝。

金光倒射而回，卷着这些飞刀飞入了金童口中。金童嘴巴一合，当即咀嚼起来，几口就将这几柄飞刀嚼碎，咽了下去。

这一幕让魔光与蟹道人微微一怔，韩立嘴角一抽，然而并没有说什么。

只见金童身上金光一阵闪烁，然后汇聚到双臂，她的双臂变得半虚半实，身上的气息也随之增强。

韩立目光微闪，本想说什么，却没有开口。

金童满脸喜色，目光再次朝周围望去，很快停留在一把银色重锤上，张口发出一道金光，将其卷到身前。

金童就这么旁若无人地坐了下来，将银锤抱在怀里，张口一咬，银锤一角被其咬了下来。

"咔嚓！"

金童仿佛在啃萝卜一般，开心地嚼着，甚至哼起了小曲。

韩立看那银锤的品质在飞刀灵宝之上，比起一般的仙器也不差多少了。他抬了抬手，不过还是放了下来。

"好了，你们快些整理。整理好后，将这些东西收起来。"韩立取了两个储物法器，扔给魔光和蟹道人，说道。

两者答应一声，互望了一眼，旋即飞快整理起地上的东西来。

韩立的目光朝周围一扫，似乎发现了什么，挥手发出一道青光，将一柄紫色长刀、一张金色丝网和一面白色牌楼悄悄卷起，正要收回来。

就在此刻，一只小手闪电般从旁边伸来，一把将那柄紫色长刀抓住。

"这是我的！"金童眼巴巴地望着韩立，大声嚷道。

"金童，宝物还有不少，你要吃多少都可以，但这三件是仙器，现在吃了你未必能消化。下次再给你，好不好？"韩立一挥手，将金色丝网和白色牌楼收了起来，见金童没有放手，包裹住紫色长刀的青光也没有收回，面露苦笑地说道。

"真小气！"金童的小手依然紧紧地抓住紫色长刀，丝毫没有放手的意思。

“这样如何，你将这紫色长刀给我，我保证之后给你一只金仙元婴，如何？”韩立目光一转，说道。

金童这次没有回答韩立，而是猛地低头，张口直接冲着紫色长刀咬了下去。

第225章

暗流

“哎，金童……”韩立苦笑一声。

结果就在金童的牙齿即将触及紫色长刀时，金童突然停了下来，小脑袋一扬，冲韩立咧嘴笑道：“你说话算话？”

“自然。”

韩立一怔，旋即点头道。

金童脸上露出一丝得意之色，小手松开了紫色长刀。

韩立摇了摇头，一挥手，将紫色长刀也收了起来，准备等以后离开此处后，再慢慢鉴别。

“咦，这个是……”

韩立突然单手一招，抓起了一物。这是一根数丈长的银色竹子，散发出惊人的灵力波动。

这银色竹子的气息，和他从那药园中挖出的银色竹根一模一样。

银色竹子旁边还有一些珍贵灵草，看品相都是刚刚采摘的。

韩立眼神微闪，看来当初那个事先抵达药园，摘走玄天之宝的人，确实是渠灵。

那个玄天仙藤上的玄天之宝，想必正是那只翠绿葫芦。

小半日时间转眼过去，大殿内满地的东西已经被收好。

韩立眼中满是喜色。

渠灵身上的宝物甚多，远超他的预料。各种珍贵灵草不说，单单是仙元石，就有十余万块，这绝对算得上是一笔巨财，恐怕抵得上不少宗门势力多年的积累了。

除此之外，一些说得出名字和说不出名字的珍贵丹药，以及各式各样的典籍也不少。不过从渠灵身上搜到的低阶灵宝，大部分都进了金童的肚子。

金童的两条手臂已经恢复正常，身上的气息较之前也有了不小的精进。

这自然是韩立默许的结果。

噬金仙进化成如今的模样，依旧没有改掉贪吃的毛病，不过也不失为一种独特的提升修为的方式。韩立觉得肉疼之余，也颇有几分欣慰，毕竟金童多几分自保之力，对他而言也是好事。

“今日辛苦二位了！”韩立将地上的东西收了起来，转头看向垂手而立的魔光和蟹道人，点了点头道。

“你我乃一体同命，说这些做什么，韩道友日后有什么事情尽管吩咐。”魔光笑道，然后身上黑光一闪，再次隐入韩立的影子内。

韩立眉梢微挑，魔光此次的表现，和以前大不相同。

蟹道人则是一言不发地冲韩立拱了拱手，随后身体一扭，化为一道金光，没入了韩立体内。

韩立整了整衣衫，走出大殿，朝四下望了片刻，忽地低头看向双手。他的手中拿着一幅蓝色画卷，正是《冥寒山河图》，是从渠灵的储物法器中找到的。

不过此刻画卷表面蓝光尽失，看起来仿佛一幅寻常图画一般，再无一丝先前的灵性。

韩立眉头微皱，又看了画卷两眼，很快翻手将其收了起来。

“走吧。”

韩立对跟在身后的金童说了一声，挥手发出一道青光，托起两人，朝前面飞射而去。

冥寒仙府某处。

一片毁坏极其严重的宫殿废墟中，三名身着马甲短衫、头裹黑巾的异族男女走在一条荒草丛生的青石街道上，一个个面色阴沉，眉眼间满是疲惫之色。

“这次真是上了蛟三这个家伙的当，跟着他来到这仙府秘境，宝物没找到多少，危险倒是一重接着一重，我看他就是骗我们进来送死的。”一名身材娇小肤色偏黑的女子愤懑地道。

“可不是？先前闯明王殿的时候，他跑得多快你们又不是没见着！哪里管过我们的死活，现在更是跑得连个人影儿都没了。”另一个粗眉大汉也开口说道。

“现在说这些也没有什么用，好在咱们三人没有分散，接下来我看也不用去找蛟三了，咱们自己找一找别的机缘，等时间一到，安然离开这里便是了。”一个干瘦老者捻着干巴巴的山羊胡子，缓缓地说道。

另外两人闻言，纷纷点头称是。

他们正说话间，高空之中有一辆碧玉飞车疾驰而过，在空中画了一个圆弧，绕了过来，停在了三人身前上方。

只见狭长飞车之上站着一个身材修长、气质清雅的中年男子，手中把玩着一个小小的白玉貔貅。这白玉貔貅泛着温润的光泽。

两个身穿金甲的男子站在中年男子身后，面容呆板，毫无生气，显然是两具傀儡。

三人打量了一眼飞车上的男子，瞳孔深处都闪过一丝警惕之色，但见其不过真仙境后期修为，方才稍稍安心。

“敢问三位道友，可曾见到北寒仙宫之人？或者知晓他们现在何处？”中年男子脸上挂着和煦的笑容，神色自若地向三人询问道。

三人闻言，都没有开口，心中却觉得有些奇怪。

眼前这人修为不高，在面对他们三人时，说话语气虽然平和，但隐隐给他们一种高高在上的感觉，令人十分不爽。

“不曾见到。”干瘦老者目光微闪，开口答道。

能够进入冥寒仙府的，没有痴傻之人，自然不会仅从表面呈现的境界修为去判断一个人的真正实力，三人对这个不速之客，戒备之心还是有的。

当然最主要的是，他们进入仙府之时，似乎并未见过此人，料想是用手段改变了容貌。

“叨扰了。”中年男子淡淡说了一句，转身驾驭飞车，朝着高空而去。

看其远去的背影，粗眉大汉向干瘦老者问道：“怎么说？”

“看气度不像普通人，可我使用灵目神通，却没能看出什么门道，应该是一名真仙境后期修士不假。”干瘦老者习惯性地摸了摸胡须，缓缓地说道。

“我若是没看错的话，他身下那辆飞车可是个好东西。”肤色偏黑的女子忽然说道。

此话一出，粗眉大汉和干瘦老者眼中同时闪过一丝笑意。

“储物法器先不说，我要他手上的那块玉。”粗眉大汉嘿嘿一笑，说道。

“那他身上那件法袍归我了。”干瘦老者松开胡子，沉声道。

三人终究没忍住那一丝贪念，想仗着人多，干一桩杀人夺宝的勾当。

距离三人不过数十里的高空中，那辆飞车慢悠悠地朝前飞着。

中年男子站在飞车上，脸上挂着和煦的笑，揉搓着手中的白玉貔貅，喃喃自语：“修行不易，何必呢……”

话音刚落，三道流光一闪，挡在了他的身前。

“怎么？莫非诸位又想起仙宫之人在何处了？还请告知，在下不胜感激。”中年男子望向三人，咧嘴笑道。

干瘦老者看着中年男子脸上的笑容，不知为何竟莫名感到有些心悸，心里暗暗打定主意，一旦事有不虞，立即舍下另外两人遁走。

粗眉大汉与肤色偏黑的女子对视一眼，手上同时亮起一道光芒，分别取出一把黑色石斧和一柄银色长剑。

干瘦老者则直接取出一座七层金塔，从中生出一团金色光幕，光幕放大千倍，将己方三人连同中年男子一同罩了进去。

“连伪灵域都算不上的东西，也好意思拿出来？”中年男子表情忽然一变，握着白玉貔貅的手骤然攥紧。

干瘦老者等三人闻言，心中一怔，还没弄清楚状况，就感觉四面八方皆有一股巨大的力量冲击而来。

七层金塔释放出的光幕砰然碎裂！

紧接着，他们就看到自己的四肢和躯干，在这股力量的压迫下寸寸断裂。

这一切发生在瞬息之间！

只见三道金光冲天而起，三人的元婴惊慌而逃，默契地朝三个方向急速遁去。

中年男子见状，手朝空中一伸，一只半透明的巨大手掌浮现，一把就将那三人的元婴抓了回来。

“饶命，饶命啊！小人有眼不识泰山……”干瘦老者等三人的元婴挣扎不已，苦苦哀求。

中年男子视若无睹，眼中亮起异彩，望向三个金色小人。

“你们先前倒是没撒谎，看来是真不知道。不过，倒是有些意外之喜……”看了片刻，中年男子喃喃说着，指尖灵光一闪，光芒笼罩了那三人的元婴。

他随手一扬，一片金粉自高空洒落，散在了天地间。

而后，中年男子伸手一招，那三人尸骨上亮起三道青光，一鹿、一枭、一猿猴，三张面具从三人面部剥离，飞到了他的手中。

他打量了一下三张面具，随手一挥，身前便浮现出一个巨大的多层木架，上面挂满了无常盟的各式面具，牛鬼蛇神，龙虎凤龟，不一而足。

细数之下，竟有千余个！

"不知不觉间，已经收集这么多了……"

中年男子轻笑一声，慢条斯理地将手中的三张面具分别挂在了木架上，这才满意地点了点头，而后一挥袖，将木架收了起来。

收好之后，中年男子并未立即动身，而是又翻手取出了一个金灿灿的镂空圆盘，往身前一抛。

只见圆盘飞出数尺后，立即光芒闪烁，胀到了圆桌大小，其上各式繁复符文亮起，从正中生出一道炫目金光，如擎天巨柱一般，直冲天穹。

不多时，金色圆盘四周点点灵光汇聚，渐渐浮现三道模糊人影，身上金光流转，看不出本来面目。

"公输久，你不是去巡查冥寒仙府了吗？突然联系我等所为何事？"其中一道人影肩头微微颤动，开口问道。

另外两道人影，也转头望向中年男子。

"甘九真也在这仙府之中。"名为公输久的中年男子，缓缓地说道。

"确定是她吗？此女在轮回殿中的身份十分神秘，就是甘九真这个名字，都未必是真的。其所戴的面具经常更换，你如何确认是她？"先前开口的那道人影问道。

"暂时没有确凿的证据，不过从我方才击杀的几名无常盟成员的记忆来看，这次领头进冥寒仙府的那个'蛟三'，行事风格颇像甘九真。"公输久摇了摇头，如此说道。

"既然如此，此番就辛苦公输久道友务必将其活捉回来。她身上的秘密值得我们好好挖掘一番。"圆盘左侧的一道人影身子微微前倾，含笑道。

公输久点了点头，正欲收起圆盘时，忽想起一事，又说道："对了，我还发现这仙府之中有人使用了炼神禁术，看起来至少已经修炼到第三层。"

"想不到禁绝多年，仍有人悍不畏死，强行违禁修炼。此人不必活捉，可就地正法。"一直没有说话的那道人影忽然开口，厉声说道。

公输久点了点头，手一挥，金色圆盘光芒一敛，缩成了原先大小，飞回了他的衣袖。而后，其驾驭着碧玉飞车冲天而起，朝着一个方向直掠而去。

另一片区域的高空中。

韩立与金童急速飞掠，忽然停下，朝某个方向望去。

“怎么了？”金童疑惑地问道。

“方才似乎感觉那边有一股极其强大的波动贯通了天穹，这会儿好像又没有了。”韩立看了好一会儿，才摇了摇头说道。

“强大的波动……咱们过去看看不就知道了！”金童面露一丝兴奋之色，跃跃欲试。

“先别节外生枝了，之后少不了要与强敌碰面。”韩立自然清楚她打的是什么主意，摇头说道。

“没劲。”金童小嘴一嘟，失望道。

韩立又瞥了一眼那边，眉头微蹙，带着金童继续远遁。

一片保存完整的宫殿建筑群内，四名身着苍流宫服饰的男女，分别催动一件宝物，联手破解宫殿外的禁制。

就要成功之际，宫殿门楣正中悬挂的一面古镜忽然灵光一闪，射出一道雪白亮光，瞬间打中了其中一人的胸膛。

只听那人发出一声惨呼，仰面倒了下去。

“砰”的一声，一片青光炸裂，四人联手布置的破解法阵，瞬间崩溃。

为首的白面书生身形一晃，来到倒地之人身旁，翻手取出一颗金色丹药给那人服下，并以自身的仙灵力引导，帮其吸收药力。

很快，那人的胸膛便断骨长，血肉生，恢复了原状，但仍大口喘息。

其余的人见此，神色微微一松，但仍是愁眉不展。

“我们与宫主他们失去联系已经半月有余，不能继续困在这里了，必须立即破阵出去，说不定宫主他们已经找到那个地方了。”白面书生面色凝重，开口说道。

“是。”另外三人连忙出声应道。

歇息片刻之后，他们便重新布置起破禁法阵来。

冥寒仙府内，一处遍地焦黑的山岗上，到处冒着白色烟雾。

在此处地下数十丈，有一座地宫深殿，里面摆着一张宽大的黑色石椅，上面坐着一个身着灰袍的高大男子。其面色青紫，形容枯槁，正是伏凌宗大长老封天都。

他身前的地面上，散落着一块块黑色巨石，似乎是守卫在此处的傀儡残骸。

封天都神色阴郁地盯着地面上的残骸，脸上皱纹横生，筋肉明显，看起来越发像是一具狰狞的僵尸。

这时，殿外忽然有脚步声响起，一名同样身着灰袍的瘦削男子从外面走了进来，用仅剩的一只眼睛望向石椅上的男子，冲其躬身施了一礼。

“师兄，带进来的人都已经分散出去了，其中有两队暂时联系不上，剩余的人目前还在搜索中，尚未找到太乙殿。”齐天霄说道。

“有仙宫和苍流宫那些人的消息吗？”封天都抬眼看向齐天霄，问道。

“有消息，是昨日才打探到的，今日方传递过来。仙宫和苍流宫的人跟我们差不多，都将人手分散了出去，看样子也没有什么头绪。”齐天霄如此说道。

“按照估算，距离天炉打开还有些时日，我们若能先一步找到其所在，就能提前布置机关，占据先机。”封天都沉声说道。

“师兄放心，我会随时注意各方动向的。”齐天霄抱拳道。

一片满目荒凉、不见活物的红土荒原上，两名身着南黎族服饰的高大男子手持两根金色拐杖，在高空中急速飞行。

在他们身后，紧紧跟随着三名身着鬼泣宗服饰，实则为十方楼修士的男女。

不知为何，这两方竟然没有起冲突，看起来倒像是后面那三人在追随着前面两人。

飞在前方的两名高大男子，面色焦黄，神色木然，仿佛傀儡一般，一路上不发一言，只埋头赶路。

一行人又飞了半刻钟后，才在视线尽头看到了一座城池模样的红土废墟，连忙加速朝那边冲过去。

冥寒仙府某片山峦起伏的丘陵地带，中间夹杂着一座座或深或浅的山谷。有的林木青翠欲滴，有的内有河流且巉岩密布，有的逼仄如一线天，有的瘴气弥漫如毒火谷……形态各异，不一而足。

山峦中部有一座看起来毫不起眼的小型山谷，既无怪石瘴气，也无密林河谷，就是高度也比相邻的山谷要矮三分。

在山谷之内，有三道人影聚在一起，低声私语。他们脸上的神色都有些凝重。

这三人中，为首的是一个身着紫袍、方面细眉的中年男子，其气质独特，儒雅之中不乏威严，正是烛龙道的金仙道主欧阳奎山。

“欧阳道友，先前我们将冥寒仙府入口的位置散布出去已经引起了仙宫的怀疑，这次若再提前告知呼言道人他们，只怕会被仙宫坐实反叛之罪吧？”其中一人说道。

“现在有没有这项罪责又有什么关系？仙宫当初答应我们的事情，如今兑现了几件？我们明里被整个北寒仙域耻笑为‘两姓家奴’，暗里处处受北寒仙宫掣肘，还不如当初拼个玉石俱焚。”欧阳奎山脸上闪过一丝悲哀之色，缓缓地说道。

“当初我们是为了烛龙道延续下去，才不得已背叛了百里道主，毕竟那是我们倾注半生心血才发展起来的宗门。如今落得这副模样，也怨不得别人背后嘲笑。”另一人苦笑道。

“经此一遭，我算是彻底想明白了，在这北寒仙域，只有自身实力足够强，才不至于被人左右命运。此番也算是一个契机，仙域的几大势力皆混杂在此处，我们也无须做出头鸟，只要将水搅浑，让北寒仙宫在这浑水之中多折损几分实力就好。他们实力折损一分，对我们的钳制就会弱一分。”欧阳奎山眼中闪过一丝光亮，说道。

“不错，反正只是告诉呼言道人他们一声，仙宫也找不到证据证明是我们透露的。”另外一人随即附和道。

计定之后，三人同时取出一块八角形的古铜阵盘，朝中央一拼，阵盘上面镌刻的烛龙图纹同时亮起了赤色光芒。

一层如水般的光膜蔓延，将山谷遮蔽，上面荡漾着阵阵涟漪，令人视线模糊，看不真切光膜之后的景象。

第 226 章

异象

一片铅云低垂的天幕下方，矗立着一座青黑色的千丈山峰。

临近峰顶，有一片面积不小的开阔山崖，一袭白袍的萧晋寒站在山崖边缘，任山风吹拂着衣袂，神色复杂地眺望着远方。

跟在他身侧的只有一个身着蓝色宫装的貌美妇人，正是北寒仙宫的副宫主雪莺。

“宫主，根据卢越他们之前传回来的消息，苍流宫那边似乎没有什么动静，至今也是在四处打转，并未找到太乙殿的真正所在……至于伏凌宗，暂时没得到什么消息。”雪莺恭敬地说道。

“但凡异宝出世，必有天兆示之。推算下来，距离天炉开启之日已经没剩多少时间了，秘境之中用不了多久就会有异动。现在所有人积极寻找太乙殿，为的便是赶在异动出现之前到达那里，将天机异象遮蔽起来，好占据先机。”萧晋寒缓缓地道。

“卢越他们正在全力探查，相信用不了多久就能找到……”雪莺说道。

“欧阳奎山他们呢？”萧晋寒眉毛微挑，问道。

“正在我们之前经过的那片山峦区域探查。太乙殿应当不会在那里。”雪莺想了想，说道。

“这次仙府之行，他们若是老老实实，没有什么出格的举动，之后倒是可以稍微放松对他们的管束，隔五六百年敲打一下即可。”萧晋寒吩咐道。

御人如熬鹰钓鱼，讲究张弛有度，并非靠一味强压，作为北寒仙宫之主，萧晋寒自然深谙此道。

“是。”雪莺连忙应道。

“你先下去吧，本座想独处片刻。”萧晋寒神色微异，忽然说道。

雪莺自然不敢违逆，连忙告退。

雪莺才离开这片山崖，崖畔下方就有一道笼罩在黑色烟雾中的人影从深谷之中升起，飞到了萧晋寒的身前。

来人躬身下拜，然后以传音秘术，与萧晋寒交谈起来。

“我们这边一切都已安排妥当，宫主大人尽管放心。”黑色人影说道。

萧晋寒的神色始终没有变化，只是轻轻地点了点头，冲着那人影挥了挥手，示意其离开。

黑色人影立即飞掠而下，落入深谷之中，化作一团黑烟，消失不见。

萧晋寒瞥了一眼其消失的地方，撇了撇嘴，有些意兴阑珊。

就在这时，才离开没有多久的雪莺突然又回来了，眼中闪烁着异彩。

“找到了？”萧晋寒一眼就看了出来，径直问道。

“欧阳奎山传信过来，说在他们那边。”雪莺点了点头，说道。

“走吧。”萧晋寒眼中精光一闪，当机立断地道。

说罢，两人便化光飞掠，消失在崖畔之上。

小半个月后。

一团青光在半空飞驰，正是青鸾飞舟。

下方的地面仍然呈红色，地形也和一开始没有什么变化，还是荒芜平原，毫无生机。

唯一有些变化的，是半空中开始浮现一团团红云，有的大有的小，静静地飘浮着，也不随着荒原上的风飘走，看起来有些诡异。

飞舟之上，韩立盘膝而坐，手中拿着一块玉简，贴在额头上。

这玉简是一幅地图，是他看过陆雨晴的那幅仙府地图后，凭借记忆画出的，虽然比不上原图，但也有七八成相像。

他一边观察周围的地形，一边对照着地图，试图找到此处所在的位置，可惜已经找了很多天，始终无法在地图上找到这片红色荒原的位置。

他眉头微皱，取下了额头上的玉简。

“找不到又有什么关系？什么都不知道才有意思呀！”金童有些无精打采地躺在一旁，打了一个哈欠，说道。

韩立没有理会金童，面露沉郁之色。

他可没有金童那种心态。如今他虽然进阶金仙境中期，实力大增，但这秘境之中不知还有什么危险，他丝毫也不敢大意。

他将玉简收了起来，翻手取出一块赤红阵盘，正是呼言道人给他之物。

韩立两手掐诀，一道道法诀纷纷没入阵盘之内。

赤红阵盘表面的灵纹一圈圈亮起，散发出阵阵红光，红光交错缭绕，形成了一座赤红色的微型法阵。

他嘴唇微动，发出一条传信。

赤红阵盘轻轻转动，法阵光芒闪烁，但始终没有收到任何回应。

韩立眉头微皱，挥手将赤红阵盘收了起来。

传信阵盘没有回应，不知是呼言道人那里出了问题，还是这里环境特殊，无法使用传信阵盘。

韩立沉默了一下，不再费神想这些事情。既然联系不上呼言道人，那就姑且独行吧，以他此刻的实力，就算遇到什么危险，也能抵御一下。

此刻距离秘境结束还有不少时日，这片区域这么多年来应该还是首次被人探寻，或许自己能有什么收获。

一念及此，他手中掐诀，青鸾飞舟顿时再次一亮，正要加快速度。

就在此刻，一声巨响从远处传来，方圆万里的天地都隐隐晃动了一下。

韩立突然抬头，朝一个方向望去。

只见远处天际浮现一团团耀眼白光，翻滚不定，发出一阵阵万马奔腾般的巨响。天地灵气也为之震颤，如潮水般翻滚，一道道灵光仿佛巨涛般冲击而来，并且掀起一阵阵飓风，席卷天地。

一股庞大的威压从那个方向涌来，即便是韩立，也有些心惊，瞳孔不由得一缩。

他单手一挥，青鸾飞舟停了下来。

就在此刻，远处的霞光忽地再次波动起来。这次和刚刚不同，并非往外扩散，而是长鲸吸水般收缩而回。

一两次呼吸之间，天际的云霞尽数消失，不留一丝痕迹。

翻滚的天地灵气很快恢复平静，仿佛刚刚的惊天异象没有发生过一般。

韩立眉头一皱。

金童也跳了起来，瞪大了眼睛朝远处望去。

“好惊人的天象，莫非有什么异宝出世？韩立，我们过去看看！”金童眼珠子滴溜溜一转，似乎想到了什么，说道。

“看此动静，不像是异宝出世，那些霞光之中似乎蕴含着空间之力，看起来更像是有秘境出现了。”韩立没有立刻动身，谨慎地说道。

“管他是什么出世，反正如果我们不去，就被其他人抢先了！”金童嚷嚷道。

“那就去看看吧，但有一点要注意，不许轻举妄动。另外，在人前不许呼我本名。”韩立目光闪动，微一沉吟，点了点头。

如此异象，他也很好奇。

“知道了，大叔，快走吧！”金童闻言，喜笑颜开地回道。

韩立一阵无语，摇了摇头，脚下一点，青鸾飞舟光芒大放，朝着那里飞射而去。

一处赤红丘陵上空，一团晶莹白光往前飞驰而去。

白光上站着一群人，正是北寒仙宫众人，萧晋寒、雪莺都在。

“咦！”萧晋寒面色忽地一变，挥手打出一道法诀。

晶莹白光忽地停了下来，他朝左前方望去。

“宫主，怎么了？”雪莺问道。

“刚刚那个方向似乎有异动。”萧晋寒说道。

“异动？”雪莺闻言一怔，她一点儿也没有察觉。她眼中浮现一层白光，朝那个方向望去。

“异动的地点距离这里太远，以你们的境界是感应不到的。况且那异动只持续了几次呼吸，就消失了。”萧晋寒说道。

“莫非……太乙殿终于出世了？”雪莺眼神一亮，说道。

其他人听闻此话，身体一震，看向萧晋寒。

萧晋寒眉头微皱，面露迟疑之色。刚刚虽然感知到了远处的异变，但距离太远，他也没感应清楚。

就在此刻，萧晋寒身上浮现一道白光，一闪而逝。

他眉梢一挑，单手一点。

“嗖”的一声，一团白光浮现，露出一块传信阵盘，阵盘上散发出一圈白光，形成一个法阵。

法阵微一波动，一个虚影浮现，正是欧阳奎山。

“宫主，我们找到了太乙殿的入口！”欧阳奎山一脸大喜地说道。

“哦，在哪里？你们是怎么发现的？”萧晋寒脸上没有露出多少喜色，反问道。

“就在刚刚，入口那里爆发了异动，我刚好在附近，侥幸发现，至于位置，就在这里。”欧阳奎山一边说，一边挥手，一片光芒飞射而出，化为一张地图。

地图上，一个青色光点在跳动。

萧晋寒目光微闪，从地图看来，欧阳奎山所说的入口，正是他刚刚感应到异动发生的地方。

“我知道了。你们好好守住入口，我稍后便过去。”萧晋寒吩咐道。

“宫主大人，那异动此刻虽然已经消失，但刚刚动静极大，您还是快些赶来，否则若有其他势力之人来这里，我们可拦不住。”欧阳奎山说道。

“我自有分寸。”萧晋寒面色微冷，说道。

“是。”欧阳奎山点点头。

萧晋寒当即掐诀中断了传信，欧阳奎山的身影一颤，消失了。

他站在原地，皱眉不语，似乎在考虑着什么。

“宫主，刚刚欧阳奎山所指的位置，不正好是之前发生异动的方向吗？如此看来，多半是真的。”雪莺站在一旁等了一会儿，忍不住说道。

“不急，若那里真的是太乙殿的入口，岂会没有禁制守卫？就算其他人赶到，想要进去恐怕也不容易。”萧晋寒摇摇头，说道。

“您的意思是，欧阳奎山刚刚所言有假？这不太可能吧？他若有胆量欺骗我们，也就不会背叛百里炎了。”雪莺眼中闪过一丝轻蔑之色，说道。

“欧阳奎山这些人的话不可全信，多一分提防总不会错。”萧晋寒缓缓地说道。说完，他屈指对阵盘一点。

阵盘上浮现出一层耀眼的光芒，随即朝着周围扩散而去，再次形成一个法阵。

法阵闪动了两下，中央光芒一闪，一个人影浮现，正是卢越。

“属下拜见宫主，突然召见，可是有什么事情吩咐？”卢越行了一礼，恭敬地问道。

“你此刻在何处，刚刚可感觉到了什么？”萧晋寒问道。

“属下在先前我们分开处的东南区域，刚刚并没有感应到什么。”卢越闻言，回道。

“明白了，你继续在那附近搜寻，若有发现，及时回复。”萧晋寒点点头，吩咐道。

“是。”卢越点了点头，中断了通信。

萧晋寒手中掐诀，正要再次催动阵盘。

突然，他身上浮现一道黑光。他面色微变，立刻一挥手。

一个黑色阵盘出现在他手中，散发出一圈圈黑光，一个模糊的黑色人影站在黑光之中，正是上一次和他密谈之人。

“萧宫主，太乙殿入口已现。封天都已经发现，正朝那里赶去，我们已经按照计划，将一切布置好了。”黑色人影说道。

萧晋寒闻言，眼里闪过一丝喜色，但很快就消失了。

“太乙殿在什么地方？”他略一沉吟，开口问道。

黑色人影一挥手，手中黑光凝聚，化为一张地图，地图上面有一个标记，和刚刚欧阳奎山所说的地方基本一致。

“好，我立刻过去。”萧晋寒点了点头，说道。

黑色人影中断了通信。

“走！”萧晋寒掐诀一挥，白光往前飞射而去。

雪莺也挥手打出一道光芒，注入身下的白光之中，白光飞遁的速度立刻加快一些。

一行人往前飞了片刻，一道蓝光在一行人右前方浮现，迅疾无比地飞射而来，眨眼间就到了眼前。

雪莺眉头一皱，手中法诀一催，停下了身下的白光，正欲张嘴呵斥，却被萧晋寒用眼神制止了。

前方蓝光一敛，现出了一行人，正是苍流宫修士，为首之人是宫主洛青海。

“萧宫主，还有雪副宫主，我等可真是有缘，竟在这里相遇。看诸位这般着急，不知要去什么地方？”洛青海冲萧晋寒等人一拱手，笑着说道。

“洛大宫主，有话就请直说吧。”萧晋寒神色不变，淡淡地说道。

“呵呵，萧宫主真乃快人快语。那我就不隐瞒了，洛某在前方发现了一处遗迹，里面有一处禁制颇为难解，我等已经尝试了数日，仍然没能将其破开，料想其中必然藏有重宝。恰逢萧宫主路过，不知可有兴趣一起去看看？”洛青海笑着问道。

“重宝……不知在什么地方？”萧晋寒目光一闪，问道。

“就在前面不远处，飞过去不用半日。”洛青海朝来时的方向一指，说道。

萧晋寒顺着对方所指的方向望去，发现并不是太乙殿入口的方向。

“据我观察，那禁制之下恐怕是一座古墓，虽然不知埋葬的是谁，但肯定是个大有来历之人。”洛青海说着，取出了一枚蓝色玉符，一挥之下，玉符顿时绽放出明亮的蓝光，凝聚成一面水镜，里面显现出一片风沙翻滚的荒野。

地面上赫然有一个巨大的黄色光罩，呈椭圆状，给人一种昏沉之感。

光罩之下，隐约能看到一座巨大的陵墓，仿佛一头巨兽匍匐在地上，透过水镜仍然能感受到其散发出的逼人气势。

“看来洛大宫主的运气真不错。不过如此宝地，你们苍流宫一家独得岂不更好，为何要邀请我们一起？”萧晋寒看了水镜两眼，点了点头，随即又问道。

“萧宫主，洛某刚刚已经说了，这陵墓外的禁制极为厉害，我们倾尽所有的力量攻了几天，还是打不开。再耽搁下去，恐怕会引来其他势力的觊觎，所以才想请萧宫主一同前往，你我两家协力破开禁制，再平分里面的宝物，如何？”洛青海压低声音，神色凝重地说道。

“连苍流宫宫主都破不开的禁制，萧某只怕也无能为力。”萧晋寒目光闪动几下，摇了摇头说道。

“关于这个，萧宫主尽管放心，洛某研究了那法阵几日，虽然没将其破开，但也想到了破解之法。只是这破解之法必须六位金仙一起出手才能施展，所以才来邀请萧宫主。”洛青海笑道。

萧晋寒听闻此话，略一沉吟，旋即转身看向雪莺，道：“既然只需要六人，你们苍流宫有五位金仙，再加一位便够了。雪莺，你就带着他们几个随洛宫主走一趟吧。”

“可是宫主，你不是怀疑那……你独自前去，万一他……”雪莺听闻此话，面色一急，传音说道。

“你不用担心，我自有分寸。”萧晋寒摆了摆手，打断了雪莺。

雪莺听闻萧晋寒此话，便没有再说什么。

“有雪莺副宫主前往，也是一样的。雪莺副宫主，事不宜迟，我们这便出发吧。”洛青海闻言，催促道。

说完，他挥手发出一道蓝光，卷起苍流宫一行人朝前方飞射而去。

“宫主，那我便去了。”雪莺对萧晋寒微微点头，翻手祭出一艘飞燕形状的飞舟，载着其他人。

“放心去吧，好好协助洛大宫主。”萧晋寒淡淡吩咐道，故意在“协助”二字上加重了语气。

雪莺闻言，旋即不再多说，掐诀一点。

飞燕飞舟朝前方飞去，转眼间消失在天际。

萧晋寒朝着两拨人远去的方向望去，目光闪烁，直至对方完全消失，他才化为一道白光，继续朝前方而去。

数日后，一道白光从远处飞射而至，落在了一处巨大的峡谷上空，现出萧晋寒的身影。他双手背在身后，目光朝周围望去，衣衫被呼啸的冷风吹得猎猎作响。

按欧阳奎山和那个黑影先前所指的位置来看，应该就在这附近了。

半晌，他眼睛忽地一亮，身形顿时电射而出，无声无息地朝峡谷内的某个方向飞去。

峡谷下方，赫然有一面巨大的白色方形石壁，表面光滑无比，看起来像是一座大门。

石壁上从左到右铭刻着一幅山河图，栩栩如生，山河图上浮现出一层厚厚的白色光幕，闪动不已。

白色石壁前方，已聚集了不少人，隐约分成了四拨。

其中最大的一拨是伏凌宗众人，他们宗门几乎所有进入秘境的人都在此处，除了封天都、齐天霄外，还有其他三名金仙。看起来只少了一两个真仙修士，估计是殒命在仙府某处了。

伏凌宗众人不远处，站着一群异族修士，正是南黎族的人。

不过南黎族的四位金仙中，只有古稀老者和鹤发老妪两人在此，另外两位金仙却不见踪影，真仙境修士也只有原先的一半，不知他们是兵分两路，还是其余人已经殒命。

第三拨是欧阳奎山等三个烛龙道金仙。

第四拨人数更少，只有一男一女，站在距离众人最远的地方。男的是个身穿黑袍的老者，黑须黑发，神采奕奕。女的则身穿一袭黄裙，姿容姣好。

若是韩立在此，一定可以认出，这二人正是呼言道人和云霓。

就在此时，半空中金光一闪，一个身影无声无息地浮现，来人面孔方正，脸生银须，一袭金纹白袍无风自动。

来人虽然没有说话，身上也没有一丝一毫的气息散发出来，但在场所有人都感觉到一股无形威压油然而生。

这白袍男子正是萧晋寒。

他的突然出现，让在场众人一惊，只有欧阳奎山等三人面露喜色，立即迎了上去。

"拜见宫主。"

"你们此番立下大功，等出了仙府，重重有赏。"萧晋寒看了三人一眼，点了点头说道。

"多谢宫主。"欧阳奎山等三人欢喜地道，然后走到一旁，垂手而立。

萧晋寒又转头朝南黎族和呼言道人、云霓等人看了一眼，眉头微不可查地皱了皱。

“宫主，这些人此前应该也在附近，看到异象后就陆续赶了过来。”欧阳奎山注意到萧晋寒的神情，连忙传音解释道。

萧晋寒微微颔首，没有回话。

欧阳奎山等三人见此，面色微微一松。

“原来是萧宫主到了。想不到你也来得这么快，不过怎么只有你一个人，仙宫其他几位道友呢？”封天都看了过来，眉梢一挑，问道。

第227章

偷窥

“其他人自然在忙别的事情，就不劳封道友费心了。”萧晋寒淡淡地说道。

“看来萧宫主此番机缘匪浅，想必收获颇丰。只是阁下平素俱是前簇后拥，如今孤身一人，倒让封某有些不习惯了。”封天都缓缓地说道。

“其实萧某人更喜欢独来独往，有时候少一些累赘，反而更容易施展拳脚，封道友不觉得吗？”萧晋寒冷冷地说道。

“呵呵，封某人可不像萧宫主这般潇洒，还是觉得人多一些办起事来更方便。”封天都笑着说道。

“贵宗果然人多势众。看样子，封道友已打算将这太乙殿纳入伏凌宗的领地了？”萧晋寒瞟了远处的南黎族和呼言道人等人一眼，话锋一转说道。

“萧宫主此言差矣，太乙殿本就是一处无主之地，自然任何人都可以来。尤其是萧宫主一来，让封某觉得轻松多了。”封天都闻言，摇了摇头说道。

萧晋寒淡淡一笑，朝着封天都身后的几人看了一眼，然后转头看向白色石壁，突然一抬手。

“刺啦”一声，一道白光从他掌心飞射而出，形成一支晶莹的长箭，射在了光罩上。

“啪嗒！”

晶莹长箭应声碎裂，光罩表面微微闪动了两下，立刻恢复了原样。

“好坚固的禁制。”萧晋寒目光微闪，说道。

“宫主，刚刚伏凌宗的人已经合力攻击过此禁制，禁制始终固如金汤，看来想要打开入口绝非易事。”欧阳奎山低声说道。

萧晋寒听闻此话，神色不变，只是微微点了点头。

“宫主也不用担心，以属下的观察，这石壁上的白色光罩禁制原本有现在的两倍厚，不知为何一直在缓缓变薄，相信只要再过一段时间，就会变得更薄，甚至消失，到时候或许便能将其破开。”欧阳奎山说道。

“哦，此话当真？”萧晋寒神色一动，说道。

“属下万万不敢撒谎。宫主明察秋毫，只要稍作观察，便可知晓。”欧阳奎山连忙说道。

萧晋寒闻言，深深地看了欧阳奎山一眼，见对方连忙低头垂手，便移开了目光，自顾自地走到一旁的一块大石旁，一甩衣摆坐了下来，闭目养神。

见此情形，封天都瞳孔微微一缩，随即便移开了目光，身后的伏凌宗众人也互望了几眼，纷纷就地盘膝而坐。

在场其余人见此，也默默地在原地坐了下来。

现场一片安静，气氛显得有些诡异。

时间一点点过去，转眼就过了小半个时辰。

萧晋寒眼中白光闪动，缓缓点头，他发现石壁上的光罩禁制确实比之前变得薄了一点。

此时此刻，一个隐蔽的山洞之内，一高一矮两个人影并肩而立，一动不动，正是韩立与金童。

二人不知动用了什么秘术，身上气息一丝一毫也没有散发出来，即便有人用神识扫过此处，就仿佛空空如也一般。

韩立透过两块大石间的缝隙，朝着远处众人望去，眼中蓝光闪烁。

白色石壁发出惊人异象时，他其实就在不远处，可以说他到得极早，只比欧阳奎山他们晚了一会儿而已。

不过看到欧阳奎山等三人后，他立刻带着金童施展秘术躲了起来。

“人越来越多了，听他们刚刚所言，这里是太乙殿的入口。太乙殿是什么地方？竟然能引得萧晋寒、封天都这些人如此争夺。莫非……”韩立心中暗暗纳闷。

此外，呼言道人和云霓也来了这里，让他心中稍安。

不管怎么说，呼言道人同他亦师亦友，这些时日他一直对其颇为担心，此刻看到其平安无事，他也就放心了几分。

金童有些无聊地站在一旁，忽地张口丢了不知道什么东西进了嘴里，“咯噔”一声，声音不大，却将韩立吓了一大跳。

“小心，别发出声音，让那些人发现我们就麻烦了。”韩立面色微变，传音说道。

幸好他们早有所备，掩盖了声音和气息，加上距离够远，萧晋寒等人又都在全神贯注地看着石壁，神识再强都没法注意到这里。

“一直躲在这里真是无聊，大叔，我们要躲到什么时候？”金童噘嘴传音道。

“再耐心等等。”韩立头也不回地说道。

“那些人和你有仇吗？”金童小眉毛一蹙，传音问道。

“有一些，算是吧。”韩立不置可否地说道。

“哪个是你的仇人？”金童摩拳擦掌，迈步便要冲出去。

“先等一下，他们人多势众，我们只有两个人，打起来未必是他们的对手。再者，那些人看起来也在钩心斗角，等禁制破开说不定他们自己就打起来了。”韩立急忙一把拉住金童，传音道。想来金童和渠灵在一起太久，本来就霸道的性格更甚了。

“对对。”

金童先是一喜，想了想后又说道：“要是他们不打起来，我们就等着他们分开了，再追上去，本仙女聪不聪明？”

“金童真是聪明。”韩立摸了摸金童的头，说道。

“好吧，那就再勉为其难耐心地等一下吧。”金童拍了拍手，躺了下来，用两条胳膊枕着脑袋。

韩立轻轻呼出一口气，继续朝着远处望去。

转眼间，又是数个时辰过去，金童已经不知不觉地睡着了。

白色石壁上的光罩禁制，此刻只剩下薄薄一层。

这段时间内，没有其他人来此。包括萧晋寒、封天都在内的所有人都站了起来，目光紧紧地盯着白色石壁。

石壁上白色光罩轻轻闪烁，仍旧在缓缓变薄。

不少人开始面露紧张之色，体内提起仙灵力，只等光罩禁制减弱到最低时，便立刻发出雷霆一击。

在场众人在准备的同时，也互相戒备。

“师兄，禁制已经变得很薄，集合我们所有人的力量，应该可以破解，是否立刻出手？”齐天霄嘴唇微动，传音说道。

“再等一会儿，等禁制变到最弱时再说。而且我们不能光顾着禁制，更要小心萧晋寒。”封天都传音回道。

“是，师兄放心。”齐天霄眼中精光一闪，缓缓点头。

远处山洞内，韩立也紧紧盯着白色石壁，眼中蓝光闪动，眼神忽地一动。

就在此刻，已经稀薄到仿佛一张白纸的白色光罩，忽地一闪，上面浮现无数白色纤细光丝，疯狂跳动，白色光罩开始变厚。

众人眼见此景，面色大变，不约而同地悍然出手。

萧晋寒手一挥，一道刺目白光从其手中电射而出，看起来像是一根尖锥模样的仙器。

一道道白色闪电在尖锥仙器上跳动，发出刺耳的怪啸和雷电轰鸣声，狠狠地刺向白色光罩。

欧阳奎山等三人大喝出声，各自祭出了一柄金色飞剑，剑柄上有一个兽头吞口，似龙非龙，似兽非兽。剑身两面，一面铭刻着山河图案，另一面铭刻着浩瀚星空。

三柄飞剑呈品字形，绽放出耀眼无比的剑光，凝聚在一起，劈向了白色光罩。

南黎族的古稀老者和鹤发老妪手一抬，手中的金色拐杖立刻飞射而出。

骇人的金光从两根拐杖上爆发而出，一闪化为两条数十丈长的金龙，全身金光闪亮，仿佛黄金铸造一般，散发出锋利的气息，打向白色光罩。

呼言道人和云霓也祭出了仙器，分别是一柄赤红飞剑和一个蓝色飞轮，品阶似乎一般，但也散发出冲天的光芒，迎风暴涨数倍，狠狠地斩向了光罩。

不过在场所有人中，还是伏凌宗发动的攻击威势最为惊人。

只见伏凌宗所有人站成一圈，虽然稀稀疏疏，但隐含玄妙，看起来是一个法阵。

所有人身上黑光大放，随即一凝，化为一根根粗大的黑色光束，仿佛一条条黑色大蟒，彼此连接在一起，最后尽数汇聚到封天都身上。

封天都的身躯猛地变大，皮肉都鼓胀起来，青筋浮现，仿佛蚯蚓一般蠕动。他散发出的气息大涨，一下盖过了在场所有人。

萧晋寒见此，面色也微微一变。

封天都深吸了一口气后，口中念念有词，身体飞快变化，皮肤变得青黑干枯，头发也变得枯黄。

“哗啦啦！”

一连串响亮的锁链碰撞声从封天都体内传出，随即其身前黑光连闪，一根根粗大的黑色锁链浮现，足有数十根，密密麻麻，宛如触须般上下扭动。

每一根锁链上都有无数米粒大小的黑色符文缭绕，闪动间，散发出一股股令人心惊的宏大法则波动。

远处山洞内，韩立双瞳微微一缩。

虽然相距颇远，但他还是清晰地感受到了封天都唤出的那些黑色锁链散发出的气息，和他手中的那两根隔元法链一模一样。

“难道此人是……”他目光一闪，心中已然明白。

白色石壁前。

封天都双目一闭，两手掐诀一点，身前那数十根锁链同时一颤，接着电射而出，化为无数黑线，疾风骤雨一般冲笼罩石壁的光罩而去。

“噼里啪啦！”

白色光罩表面顿时泛起一点点的黑色光晕，此起彼伏，周围荡起一圈圈涟漪。

在场其余修士也各自祭出灵宝，或施展秘术，纷纷朝光罩狂涌而去。

如此多真仙与金仙联手攻击，气势撼天震地，引得白色光罩表面一阵扭曲，无数符文从上面飘出，盘旋飞舞，翻滚不休。

“轰隆隆！”

一声惊天巨响，整座峡谷突然剧烈晃动起来，山壁和地面开始浮现一道道粗大无比的裂缝，互相交错，如同蜘蛛网一般蔓延开来。

白色石壁上的光罩承受了这么多攻击后，表面光芒狂闪，那些符文的盘旋轨迹变得杂乱无章，光罩不再变厚，上面浮现一道道裂纹。

众人见此，顿时精神一振，攻势顿时变得更猛。

只听“啪嗒”一声，白色光罩表面的符文纷纷爆裂，接着整个光罩终于碎裂开来，化为大片白色晶光，露出了下面的白色石壁。

封天都睁开双目，枯槁的脸上隐隐闪过一丝喜色。

他手中掐诀一点，口中轻声念叨，身上黑光一闪，所有黑色锁链尽数飞射而回，没入了他的体内。

紧接着他向前踏出一大步，正要开口说话。

就在此刻，异变陡生！

站在封天都不远处的齐天霄和其他三位金仙忽地同时抬起双手，手腕一抖。

“当！”

一阵刺耳的声音响起，齐天霄等四人的衣袖之中陡然金光大放，无数符文缭绕，四根碗口粗的金色锁链如灵蛇般飞射而出，卷向了封天都的四肢。

每一根锁链都散发出明亮的金光，金光中还有一枚枚金色符文，散发出强大的禁锢法则之力。

封天都面色一变，不见他如何动作，周身上下蓦地浮现一层漆黑光芒，瞬间形成一个黑色光罩，护住了全身。

几乎在黑色光罩形成的一刹那，四根金色锁链席卷而至，缠绕在黑色光罩上。

金色锁链一碰到黑色光罩，表面的金色符文猛地同时一亮，接着锁链便轻易突破了黑色光罩，纷纷一卷，闪电般捆住了封天都的四肢。

四根金色锁链上纷纷浮现一道道金色电弧，打在了封天都身上，使得其全身上下冒出一缕缕袅袅白烟。

封天都闷哼一声，身上的黑光立刻消失无踪，体表的黑色光罩也消失了。

齐天霄等四人面色一喜，口中飞快地念起咒语，四根金色锁链彼此连接，一阵交错缠绕，瞬间形成了一个四四方方的金色囚笼，将封天都困在了中央。

一股强大无比的禁锢之力从金色囚笼之中散发而出，附近的空气和天地灵气也被禁锢了，仿佛被冻结了一般。

一连串的变故在电光石火之间完成，在场的其他人看见这一幕，都呆住了，连白色石壁的事情也暂且忘了。

远处山洞之中的韩立也看呆了。

“这些金色锁链，好像是……”他脑海中忽地浮现当初烛龙道讲道大会的情形。

眼前这四根金色锁链散发的气息，和当年欧阳奎山等人对付百里炎的八根锁链一模一样。

虽然眼前只有四根，比此前少了一半，但这些锁链明显比当初粗大了数倍，金色囚笼散发出的气息也更胜当初。

“齐天霄，还有你们三个，这是做什么？想要造反不成？！”封天都奋力挣扎，体表浮现一层黑光，不过立刻被金色囚笼散发出的强大禁锢压制了，一身修为根本无法施展。

“师兄，得罪了。不过今日之事，也是你咎由自取，怪不得他人。当年师父临终时传掌门之位给我，你这些年却依仗修为，丝毫不将我放在眼里，强行夺取掌门实权，甚至将宗门的资源中饱私囊。是你做得太过分，可别怪我不讲师兄弟的情分。”齐天霄冷冷地说道，手中掐诀一点。

金色囚笼上再次浮现一道道粗大的金色电弧，一闪化为七根粗大的金色钉子。

每一根钉子有尺许长，上面铭刻着无数金色雷电符文，散发出骇人的雷电法则气息，猛地刺入了封天都的眉心、胸口、小腹等重要部位。

封天都闷哼一声，嘴角流出鲜血。

“刺啦！”

一道道金色雷电从七根金色钉子上涌出，在封天都身上飞快蹿动，发出一连串爆裂声。

封天都的皮肤立刻浮现一道道裂纹，鲜血从中流出，身上散发出的气息也随之大减。他眼睛一眯，怒哼一声，两手猛地握拳。

他口中飞快诵念咒语，体表顿时浮现一片黑光，全身立刻变成黑色，尤其被金色钉子钉入的地方，更是冒出一个个黑色符文。

“哗啦啦！”

声音从封天都体内传出，七根金色钉子微微颤动，缓缓退出，仿佛被什么东西顶了出来。

齐天霄面色一变。

与此同时，数声锐啸响起，十几根黑色锁链从封天都全身各处射出，缠向了金色囚笼。

漆黑光芒从黑色锁链上蔓延而出，逐渐将金色囚笼染黑。

锁住封天都的金色锁链散发出的金光很快变得暗淡，隐隐有些松动。

齐天霄面色大变，急忙飞快掐诀，催动金色锁链，却没有丝毫作用。

黑光迅速在金色囚笼上蔓延，转眼间就将其染黑了一半。

就在此刻，封天都身后人影一闪，一个白色身影浮现，正是萧晋寒。

只见他手腕一抖，一道白影从他手中飞射而出，是一柄晶莹长剑，剑身若隐若现，散发出滔天寒气，闪电般刺向了封天都的咽喉。

齐天霄等人仍旧掐诀施法，对于萧晋寒的出现，没有做出任何反应。

封天都瞳孔一缩，张口喷出一道黄光，现出一面黄色龟甲形状的盾牌，盾面上铭刻着一道道玄奥花纹，散发出强烈的土属性法则波动，是一件难得的仙器。

龟甲盾牌黄光大放，瞬间变大数倍，挡在他的身前。

“叮当！”

白色长剑刺在了盾牌上，白黄两色光芒骤然在二者间爆发，其中符文翻滚，盾牌连连颤抖，被逼退了一段距离，不过还是将长剑挡了下来。

“齐天霄，原来你和萧晋寒勾结！”封天都目光一扫，怒吼道。

远处山洞内，韩立神情黯然，静静望着远处的情况，只是看向萧晋寒的眼神微冷。

此人果然工于心计，先是利用烛龙道十三金仙道主不和除掉了百里炎，如今又故技重施，挑拨伏凌宗内斗。

如果今日封天都也被除掉，北寒仙域三大宗门便只剩下苍流宫，其余的中小势力宛如一盘散沙，根本挡不住北寒仙宫的扩张，只怕用不了多久，整个北寒仙域就会彻底落入北寒仙宫之手。

萧晋寒野心不小！

“哇，果然打起来了！大叔，你果然没骗人，我们现在要动手吗？”金童走了过来，看到远处的情况，脸上露出笑容，拍手道。

“再等一下，精彩的还在后面。”韩立眼中光芒闪烁，说道。

此时，南黎族诸人面色一变，只有呼言道人神色如常，眼中却隐约有异光闪动。

就在此刻，人影一闪，欧阳奎山等三人出现在几人的前方，一字排开。

“诸位道友，此事和你们无关，还请不要插手。”欧阳奎山看着南黎族、呼言道人等人，手边浮现一片银光，口气充满警告意味地说道。

呼言道人等人互望一眼，站在原地一动不动。

萧晋寒看到此幕，心中微松，手中掐诀一点。

一团白雾从白色长剑上爆发，无数白色符文在其中跳动，仿佛无数雪花飞舞，一下包裹住龟甲盾牌。

龟甲盾牌表面光芒一盛，欲释放什么，结果一股蕴含法则之力的波动从周遭的雪花中一罩而下，顿时令黄光一滞。

白光一闪，一块磨盘大小的白色冰块浮现，晶莹剔透，炫目好看。

那面黄色盾牌赫然被冻在了冰块里，灵力全失，甚至感觉不到分毫法则之力的波动。

“啪嗒”一声，冰块掉在了地上。

“竟已将冰之法则修炼至此等地步，连法则之力也能冻结，萧晋寒不愧为北寒仙宫之主，果然厉害！”远处，韩立看见此景，眼中闪过一丝钦佩之色。

第228章

一出好戏

见自己祭出的盾牌被对方冰封，封天都面色一变，两手猛地掐诀，双目之中隐隐有黑光流转。

其全身上下黑光大盛，侵袭金色囚笼的速度更快，那七根金色钉子也以比此前更快的速度从其体内冒出。

“萧宫主，快！我们就要困不住他了！”齐天霄手中打出两道黑光，没入手中的金色锁链内。

此刻他冷汗直流，脸涨得通红，双手也微微颤抖，显然已经竭尽全力，但仍然无济于事。

其他三人的情形也是一样。

封天都的实力之强，显然超出了他们此前的预计。

萧晋寒眉宇间露出一丝迟疑之色，但见封天都这般模样，眼中厉色一闪，二话不说，欺身而上，所过之处，漫天雪花纷飞。

只见人随剑走，他一口气连刺了四剑。

接着破空声响起，四道白气仿佛四条白蛇一般朝着封天都疾射而去。

就在此刻，萧晋寒身后的空气波动，一只漆黑手掌无声无息地浮现，上面散发出阵阵黑雾，闪电般冲着萧晋寒的头顶狠狠地拍去。

萧晋寒身处半空，心中猛地一惊，身上顿时白光大放，猛地朝着旁边迅疾无比地横移。

但由于这手掌出现得太过诡异，且他正全神贯注想将封天都一击毙命，便没能及时躲过，被黑色手掌扫中了左肩。

一声清脆的骨裂声响起！

萧晋寒一个趔趄重新站稳，但左肩明显扭曲，背后浮现一个黑色掌印，十分显眼，散发出一股腐臭味。

他背上的衣衫飞快碎裂，仿佛被腐蚀了一般，被黑色掌印击中的皮肤发出“嘶嘶”声，飞快腐烂，并且快速朝着周围蔓延而去。

萧晋寒轻吸了一口气，另一只手掐诀，体表白光闪烁，其周遭漫天洒落的雪花，顿时化为一股白色旋风，朝伤口处汇聚而去，顷刻间化为一层白色寒霜，盖住了黑色掌印，让其不再继续扩散。

同时他闪电般转身，朝着偷袭之人望去，忽地一怔。

偷袭之人不是别人，正是齐天霄！

齐天霄面带微笑，完全没有了刚刚吃力的样子。

“嗖嗖嗖！”

趁着萧晋寒愣神的工夫，八根黑色锁链浮现，眨眼间，便到了他身前。

正是隔元法链。

萧晋寒瞳孔一缩，急忙张口喷出一只雪白玉碗，玉碗滴溜溜一转，蓦然从中飞出无数金银两色符文，化为一张金银两色相间的光网，将他一下罩住。

诡异的一幕出现了！

那八根黑色锁链一个模糊，竟仿若无物一般直接穿透了金银光网，没入了其体内。

萧晋寒全身一僵，体表散发的白光飞快消散，身上的气息也疾速衰弱。

紧接着，他身后有身影一闪，一个干瘦的人影浮现，正是封天都。

他身上的那七根金色钉子此刻已经不见踪影，气色也恢复了，双手掌心黑光缭绕，隐约可见八根尺余长的黑色锁链微微晃动，另一端隐入空中。

显然，攻击萧晋寒的隔元法链，正是从他手中飞射而出的。

“你……”

萧晋寒怒吼一声，体表白光猛地一亮，在皮肤上形成一层白色晶膜。

黑色锁链一顿，没入的速度顿时大减。

就在此刻，金光一闪，四根金色锁链飞射而至，一下卷住了萧晋寒的身体，正是刚刚用来束缚封天都的那些锁链。

金色锁链表面的黑色符文已经尽数消失，绽放出了耀眼的金光和强大的禁锢法则。四根金色锁链飞快缠绕，瞬间形成和刚刚一样的金色囚笼，将萧晋寒困在里面。

齐天霄和另外三个伏凌宗金仙出现在萧晋寒身边，手中飞快掐诀施法。

远处山洞之中，韩立见此骤变，眼中闪过一丝诧异之色。

“呀，这些人怎么回事？先前不是都在对付那老僵尸吗，怎么一眨眼的工夫，变成所有人一起打那个银胡子了？”金童惊讶地冲韩立传音问道。

“前面都是在演戏，实际上所有人都是为了杀银胡子而来。银胡子被自己同伴出卖了。”韩立的目光在封天都、齐天霄等人身上一一扫过，眼中露出一丝恍然之色，说道。

“这么看来，银胡子有点可怜啊！”金童小眉头一皱，有些不解地传音道。

“金童，你记住，以后出门在外，防人之心不可无，千万不要轻易相信任何人。”韩立微微一笑，传音回道。

“连大叔你也不能相信吗？”金童对韩立眨了眨眼睛，问道。

“我自然除外。”韩立闻言一愣，有些无语地说道。

“你们竟敢背叛我，找死！”萧晋寒目光一扫齐天霄等四人，口中一声冷哼，手中猛地掐诀。

一点耀眼白光从他手中绽放，光芒之中隐现一个个白色符文，迅疾无比地连闪三下。

齐天霄等四人身躯忽地一抖，丹田浮现一层白光，接着四人头顶有大片雪花飘落，四人的神情立刻变得呆滞。

萧晋寒脸上露出一丝笑容，手中掐诀正要催动。

就在此刻，齐天霄等人的丹田又浮现一团黑光，黑光里面有一根黑色锁链虚影，猛地一抽。

“啪嗒！”

四人丹田的白光碎裂，伴随着漫天飘落的雪花一起消失无踪。

“怎么可能……”萧晋寒脸色一僵。

“区区元婴禁制，也敢用在我伏凌宗修士身上，莫非萧宫主不知道封某的隔元阴魔功，是专门对付元婴禁制的功法？”封天都冷笑一声，说道。

萧晋寒面色一沉，正要再做什么。

就在此刻，人影一花，数道身影出现在附近，正是呼言道人、云霓，还有那两个南黎族金仙。

四人眼中精光大放，眼中满是杀意，同时大喝出声。

一柄赤红飞剑、一面蓝色飞轮、两根金色拐杖飞射而出，化为四道颜色不一的光芒，朝萧晋寒当头劈下。

萧晋寒神情再次一变，却没有惊慌，双目白光一闪。

其身前出现一团白光，引得周遭的漫天雪花飞旋而至，顷刻间化为一堵半透明的冰墙，散发出亮光，上面无数白色符文飞舞，墙内一道道若隐若现的白光流动。

“轰轰轰轰！”

呼言道人等四人的仙器劈在了冰墙之上，猛地一颤，冰墙表面浮现一道道裂纹，然后碎裂开来。

四件仙器也被震飞。

萧晋寒口中念念有词，身体周围白光大放，漫天雪花瞬间朝其汇聚而去，顷刻间化为一个直径十几丈的白色冰球，将他自己连同金色囚笼一起冻结在里面。

被冰球冻结，金色囚笼散发出的金光顿时凝固，那几根黑色锁链也被冻结，一动不动。

封天都眉头一皱，立刻屈指一点。

一柄漆黑飞剑飞射而出，化为一道数十丈长的巨大黑色剑光，狠狠地劈在了冰球上。

“轰！”

冰球猛地一震，表面被斩出一道十几丈长的痕迹，但并不深。

黑色剑光被震飞，重新化为一柄黑色蛇形飞剑，在封天都头顶滴溜溜转动。飞剑表面多出一些白色冰晶，散发出的黑色剑光有些散乱，似乎灵性有些受损。

封天都眼见此景，面色一沉，挥手发出一道黑光，没入飞剑。

黑色飞剑仿佛一条灵蛇扭动不停，很快将上面的白色冰晶震碎，恢复了正常。

人影闪动，封天都、齐天霄、呼言道人，还有那些真仙尽数飞了过来，将萧晋寒围在了中间。

欧阳奎山等三人看到萧晋寒被困，并没露出异色，也没有出手搭救之意，而是纷纷飞至半空，朝周围望去，似乎在警戒。

“很好，很好！除了你们这些人，还有苍流宫吧？洛青海在我来此途中，借故调走我的人，看来也是早有预谋，何不把他一起叫出来？”冰球之中，萧晋寒朝周围一众金仙望去，面上没有丝毫惧色，淡淡地说道。

众人听闻此话，都是一怔。

“嘿嘿，看来萧宫主是误会了。其实我们此番是临时起意，还未来得及与苍流宫洛宫主相商。不过看来也是天意，洛宫主竟帮忙支开了阁下的拥趸，真是个意外之喜，免了我等不少麻烦。”齐天霄嘿嘿一笑，说道。

“萧晋寒，自从你执掌北寒仙宫，倒行逆施，为了满足一己私欲，任意调动仙宫之力，对各大势力大肆加害。之前迫害了烛龙道，如今又想瓦解我们伏凌宗，真可谓狼子野心。今日，便是你的死期。”封天都眼中闪过冰冷之色，缓缓地说道。

其他人无不目露杀机，死死地盯着萧晋寒。

“哼！我乃北寒仙宫宫主，受封于天庭，若你们胆敢伤害我，天庭绝不会放过你们。届时派下巡查使者，你们一个都逃不掉。”萧晋寒眼见此景，不由得眉头微皱，沉声说道。

“不错，在北寒仙域我们是不敢动你。但此处是冥寒仙府，在这里杀了你，再毁尸灭迹，又有何人会知道？”呼言道人所化的黑须老者冷笑一声，说道。

“阁下是何人？你我应该素未谋面，更别说有什么仇怨了，想必道友此刻的容貌是幻化而成，并非真容吧？以阁下的修为，却不敢以真面目示人，不知图谋何事？”萧晋寒目光一转，看向了呼言道人，缓缓地问道。

听闻萧晋寒此话，在场其余人面色一变，看向了呼言道人，还有其身旁的云霓，有些人眼中闪过一丝狐疑。

呼言道人神色未变，嘿嘿一笑，并没有回答的意思。

“诸位道友，萧晋寒如今已是穷途末路，不要被其言语挑拨，他这是在拖延时间！”南黎族的鹤发老妪忽地开口说道，声音尖锐，颇为刺耳。

“没错，所有人一起出手，将其彻底击杀，若是让其逃出去，北寒仙域虽不小，但也将没有你我的容身之地了！”封天都目光一闪，沉声喝道。

此言一出，所有人心中一凛，眼中的杀机不觉浓郁了几分。

封天都深吸了一口气后，单手掐诀，全身黑光大放，朝周围扩散而去，瞬间形成一个直径五六十里的黑色灵域，将萧晋寒笼罩。

一股强大的禁锢法则之力散发开来，灵域范围内的一切都被禁锢住，动弹不得。

呼言道人等人猝不及防，身体也是一紧，仿佛被一道道无形之力锁住了，动弹一下都很困难，体内的仙灵力运转更是无比艰难。

但这种感觉只维持了一瞬间，所有人心中顿时一松，望向封天都的目光中，隐隐闪过一丝忌惮。

韩立所在的山洞，距离众人交手之地有点远，没有被黑色灵域波及，却仍能感受到其散发的阵阵法则波动。

“这灵域的面积，比渠灵的似乎还大一些。”他心中暗道。

灵域面积是衡量修士实力的一个重要标志，由此可见，封天都的实力比渠灵似乎还要厉害一些。

被封天都的黑色灵域笼罩，萧晋寒身上的白光顿时一黯，白色冰球内部的光芒立刻一阵波动，衰弱了不少。

与此同时，那几根原本已经黯淡无光的黑色锁链忽地一亮，似乎和黑色灵域产生了共鸣，里面的禁锢法则之力再次蠢蠢欲动。

萧晋寒的脸色变得有些难看。

见此情形，在场其余人也纷纷出手。

齐天霄身上灰光大放，朝周围扩散而去，瞬间形成了一个灰蒙蒙的灵域。

这灰色灵域与封天都的灵域相比，要小一些，且灰光之中隐隐带着一丝枯黄，充斥着一股刺鼻的腐烂气味。灵域范围内的空气泛起肉眼可见的波纹，似乎也要被腐蚀了一般。

这灰色灵域飞快弥散开来，罩住了萧晋寒及其余人，但除了萧晋寒外，其余人没有受到什么影响。

一方面是因为释放灵域的主人可以随心所欲地控制灵域中的法则之力，使其不影响自己的同伴。另一方面，则是其修为相较于封天都还是弱很多，而且其余人有心提防之下，自然也催动自身的法则之力进行了护持。

几乎同一时间，呼言道人目光微闪，手中掐诀，体表红光大放，浮现一团团赤红色火焰，熊熊燃烧。

“哗啦”一声，赤红色光芒爆发，朝周围扩散而去，形成一个火焰灵域，也罩住了萧晋寒。

南黎族的鹤发老妪一挥手中的金色拐杖，身上泛起一道赤红色光芒，朝周围扩散而去，也形成一个火焰灵域，朝萧晋寒罩下。

除了这四人之外，其他金仙没有再催动灵域，而是各自祭出仙器灵宝，汇聚成一股仙器洪流，朝萧晋寒轰然击去。

萧晋寒本就被困，此刻又同时被四个灵域影响，面色变得凝重，体表的灵光也消散了大半。

面对四面八方涌来的攻击，他的双目之中白光翻滚，形成了两个白色旋涡，滴溜溜旋转不已。

只见其全身浮现一道浓郁白光，朝周围扩散而去，很快形成一个白色灵域，面积竟比封天都的还大。

白色灵域内寒风呼啸，雪花飞舞，到处充斥着极寒的气息。

被白色灵域笼罩，封天都等人身体都是一颤，牙齿打战，无论肉体、仙灵力，还是神魂，都被一股奇寒之力冻结。

封天都等金仙运转体内的法则之力，包裹住全身，顿时抵御了一部分这股极寒法则的伤害。

那些真仙修士就不行了，身上全都浮现一层白色冰晶，眨眼间变成了一个个冰雕。

那些灵宝仙器上也立刻浮现出一层白色冰晶，被冻成了冰块，除了那些金仙的仙器，其他的尽数灵性全失，掉了下去。

面对萧晋寒施展的灵域，伏凌宗的真仙修士被冻成了冰雕，体表纷纷泛起一层灵光护体，虽然受伤不轻，但尚没有性命之忧。而南黎族那几名真仙，实力就差了些，一个修为最弱的真仙直接被冻得气息断绝，连元婴也就此殒命。

鹤发老妪面色一变，挥手发出一道红光，裹住其他真仙，飞到了灵域范围之外。

封天都也一挥衣袖，射出一道黑光，裹住伏凌宗的真仙，将他们送了出去。

这种高阶修士间灵域法则的比拼，低阶修士几乎没有什么作用。

这一切发生在电光石火之间，其余金仙祭出的仙器表面也浮现出一层白色冰晶，速度和威能骤减，但仍朝萧晋寒疾射而去。

“轰隆隆！”

几件仙器轰击在萧晋寒周围的白色冰球上，白色冰球微微一晃，便承受了下来。

萧晋寒没有理会外面的情况，口中念念有词，双目灵光闪动，七八道白色晶丝浮现在他身前，接着飞卷而出，没有攻击封天都等人，而是缠上了那些黑色锁链。

那些黑色锁链上顿时浮现出一层白光，再次将其内部的禁锢法则之力压制下去。

萧晋寒两手握住那些黑色锁链，猛地用力一拔。

“当啷”一声，那些黑色锁链被一下拔了出来。萧晋寒的面色顿时好看了不少。

“不愧是北寒仙宫的宫主，身处四重灵域之中，还能挣脱我的隔元法链。不过阁下再怎么顽抗，今日也必死无疑！”封天都冷笑一声，单手一招，那几根黑色锁链飞射而回，没入了他的衣袖中。

只见他抬起另一只手臂，五指一张。

刹那间，指尖迸射出五道黑光。灵域内的黑光立刻滚滚汇聚而来，没入五道黑光之中。

五道黑光立刻迎风狂胀，粗大了数倍，并且化为一个直径数丈的漆黑旋涡，疯狂转动。

一股强大无比的法则之力从旋涡中散发而出，让人心惊。

封天都口中低喝一声，单手对着黑色旋涡一点。

黑色旋涡立刻电射而出，速度极快，转瞬出现在萧晋寒的身前。

黑色旋涡骤然一胀一缩，然后猛地爆开。

“嗤嗤”声大作，旋涡化为无数道黑光爆射而出，打在萧晋寒周围的白色冰球之上。

与此同时，萧晋寒身后灰光一闪，一只房屋大小的灰色巨掌浮现，掌心绽放出枯黄的光芒，散发出强烈的腐蚀气息，猛然向他拍去。

巨掌的主人正是齐天霄，他悄无声息地出现在萧晋寒身后，面色冷峻。

几乎同一时间，萧晋寒左右两侧红光一闪，呼言道人和鹤发老妪的身影浮现，分别催动一柄赤红巨剑和一团火焰龙影。

二者皆散发出强烈的火焰法则之力，轰击在白色冰球上。

“轰隆隆！”

四人的攻击几乎同时打在白色冰球上，白色冰球上立刻浮现无数裂纹，爆裂开来，随即被冲天的黑、灰、红三色光芒所淹没。

“嗖”的一声，一道人影从光芒中飞射而出，正是萧晋寒，不过他身上衣衫破损，半边身体浴血，看起来极为狼狈。

就在此刻，他身前又浮现一个黑色旋涡，好像一张黑色大口，一下吞没了他的身体。

萧晋寒飞遁的身形立刻停了下来，并且不由自主地随着黑色旋涡转动。

“我说过，你今日必死无疑！”人影一闪，封天都的身影在前方浮现，单手一挥。

“嗡！”

一道巨大的黑色剑影从其手中飞射而出，绽放出森冷剑光，朝萧晋寒当头劈下。

“咔嚓”一声，萧晋寒的身体被劈成了两半。

“哎呀，这银胡子真可怜，还是被干掉了。他的元婴应该还在，可别浪费了，我去抢过来。”远处山洞之中，金童身形一动，便要朝外面飞去。

“别去！”韩立眼中蓝光闪动，一只手闪电般伸出，一把拽住了金童的冲天金色小辫。

“哎，不是说好了，金仙元婴归我的吗？”金童有些不解地嘟囔道，想要挣脱，但韩立的手臂纹丝不动。

“别急，继续看下去，好戏才刚刚开始呢。”韩立缓缓地说道。

山谷之中，封天都看着萧晋寒的尸体，面上露出一丝笑容，但下一刻笑容就消失了。

萧晋寒的尸体竟没有元婴飞出，反而白光一闪，化为两块晶莹剔透的白色冰雕。

“啪嗒”一声，冰雕碎裂开，化为点点白光，融入了四周的白色灵域。

第229章

域灵

距离封天都等四人不远的山壁前，一团白光浮现，滴溜溜旋转不停，周围随之有密密麻麻的雪花飞舞。

这些雪花顷刻间凝固，并化为丈许高的冰块，冰块随之爆裂，萧晋寒的身影一闪而出，面色比此前更显苍白。

虽然他元气受损不小，但他释放出的灵域自始至终都未消散。若细细观察，可发现在靠近他身体附近的范围内，白光浓密宛如实质，如同一层晶莹透明的护罩，抵御着封天都等四人的灵域之力的侵袭。

封天都目光一扫，冷哼一声，手掐剑诀一点。

其身前那柄黑色巨剑立刻方向一变，一个模糊便化为无数道黑色剑影，铺天盖地朝萧晋寒疾射而去。

齐天霄、呼言道人等人也纷纷掉转方向追了过去，手中法诀同时一催。

“轰隆隆！”

一只灰光缭绕的巨掌、一柄巨大的火剑，还有一条赤色火龙再次朝着萧晋寒呼啸而去，声势较之前更为惊人。

其他几个金仙身处萧晋寒的冰雪灵域之内，自身又没有灵域，行动受限，此刻自然跟不上这四人。

萧晋寒面色虽然苍白，神情却丝毫不慌，身形蓦地化为一道白光，直接朝下方飞射而去，一闪便出现在地面上，随后便不再移动，反而抬头朝封天都等四人望去。

萧晋寒头顶早已被漫天灵光笼罩，破空声中，剑影、巨掌汹涌而至，排山倒海般朝萧晋寒一罩而下。

就在此刻，“轰隆”一声巨响从下方传出，引得整个地面猛地一颤。

诡异的一幕出现了！

只见萧晋寒站在原地一动不动，一身白袍无风自动，他身后的地面一震，一根数十丈高的白色石柱突然从地下冒出。

异变并未停止，“轰轰轰轰”四声巨响，另外四根白色石柱接连从地下冒出，五根石柱围成了一个圆形，将萧晋寒的身体围在中间。

五根石柱通体雪白，仿佛由冰晶打造的一般，石柱从顶端到下部，铭刻着无数怪异的纹路，石柱上还镶嵌了一块块晶莹闪亮的白色宝石，仿佛一只只眼睛一般，闪动不已。

“嗡！”

五根石柱白光大放，并且迅疾地连接在一起，形成一个白色光罩，笼罩了萧晋寒的身体。

“轰隆隆！”

封天都等四人的攻击轰然而至，纷纷打在了白色光罩上，爆发出一团团颜色各异的刺目光芒。

光罩一阵扭曲颤抖，表面无数符文飞旋翻滚，似乎下一刻就要裂开，不过最后还是承受了下来。

封天都等四人见此情形，均是一怔。

远处山洞之内，韩立看到萧晋寒奇迹般地脱离了四名金仙共同施加的灵域时，脸上倒没露出什么异常之色，毕竟萧晋寒敢孤身来此，必然有所准备，且其身为北寒仙宫之主，有一些保命脱身的手段也属正常。

当他看到这些突然从萧晋寒周围冒出来的石柱时，终于变色，眼中闪过一丝惊讶的神色。

只见这五根白色石柱轻轻震颤，绽放出越来越耀眼的灵光，其中有无数白色符文，犹如雪花一般，纷纷融入萧晋寒释放的冰雪灵域内。

冰雪灵域颤动闪烁，范围飞速扩大，转眼间就扩大了两倍。

这突如其来的一幕，让韩立面色一变，他和金童所在的山洞，赫然也在这片冰雪灵域的范围内。

不仅仅是韩立，那几个被送到远处的伏凌宗和南黎族的真仙，还有半空的欧阳奎山等三人，也都被冰雪灵域笼罩了。

冰雪灵域不仅范围变大了，寒风中的雪花也变大变密了数倍，其中蕴含的寒冰法则之力，也陡增了一倍。

灵域范围内，山壁瞬间蒙上一层厚厚的冰晶，地面也是积雪皑皑。以山谷为中心，方圆百里瞬间变成了一个白茫茫的冰雪世界。

山谷上空，赫然浮现一道道冰凌，似乎空气也被冻结了。

封天都等人体表白光一闪，浮现一层冰晶，几乎瞬间被冻成了一座座冰雕。

远处那些真仙更是不堪忍受，他们前脚被金仙送出了萧晋寒的灵域，刚刚除去身上的冰晶，后脚就再次化为冰雕，连脸上的表情都凝固了。

但下一刻，封天都等金仙所化的冰雕之中，泛起各色光芒。

“砰砰砰！”

他们身上的冰晶先后被震碎，纷纷露出身形，面色都隐隐有些发白。

半空中的欧阳奎山等三人顾不上警戒，纷纷震碎身上的冰晶，飞身而下，落在了封天都等人的身旁。

封天都等人尚能抵挡得住，但那些真仙不行了。冰雕中的真仙气息飞快消散，被硬生生冻毙。

封天都等人看到此幕，顿时大怒，不过此刻也顾不上去救那些真仙。

“这五根柱子到底是怎么回事，竟能增强灵域之力？！他又是在何时布下这些石柱的？”齐天霄惊骇地问道。

其他人闻言，面面相觑，显然都不知道这些柱子的来历。

封天都也沉默不语，似乎对这些柱子所知不多。

他们人数虽然多，但此刻在气势上竟隐隐被压了下去。

“就凭你们这点谋算，莫非以为本宫主真的毫无察觉吗？我不过是将计就计、引蛇出洞，将你们一网打尽罢了！今日要死在这里的不是我，而是你们！”萧晋寒的声音从五根白色石柱中传出，异常冷厉。

封天都等人听闻此话，面色微变。

就在此刻，整个冰雪灵域再次翻滚，越发明亮，将空中的另外三色灵域压制了下去。

周围入眼处，能看到的只有冰雪灵域。

封天都等四人面色顿时变得难看，纷纷催动功法，试图提升灵域威能来抵御这股寒冰法则之力，却是徒劳。

“不可能，这禁制竟能将金仙的灵域威能提升到这个地步，这冰雪灵域的威力简直到了……”封天都眉头紧皱，眼中闪过一丝惊色。

他话还没说完，五根石柱上空一闪，浮现一个白色光团，散发出煌煌白光。

一道道白光浮现，朝着白色光团汇聚而去。

白色光团飞快变大，几次呼吸之后，赫然化为一个十几丈高的白色影子。

这影子上半身是人，下半身赫然是一团模糊不清的白雾，白雾翻滚不已，不时变化出各种形态，散发出强烈的法则气息。

“域灵！此人灵域果然被提升到了第三层，化灵境！”封天都面色一变，沉声说道。

其他人听闻此话，神情都是大变。

白色人影抬眼朝封天都等人看了过来，双目清澈灵动，看起来和常人没有太大区别。

只见它两手一挥，附近灵域立刻剧烈地翻滚起来，无数雪花飞旋着汇聚而来，淹没了它的身躯。

转眼间，一股巨大的白色寒潮浮现，滔天巨浪一般朝封天都等人席卷而去。

巨大的寒潮未到，一股恐怖的寒冰法则之力已经轰然而至，范围极广，根本无法躲避。

前方“刺啦”一声，一道道白色冰凌浮现，整片空间尽数被白色冰晶冻结。

封天都等人被冻结在里面。

几人大喝出声，身上亮起各色光芒，“砰”的一声，将身上的冰晶震碎。

“域灵能够操控灵域内的法则之力，情况不妙，诸位不要再留手，快！”封天都大喝一声，单手一挥。

黑色剑芒飞射而出，滴溜溜一转。

无数一模一样的黑色剑影浮现，汇聚到一起，化为一片黑色剑海，朝寒潮打去。

其他人也立刻祭出一件件仙器，绽放出冲天光芒，和黑色剑海汇聚到一起，形成一道更大的洪流，朝白色寒潮打去。

远处山洞之中，韩立和金童被白色寒潮波及，也被一层白色冰晶冻住全身，化为两座冰雕。

一股刺骨的寒冰法则之力侵袭而来，韩立全身一阵撕裂般的刺痛，同时体内的经脉和丹田中的仙灵力被冻成冰晶一般，运转变得迟滞。

“好厉害！”他心中感叹一声。

他以前不是没有和运用冰之法则的修士交过手，当年在黑风海域遇到的寒丘，修炼的便是寒冰法则。不过和萧晋寒相比，寒丘的寒冰法则根本不可相提并论。

思量间，韩立身上金光一闪，浮现一层金色光罩，罩住全身。

一股时间法则之力在金色光罩内流淌，立刻将寒冰法则之力隔绝了大半。与此同时，他身体一震，一股巨力涌出，将身上的冰晶震碎，面色如常，并没有受伤。

萧晋寒的寒冰法则虽然厉害，但韩立的身体坚韧无比，在短时间内，还无法对他造成什么伤害。

金童身上金光一闪，体表的白色冰晶也碎裂开来，露出身形。她朝五根石柱望去，小脸紧绷，眼中怒意翻滚。

金童身躯的坚韧程度还在韩立之上，寒冰法则自然无法对其造成什么伤害，只是被寒冰法则侵入体内，她狠狠地痛了一顿。

下一刻，金童身上金光大放，身形变得模糊不清。

“金童，等……”韩立想要阻拦，却已经来不及，“等”字尚未说完，金童已消失无踪。

他眉头紧皱，一跺脚，身形一晃，消失在原地。

“轰隆！”

白色寒潮和封天都等人释放的仙器洪流，硬碰在一起，随即轰鸣声不断，爆裂光团此起彼伏，几乎淹没了一切。

整个山谷随之晃动，岩壁和地面的坚冰再次裂开了无数纵横交错的裂缝。幸好山谷被萧晋寒的灵域凝聚出的坚冰冻结了，这坚冰并非寻常冰晶，坚固无比，否则这片区域根本无法承受如此恐怖的冲击，恐怕早已分崩离析，化为齑粉。

饶是如此，山谷各处也开始慢慢崩溃，无法支撑太久。

白色寒潮猛地一震，崩溃开来，重新化为漫天的寒风雪花，朝四面八方飘散而去。

封天都等人身躯大震，仙器洪流也被冲散了，而且每一件仙器表面都浮现一层厚厚的坚冰，灵光大减。

就在此刻，一道白影从漫天的寒风雪花中飞出，正是那只白色域灵，扑向了距离最近的伏凌宗一名身形略肥胖的金仙老者。

白色域灵左手指尖白光一闪，长出五根长长的指甲，每一根都有数尺长，仿佛五把利剑，闪电般朝肥胖金仙老者当头抓下。

肥胖金仙老者脸色一变，圆滚滚的身体倒飞而出，同时张口喷出一把火红飞刀，飞刀滴溜溜一转，涨大了数倍。

刀身上铭刻着一只栩栩如生的凤凰，散发出耀眼的红光。

随着肥胖金仙老者手掐法诀，那只凤凰宛如活过来了一般，双翅一振，仿佛要展翅高飞，通体红光大放。

“呼啦”一声，飞刀上浮现一道道赤金色火焰，形成一只火焰凤凰虚影，散发出一股强烈的火焰法则之力的波动，朝着白色域灵斩去。

白色域灵根本没有躲闪，另一只手蓦地白光大放，一个模糊之下，直接抓入飞刀火焰中。

飞刀上的火焰凤凰哀鸣一声，猛地消散开来，消失得一干二净，刀身赫然被白色域灵的大手抓住，表面浮现一层厚厚的白色冰晶，一动不动，仿佛灵性全失。

肥胖金仙老者眼见此景，心中大骇。

这火红飞刀看似寻常，实则是其贴身收藏的一件重宝，是用他当年偶得的一副真灵凤凰的骸骨炼制而成，能爆发出凤凰真炎，威力极大，没想到被这域灵一挥手就破掉了。

白色域灵的左手继续闪电般抓出，五道白色寒光脱手飞出，速度极快，一个模糊就出现在肥胖金仙老者身前，狠狠地斩下。

肥胖金仙老者大惊，两手猛地一搓，朝身上一拍。他身上光芒连闪，瞬间浮现数层颜色不一的护罩，同时身形一晃，继续朝后面倒射而去。

五道寒光斩在护罩之上，“刺啦”一声，几层护罩如纸糊的一般，轻易被斩破。

五道白色寒光倒映在肥胖金仙老者眼中，其眼中满是惊恐之色。

“小心！”

一道灰光从旁边闪电般射至，“噗”的一声，化为一只灰色大手连抓几下，瞬间挡住了四道寒光。但仍有一道寒光从灰色大手中漏了出去，划过肥胖金仙老者的左臂。

“咔嚓”一声，肥胖金仙老者的左臂被齐肩斩去，化为一块坚冰直坠而下，伤口没有流血，而是被一层白色冰晶冻结，并且飞快朝着身体其他部位蔓延。

他眼中闪过一丝惊恐，反应却不慢，右手取出一枚青色符箓，迅速贴在伤口上。青色符箓立刻爆裂，化为一团光裹住伤口，白色冰晶的蔓延速度立刻减缓。

肥胖金仙老者强撑一口气，继续倒飞而出，远离了白色域灵。

白色域灵见此，白光闪动，朝肥胖金仙老者追逐而去。灰色大手表面黑光一闪，猛地胀大，闪电般一抓，抓住了白色域灵。

“轰轰轰！”

一面白色大印、一枚青色玉环，还有一柄灰色玉如意闪电般射至，正是伏凌宗其他三位金仙施法震碎了冰封，拿出仙器赶来援助。

三件仙器狠狠地轰击在白色域灵上，域灵猛地爆裂开来，化为一片白光朝周围飘散。

“颜长老，没事吧？”齐天霄的身影一闪，出现在肥胖金仙老者身旁，屈指一点。

一枚赤色符箓飞射而出，上面散发出火焰法则波动，赤色符箓化为一团红光融入肥胖金仙老者体内。

肥胖金仙老者左肩的伤口浮现一层红光，跳动不已，立刻挡住了白色冰晶的侵袭。

“还好。想不到这域灵如此厉害，多谢宗主相救。”肥胖金仙面色一缓，站了起来。

“域灵可肆意调动灵域内的法则之力，实力不亚于萧晋寒本身。大家都小心一些，别白白送了性命，后面我未必能护住你们。”齐天霄沉声说道。

伏凌宗其他金仙闻言，神色一凝，但随即心中一松，刚刚那白色域灵已经被击杀了。看那白色域灵诞生的情形，估计不容易，如此一来他们倒不用太担心。

不过就在此刻，域灵崩溃所化的白色灵光忽地一亮，迅疾朝一处汇聚而去。

白光一闪，白色域灵再次浮现。

眼见此幕，在场的金仙面色再次大变。

只见这白色域灵单手一挥，附近灵域内的寒风雪花再次翻滚，转眼间凝聚成滔天寒潮，朝众人席卷而来，比之前的规模更大。

众人心中大惊，正要再次祭出仙器抵挡，只见人影一闪，封天都出现在众人前方。

“域灵不是那么容易消灭的，我来挡住它，你们去破坏那五根石柱！”

封天都说话间，全身黑光大放，他的黑色灵域内顿时涌出了无数黑气。

他口中念念有词，同时十指连弹，往身前打出一连串法诀，一根根黑色锁链在黑气中浮现。

漫天黑气立刻朝着一处凝聚，化为一座巨大的黑色山峰，挡在了寒潮巨浪前。

“轰隆”一声巨响，黑色山峰猛烈晃动，黑气中的锁链颤抖不已，甚至断裂了不少，但寒潮巨浪总算被挡了下来。

封天都朝白色寒潮内望去，眼中黑光闪动，然后一抬手，拍在了黑色山峰上。

黑色山峰上黑光一闪，一根根黑色锁链从中电射而出，闪电般没入寒潮巨浪中，捆住了一个白色身影，正是白色域灵。

其他人眼见此景，面色一松，尽数转身朝下方的白色石柱飞射而去。

一声冷哼从石柱周围的白色光罩内传出，光罩猛地一亮，无数白光从周围汇聚而来，形成一张白色大网，朝众人罩去。

一股无法言喻的寒冰法则之力，顿时从大网各处散发而出。

众人早已见识过这冰雪灵域释放的寒冰法则的厉害，简直无物不冻，知道若是被这白色大网缠住，想要脱身肯定困难无比，哪里敢让其近身。

当下，众人身形一顿，然后朝两旁飞射而去，试图绕过此网。

白色大网光芒一闪，立即朝两旁扩散而去，瞬间变大了数倍，再次将众人拦了下来。

“去！”

齐天霄低喝一声，张口吐出一道灰光，其中夹杂着四五道灰色法则晶丝，没入了身前那柄灰色玉如意内。

灰色玉如意光芒大放，瞬间变大数十倍，顶端灰光闪动，浮现一个灰色蛇首，看起来无比狰狞。

灰色蛇首大口一张，喷出一股浓郁灰雾，凝聚成四五条灰色大蟒。

灰色大蟒头顶长着肉瘤，两腮扁平，身上的灰色鳞甲上浮现出一道道灰色花纹，看起来颇为恐怖。

灰色大蟒散发出强烈的腐蚀法则之力，直接撞在了白色大网上。

白色大网转眼间崩溃，被腐蚀出几个大洞。

其他金仙眼见此景，顿时大喜，从这几个大洞中飞射而出。

前方不远处，便是白色光罩。

齐天霄掐诀一点，那几条灰色大蟒赫然融为一体，化为一条百丈长的灰色巨蟒，继续飞扑而下，狠狠地撞在了石柱周围的白色光罩上。

“砰”的一声巨响，白色光罩光芒一闪，略微波动了一下，立刻恢复了原样。

齐天霄顿时一怔。他们先前也攻击过白色光罩，那时候这光罩可没有眼前这般坚韧。

思量间，其他人纷纷呼喝出声，发动了攻击。

“嗖嗖嗖！”

三柄金色飞剑从欧阳奎山等三人身上电射而出，在他们掐诀催动之下，一闪化为三柄百丈长的金色巨剑，绽放出耀眼的金光。

飞剑上的图案符文尽数光芒大放，刺目无比，无数金色符文在金光中跳动。

欧阳奎山等三人张口喷血，手中同时掐诀。

三柄巨剑散发出的金光再次一亮，瞬间融为一体，化为一柄三四百丈长的金色巨剑。此剑三面都是明晃晃的剑刃，散发出骇人的气息。

金色巨剑猛地一扬，朝白色光罩斩去。

另一边，南黎族的古稀老者和鹤发老妪手一抬，两根金色拐杖电射而出，化为两条数十丈长的金龙。

鹤发老妪手一挥，两团红光从她手中飞射而出，红光敛去，现出两个红色镯子，一个闪现套在了两条金龙的脖颈上。

“呼啦！”

两条金龙身上立刻燃起熊熊赤色火焰，瞬间化为两条火龙，气息陡增，摇头摆尾地冲白色光罩扑了过去。

紧接着，一声清脆的鹤鸣响彻山谷。

一团耀眼的火光从天而降，是一只赤红火鸟，头顶火焰王冠，看起来神骏无比，正是传说中的火焰圣禽朱雀。

赤红朱雀两只燃烧的巨爪向下一抓，一道道赤红剑气从爪子中飞射而出，朝白色光罩疾射而去。

朱雀身旁光芒一闪，现出了一个蓝色巨轮，急速旋转。

一道道耀眼的蓝光从巨轮上浮现，化为一个个蓝色冰锥，密密麻麻遍布数十丈范围，每一个冰锥都隐隐有一丝丝法则之力萦绕。蓝色冰锥一震，然后仿佛强弓硬弩一般，发出刺耳的巨响，同样冲着白色光罩呼啸而去。

赤红朱雀和蓝色巨轮的身后，呼言道人和云霓的身影浮现。

第230章

嗜金仙

紧随着赤红朱雀和蓝色巨轮，一方白色大印、一枚青色玉环，还有一颗赤色晶珠分别从三个方向疾射而至，幻化成白、青、红三个耀眼的光团，同样朝白色光罩狂击而去，伏凌宗其余三名金仙也出手了。

所有人显然都竭尽了全力，抱着必杀萧晋寒的决心，这一波攻击的威势比先前破开太乙殿入口禁制时还要大。

“轰隆隆！”

一连串的惊天巨响传来，白色光罩剧烈扭曲，表面灵光飞快暗淡。

不知为何，这白色光罩比先前坚固了数倍，虽然剧烈震颤，但丝毫没有碎裂的迹象。

不仅如此，光罩表面白光流转，浮现无数白色符文。

随着这些符文闪动，周围灵域内的无数灵光汇聚而来，纷纷融入了光罩内，白色光罩上的灵光飞快恢复。

众金仙看到此幕，面色再次一变。

齐天霄眉头一皱，两手掐诀一点，口中低喝一声：“去！”

那条灰色巨蟒身躯一卷，一下缠住了白色光罩，还绕了几圈。接着，它身上浮现无数灰色符文，一股股灰色雾气从中溢出，覆盖了白色光罩。

灰色雾气不断腐蚀白色光罩，令其恢复的速度顿时减慢。

只是灰雾腐蚀的速度和白色光罩恢复的速度相比，差得太远，基本没有太大的作用。

齐天霄心中大急，正要招呼所有人再次发动攻击，令所有人目瞪口呆的一幕出现了！

下方传来“轰”的一声，无数碎冰炸裂开来，接着一只巨大的金色甲虫从中飞了出来。

“这莫非是……”齐天霄看着金色甲虫，微微一怔。

只见金色甲虫爪子一张，一下将白色光罩抱在了怀里，金色利爪狠狠地抓在光罩上。

那条灰色巨蟒立刻被甲虫的利爪斩成几截，哀鸣一声，化为灰雾飘散。

齐天霄神情微变，灰色巨蟒虽然是用灰雾凝聚而成的，但其中掺杂了他的法则之丝，不仅具有腐蚀之力，坚韧程度也堪比寻常仙器，竟然如此轻易便被这金色甲虫切断了。

其余人也是一阵愕然，这只突然出现的金色甲虫是敌是友，他们也是一头雾水，倒是半空中正与白色域灵缠斗的封天都双目微微一亮。

金色甲虫没有理会在场的众人，大口一张，两颗镰刀般的利齿从口中弹射而出。这两颗利齿和其他金色牙齿截然不同，颜色淡很多，隐隐有些透明，散发出金色光芒。

金色甲虫猛地咬下，两颗镰刀般的利齿斩在白色光罩上。

“刺啦！”

齐天霄等人拼命攻击，也没能破坏分毫的光罩，此时仿佛纸糊的一般轻易被金色甲虫的利齿咬破，出现了两道口子。

“砰！”

白色光罩散发出的白光一凝，随即碎裂开来，露出里面的五根石柱。

五根石柱上浮现一道道白色纹路，密密麻麻遍布各处，并且从底部延伸而出，交织在一起，在地面上形成一个复杂无比的白色法阵。

萧晋寒正盘膝坐在法阵中央，面露惊骇之色。

“银胡子，敢用冰冻本仙女！”金色甲虫口中传出女童的声音，接着身躯一扭，化为一团金光，直奔萧晋寒而去。

“金色甲虫……噬金仙？不可能！”萧晋寒眉头微皱，眼中闪过一丝疑惑，随即摇了摇头，两手掐诀一点。

“嗡！”

白色法阵光芒大放，一道粗大的白光浮现，瞬间化为一柄尖锐光剑，迅疾无比地电射而出，打在金色甲虫所化的光团上。

一声脆响，金色甲虫所化的光团被击飞，光芒消散，现出了金色甲虫翻滚的身躯。

其周身金光一闪，稳住身形，金色甲壳上隐隐出现一道白痕。

下一刻，金色甲虫身上金光闪动，身躯赫然飞快缩小，化为磨盘大小，然后一个模糊，再次朝着萧晋寒扑去，速度比之前快了一倍。

但是其刚刚靠近五根石柱，里面的法阵立刻一亮，又是一道光剑飞射而出，精准无比地打中了金色甲虫，将其再次击飞出去。

金色甲虫眼中怒色更胜，正要再次飞扑而出。

就在此刻，它双目滴溜溜一转，身子一停，朝着某个方向望了一眼，口中叫了两声，随即身形一个模糊，消失了。

萧晋寒微微一怔，不知它想要做什么。

“嗖嗖嗖！”

齐天霄等人此刻从天而降，将五根石柱和萧晋寒围在中间。

众人朝着金色甲虫先前所待的地方看了两眼，眼中都露出一丝惊讶的神色，不过很快便收回目光，望向了萧晋寒。

“萧宫主，看来人算不如天算，受死吧！”齐天霄眼中冷芒一闪，伸手掐诀一点。

灰色玉如意光芒大放，滚滚灰雾从中涌出，以灰色玉如意为中心，赫然化为一条巨大灰龙，张牙舞爪地朝着萧晋寒扑去。

其他人也各自祭出仙器，幻化出各色光芒，从四面八方朝萧晋寒轰去。

萧晋寒当即顾不得再管金色甲虫，口中念念有词，双手连弹，一道道法诀一闪而逝，没入了周围的五根石柱中。对于周围的情况，他竟然看也不看一眼。

“嗡！”

齐天霄等人的攻击刚刚靠近五根石柱，白色法阵立刻光芒大放，急速旋转闪烁。伴随着一声声锐啸，十几道粗大的白光从法阵各处飞出，朝着不同方位射去。

“轰轰轰！”

齐天霄等人的攻击和刚刚的金色甲虫一样，尽数被挡下，没有一人的攻击能靠近五根石柱，更别说里面的萧晋寒了。

一众金仙的面色都有些难看起来。

他们刚刚在半空已经看到了这个白色法阵的效果，原以为是萧晋寒操控法阵，抵挡金色甲虫。

不过此刻看来，这些白光似乎并非由萧晋寒操控，而是这个法阵具有自动感应外来攻击的能力，并做出应对。

就在此刻，白色法阵散发出的光芒忽地明亮起来，五根石柱上的纹路也飞快变得明亮。

耀眼的白光从五根石柱上散发而出，一闪之间，凝聚成一道粗大的白色光柱，直冲天际而去。

“轰隆隆！”

整个冰雪灵域为之震颤，无数灵光从各处汇聚而来，令白色光柱越发明亮。

白色光柱之中，浮现七八个白色光团，并飞快变大。

“快阻止他！他要再次凝聚域灵，赶紧将那些石柱破坏！”半空之中，封天都眼见此景，面色微微一变，对下方众人大喝道。

从目前的情形来看，他虽能做到不败，但要想将域灵彻底灭杀，似乎非一时半会儿可以做到，一旦再多出其他域灵，此消彼长之下，他们这些人别说杀萧晋寒了，能否全身而退都说不准。

齐天霄等人眼见此景，又听闻封天都的话，纷纷祭出各种仙器、高阶符箓，化为一道道巨大光芒，朝着五根石柱轰击而去。

萧晋寒轻蔑一笑，手中掐诀一点。

白色法阵微微一亮，再次射出数十道白光，将所有人的仙器尽数挡下。

齐天霄眼中精光一闪，蓦地张口吐出一口血，没入灰色玉如意内，两手掐诀连点。

“轰隆！”

灰色玉如意光芒大放，顶端的蛇首赫然离体，飞射而出。蛇首血口一张，一口将挡住前路的白光吞了下去。

玉如意前方没有阻挡，顿时化为一道灰光，一个模糊就出现在石柱前。

其滴溜溜一转，便化为一柄灰色巨刃，巨刃边缘处浮现一道道灰色符文，散发出一股带有强烈腐蚀气息的法则之力，狠狠地斩在了白色石柱上。

萧晋寒眼中闪过一丝意外，不过也没有出手阻拦，两手继续掐诀，催动法阵。

“轰！”

灰色巨刃仿佛撞在礁石上的浪花，轰然散开。

灰色玉如意浮现，表面灵光暗淡，被震了回来。

白色石柱轻轻一晃，表面白光一阵闪烁，但随即恢复了原状。

“什么！”齐天霄面色一变。

灰色玉如意的这个变化看起来简单，却是他这件重宝的最强攻击形态，竟然没有在白色石柱上留下一道痕迹。这白色石柱也不知是何材质所造，竟坚硬如斯，难怪萧晋寒一点也不担心。

与此同时，一声巨响从另一边传来，是南黎族鹤发老妪手中的金色拐杖喷出一道刀刃般的纤细金光，不知如何突破了白色法阵的阻拦，斩在另一根石柱上。

白色石柱微微一颤，随即也恢复了原样，并未留下丝毫痕迹。

齐天霄和鹤发老妪对视一眼，都看到对方眼中的震惊之色。

萧晋寒心中冷笑，两手继续车轮般掐诀。

白色法阵散发的光芒越来越亮，灵域各处一道道白光汇聚而来，融入光柱中的七八个光团内。

光柱中的几个白色光团飞快变化，缓缓地长出脑袋和四肢。

萧晋寒眼中露出喜色，手中更快地掐诀。

就在此刻，萧晋寒做梦也想不到的一幕发生了！

只见一根白色石柱下方金光一闪，一只金色甲虫从中破冰而出，朝着石柱扑去。

“嗖！”

白色法阵内射出一道粗大白光，一闪化为一柄白色光剑，以迅雷之势斩向了金色甲虫。

金色甲虫大口一张，喷出一团金光，滴溜溜一转之下化为一个金色旋涡。

白色光剑去势一缓，接着一颤，竟被金色旋涡卷了进去，接着白光狂闪，飞快缩小，转眼间没入旋涡，消失不见。

金色甲虫丝毫不停，一闪出现在白色石柱前，身躯金光大放，转眼间变大数倍，和方才一样，一下抱住了白色石柱。

金色甲虫大口一张，两个镰刀般的晶莹利齿弹出，猛地咬在石柱之上。

坚不可摧的白色石柱在晶莹利齿前，竟似乎变得柔软至极，被“咔嚓”一下，咬出了一道痕迹。

“怎么可能！”萧晋寒悚然变色，二话不说，手中掐诀一挥。

一道晶光飞射而出，一闪没入了那根白色石柱之内。

石柱表面顿时白光大放，骤然浮现一道道晶光，然后凝成一层晶膜，和韩立的真极之膜有些相似，看起来坚不可摧。

不过当金色甲虫的利齿一碰到这层晶光，晶光就立刻消散开来。

金色甲虫的镰刀利齿丝毫不停，继续深入石柱内。

“咔嚓！”

白色石柱上浮现一道裂纹，石柱上空的白色光柱忽地剧烈波动起来，里面的七八个光团也随之颤动不已。

“这是哪里冒出来的东西，该死！”萧晋寒面色大变，眼中露出惊怒之色，猛地站了起来，两手一挥。

“嗡嗡！”

白色法阵急速运转，一道粗大白光从中飞射而出，颤动不已，朝着金色甲虫打去。

与此同时，两道白色晶光从萧晋寒手中飞射而出，赫然是两根白色长戈，通体雪白，散发出森冷的气息，还带着强烈的法则波动。

“嗖嗖！”

两根白色长戈骤然变大，化为两道白光，狠狠地斩向了金色甲虫。

白色长戈所化的白光后发先至，一个模糊就飞到金色甲虫上空，狠狠地向下斩去。

“铿铿！”

两根长戈斩在金色甲虫的脖颈上，火星四射。

金色甲虫脖颈上浮现两道长长的白痕，脖颈的皮肤隐隐有些裂开，但一滴鲜血也没有流出。

金色甲虫的镰刀利齿一闪，将两根长戈“咔嚓”折断，吞入口中，接着周身金光流转，原先的细小伤口随之消失不见。

这一系列变化发生在瞬息之间，让本有些绝望的齐天霄等人又惊又喜。

“金仙级别的噬金仙，这怎么可能！”萧晋寒眼中露出震惊之色。

他这两根长戈仙器是压箱底的宝物，锋利无比，几乎无坚不摧，先前他以身犯险之时都没祭出，如今竟然斩不破眼前这只金色甲虫的甲壳，还被其给吞了。

思量间，那道粗大白光闪电般射至，击在了金色甲虫身上。

白光之中，无数白色符文跳动，一股极寒气息爆发开来。

“咔咔！”

一座白色冰山赫然浮现，将金色甲虫连同白色石柱一起冻在里面。

金色甲虫身处白色冰山之中，似乎没有任何影响，只是微微抖动一下身子，便继续动起来，石柱上的裂痕越来越大。

萧晋寒心中大急，正准备出手。

但已经迟了，只听那根白色石柱“咔嚓”一声，断裂开来。

“轰隆！”

石柱断裂，五根石柱间的白色法阵受到影响，光芒猛地黯淡了几分。

石柱上空的白色光柱也随之崩溃，里面的七八个白色光团剧烈波动，纷纷爆裂开来。

萧晋寒周身的白光随之一阵狂颤，面色陡然一白，“噗”的一声，喷出一口鲜血，气息也衰弱了很多。

这一系列变化，也引得笼罩整个山谷的冰雪灵域剧烈波动，冰雪灵域飞快缩小，变成先前的模样，甚至更加衰弱，几乎快要消散。

齐天霄等人眼见此景，顿时大喜。

几乎下一刻，一灰两红三道灵域飞快扩散开来，一下子罩住了萧晋寒。

与此同时，一道道仙器飞射而出，从四面八方朝着萧晋寒轰去。

萧晋寒脸上闪过一丝惊慌之色，两手急挥。

他身上白光大放，散发的灵域刹那间又缩小了一半，变得愈发浓郁，同时周遭无数雪花飞旋而至，在他身前凝聚成一层白色光幕。

“轰隆隆！”

一件件仙器轰击在白色光幕上，光幕坚持了几次呼吸的工夫，轰然碎裂，不过这些仙器也被震飞了。

萧晋寒面色难看，又喷出一口鲜血，身上的气息更加衰弱了。不过他强撑着一口气，身上白光大放，朝着后面倒射而出。

但就在此刻，萧晋寒周围的空气波动，十几根黑色锁链从中飞射而出，闪电般缠绕在他的身上。

萧晋寒身上的白光飞快消散，身体也被黑色锁链捆了几圈，顿时动弹不得，整个人的气息也像在刹那间被禁锢了一般，看起来如同一个凡人。

人影一闪，一个瘦长的人影在萧晋寒身后浮现，正是封天都。

“封天都，你若杀了我，天庭绝不会放过你！”萧晋寒厉声喝道。

“萧宫主，看来是天要亡你。”封天都像是没听到一样，淡淡地说了一句，眼中厉光一闪，单手一挥。

一道黑色晶光从他手中飞射而出，无声无息地从萧晋寒身上划过。

萧晋寒脸上的神情顿时凝固，下一刻整个身体裂成两半。

就在此刻，一道模糊白光从萧晋寒尸体中飞射而出，白光中有一个白色元婴，银眉银须，正是萧晋寒的模样。

此元婴周身白光闪烁，丝毫不受三个灵域的影响，朝着远处电射而去，速度极快，一闪之下便飞出了十几里。

封天都冷笑一声，屈指一弹。

白色元婴前方空气再次波动，一道道黑色锁链浮现，交织缠绕，眨眼间形成了一张黑色大网，朝着白色元婴一罩而下，似乎早已等在这里一般。

强大的禁锢法则从黑色大网中散发而出，禁锢了方圆数十丈的范围。

白色元婴脸孔紧绷，张口一吐，喷出了一颗白色圆珠。

“砰”的一声，白色圆珠裂开，爆发出无数白光，其中夹杂着一股极寒法则。

黑色锁链大网被白光冲击，下落之势顿时一停，表面浮现出一层白色冰晶，令强大的禁锢法则为之一滞。

白色元婴伺机身躯一扭，化为一道白光从锁链大网一侧飞射而出，继续朝着远处疾飞而去。

封天都面色一沉，立刻飞射而出，化为一道黑光，朝着白色元婴急追而去。

若是让萧晋寒的元婴逃脱，必将后患无穷！

就在此刻，前方忽地闪过一道模糊金光，白色元婴消失。

封天都一怔，身形一顿停了下来。

那道金光在不远处停了下来，光芒敛去，现出了金色甲虫的身影，其不知何时从那座冰山中飞了出来，身形也缩小了。

金色甲虫口中叼着萧晋寒的白色元婴。元婴挣扎不已，但徒劳无功。

“银胡子，你冻了我，我吃了你，咱俩扯平了。”金色甲虫口吐人言，随即发出一道金光，卷住白色元婴，一口将其吞了进去。

周围的冰雪灵域闪烁了几下，消散开来。

那五个石柱上白光闪烁，飞快缩小，化为五根丈许高的白色石柱，断裂的那根也一样。

封天都看到萧晋寒的元婴被吞，先是一怔，接着面色一松，随即打量金色甲虫两眼，眼中闪过一丝贪婪之色。

他挥手发出一道黑光，扫过萧晋寒的尸体，黑光卷起一个白色手镯，飞射而回，落在他的手中。

此时，破空声大作，正是齐天霄等人收起了仙器，朝这里飞了过来。南黎族的两名金仙修士以及呼言道人、欧阳奎山等人，也纷纷围了上来。

一众金仙纷纷聚拢，眼看就要将金童包围起来，那家伙却浑然不在意，吞下萧晋寒的元婴后，又爬上了那半根白色石柱，旁若无人地回味起来。

齐天霄看了封天都一眼后，身形一闪，就朝着金童身后飞了过去。

就在此时，只见一道青光忽地闪过，一道人影瞬间出现在那个噬金仙的身前，将她和齐天霄隔开来。

齐天霄身形一滞，停在了原地，眉头紧蹙地朝那人打量。

只见来人身材魁梧，面色黝黑，生着一张普通的中年人面孔，正是幻化过容貌的韩立。

看见韩立过来，金童身上光芒一闪，重新化作女童模样，手里还抱着那半根石柱。

“金童，是不是有人欺负你了？”韩立看了齐天霄一眼，转身冲金童问道。他没有刻意压制气息，故意将自己金仙境中期的修为显露出来。

“大叔，欺负我的那个银胡子被我吃了。”金童伸出小舌头舔了舔嘴唇，说道。

这看似随意的一问一答，令其余人都止住了脚步，神色各异地望向了金童和韩立，目光之中充满了戒备的神色。

他们自然已经认出眼前这个看似人畜无害，梳着一个冲天小辫的女童，本体是一只拥有金仙实力的噬金仙。

而他们从来没听说过，在仙界有哪位仙人拥有一只金仙级别的噬金仙，这样的人，任谁也不敢小觑。

第231章

金云丹劫

韩立的突然出现，让呼言道人和云霓一惊，显然他们也无法想象，为何才数月不见，韩立竟成了一名金仙，他又是从哪里搞到了这么一只金仙级别的噬金仙，关系还异常亲密。

“大叔，你怎么现在才来？”金童一脸嫌弃地抱怨道。

金童被一群金仙觊觎，却丝毫没有在意。

“好了，你吃饱了，就休息一下。”韩立转向她眨了眨眼，说道。

“这些都是我的，谁也不许和我抢，还没吃完呢……”金童毕竟不是真的懵懂孩童，自然明白韩立的意思，伸出小手指了指残余的法阵。

“我给你收起来，你回去之后慢慢吃。”韩立笑着说道。

“好吧。”金童犹豫了片刻，才勉为其难地说道。

韩立点了点头，挥手冲那四根半白色石柱打出数道法诀，在众目睽睽之下，将它们全都缩小收了起来。

“以后有好东西，记得叫本仙女。”末了，金童又挑衅似的扫了一眼封天都等人，说了一句。

说罢，其身上金光一亮，化作一个拇指大小的金色甲虫，在半空中绕了一圈，落在韩立左手的无名指上，如一枚金色戒指扣在了他的手指上。

众人看着眼前这一幕，神色变得愈加复杂。

方才只差一瞬，萧晋寒就能发动后手，虽然未必能全面翻盘，但绝对会给谷中众人带来不小的麻烦，他们这边死伤几人是其次，围歼恐怕就难以成功了。

正是这突然闯入的噬金仙一通搅局，才令北寒仙宫之主萧晋寒最终折在了冥寒仙府。

而韩立突然现身，以噬金仙主人的姿态云淡风轻地将其收起，自然引起了他们的猜测。

封天都面色微沉，目有异色，上下打量韩立。

包括齐天霄在内的伏凌宗众人眼中满是警惕之色，或多或少流露出一些敌意。

南黎族的古稀老者和鹤发老妪对视一眼，目光中皆露出了些许疑惑之色。

在进入冥寒仙府之前，他们与真焰宗的人有过短暂交集，大多数人对韩立此时的容貌还有些印象。

但是，在他们的记忆中，此人不过是一名真仙境后期修士，并没有显露出什么出众的能力，没想到再次出现时，竟然如此不简单。

“天宇，你跑到哪儿去了？害老夫一顿好找。”就在此时，呼言道人假扮的黑袍老者忽然开口说道。

韩立闻声，冲其展露笑颜，不紧不慢地走了过去。

其余人见状，脸上再次露出一丝诧异的神色。

“师叔，先前我被困在一处宫殿中，出来后看到这边有异样，就一路赶了过来。”走到近前，韩立便顺着呼言道人的话说了下去。

呼言道人嘴上没有说什么，暗地里却以秘术传音，询问道：“厉道友，这究竟是怎么回事？你的修为境界……”

韩立只得无奈地传音回道：“我告诉你实话。我被困于一处宫殿，一瞬间后出来，就变成了金仙境修为，你信不信？”

“我自然不信。”呼言道人一怔，答道。

云霓忽然向呼言道人传音道：“可能此人修炼了某种轮回秘术，之前隐藏了修为，是想谋取宗门的无相真轮经。”

对于韩立所说，封天都等人自然不相信，所以非但没有放松对他的戒备，反而将敌意扩大到了呼言道人和云霓身上。

欧阳奎山等三人目光游移片刻之后，忽然抬步缓缓走向呼言道人。他们显然知道呼言道人等人的真实身份。

方才还联手的众人，又变得剑拔弩张。

封天都见状，嘴角勾起一抹讥讽的笑容，玩味地望向了南黎族的两人。

那名古稀老者神色复杂地望向老妪，眼中闪过些许询问之色，后者则轻轻地摇了摇头，并未选择加入任何一方。

就在山谷中的气氛再次变得有些微妙的时候，高空之中忽然传来“轰隆”一声巨响。

众人神色纷纷一变，同时朝头顶望了过去。

只见天穹之上风云骤起，无数金光涌来，很快便形成了一个巨大无比的金色云团。

云团内金光翻涌，几乎遮蔽了半边天空，天幕散发出煌煌金光，庞大的波动气息从中散发出来，引得方圆数十里内的天地灵气激荡不已。

一股犹如实质的强大威压从高空中滚滚而来，压向整个山谷，将一切事物都映成了金色。

“丹劫降世，莫非……”韩立的目光微微一变，他对这一幕并不陌生，转头望向呼言道人，喃喃问道。

“不错，这座山谷应该就是太乙殿的所在，而大殿正是炼制太乙丹的地方。此刻正是成丹的关键时刻，所以才引来了金云丹劫。”呼言道人神色不变，点了点头，肯定了韩立的猜想。

封天都瞥了一眼天空，又看了一眼谷内的那面白色石壁，只见上面镌刻的山河图画光芒闪动，山峰耸动，河流潺潺，仿佛活过来了一般。

与此同时，覆盖其上的白色光幕变得更加浓郁了。

“哈哈，竟然在这里。封道友来得可真够早的……”山谷上空突然传来一声朗笑。

一道蓝色水帘从高空缓缓垂落，触及地面后，光芒一闪，消失不见。

两道身影浮现，正是洛青海和他的年轻弟子南柯梦，至于苍流宫其他人，不知为何都没有跟随而来。

落地之后，洛青海扫了众人一眼，目光隐约在韩立身上多停顿了一瞬。

“来得早也不及洛道友来得巧，丹劫刚刚出现，你就到了……”封天都的脸颊微微扯动了一下，名副其实的皮笑肉不笑。

“看来此处才是太乙殿真正的位置。先前找到一座机关重重的水下宫殿，费了那么多工夫，伤了那么多人，结果根本不是……对了，萧道友一向步步为先，怎么这会儿不见他的踪影呢？”洛青海对此毫不在意，打量了一下谷中的状况，随即说道。

封天都心中暗骂一声“老狐狸”，心道这老匹夫或许早就潜藏在一旁，全程旁观了之前的冲突，就等着他与萧晋寒斗个两败俱伤，再出来收取渔翁之利。

只是没想到，萧晋寒死得那么快，并未消耗其他人多少实力。

若不是丹劫突然出现，只怕这人现在都不会现身，而是等着伏凌宗和谷中其他人杀个天昏地暗之后再出现。

“萧宫主贵人事忙，许是得了别的大机缘，已经看不上这里了。”封天都冷冷地道。

对于北寒仙域的诸多势力，他唯一看得上眼的只有烛龙道，而所有修士之中，萧晋寒虽然实力强劲，但在他心中的分量不及百里炎。至于洛青海，他从心里有些看不起。

“若是如此的话，倒是一件幸事，说起来，不久前我和萧宫主还有过一面之缘呢。”洛青海神色隐晦，笑着说道。

“既然洛道友刚到此处，不妨试试看能否破开谷中禁制，阁下是法阵大家，应该有不少办法。”封天都目光微沉道。

“不必费那事，既然是守护太乙殿的禁制，又岂是我一人就能破开的？

只怕还需要谷中众位金仙鼎力相助才是。”洛青海笑着摆了摆手，说道。

他话音刚落，高空中的金色云团忽然开始收缩，在山谷正上方凝聚成一个巨大的云海旋涡，当中传来阵阵压抑的雷鸣声。

“丹劫即将降下，这一击后，丹药就要成形，我们可不能继续在此浪费时间了。”洛青海神色骤然一变，脸上笑意尽收，正色道。

封天都目光微凝，点了点头。

“诸位，破解禁制一事，需要你等全力相助，否则我们谁都无法进入太乙殿，只能白白错过这等巨大机缘。”洛青海看向其他人，朗声说道。

“既然如此，我们愿意相助。”呼言道人神色不变，说道。

“大家一起打开禁制，老身并无异议。但是你们人数众多，一旦进入其中，我们别说争夺机缘，就是保命也难。”南黎族的鹤发老妪不紧不慢地说道。

“既然来此寻找机缘，那风险本就是不可避免的。若是只想要好处，不想冒险，那你们大可待在家中，等着天上掉馅饼就是了。”齐天霄轻啐一声，不悦道。

“齐宗主，话不能这么说，你们伏凌宗人数众多，难免令其他人心生畏惧。若是想要大家勠力同心，只怕你们得稍微做一些让步。”洛青海笑着说道。

齐天霄闻言，正想开口再说什么，就被封天都一把拦了下来。

“无妨，既然南黎族只有两人，洛宫主那边也只有两人，那么我们便限定一下，在破解禁制之后，每个宗门只允许两人进入太乙殿，如何？”封天都说道。

听完封天都此言，其余人都有些诧异，洛青海也不由得面露异色，他没有想到，封天都竟然这么好说话。

“呵呵，我知道诸位在担心什么，其实完全没必要。要不是如今时间紧迫，我不介意在这谷中与诸位先分出个高下，再慢慢破解这禁制。”封天都淡淡一笑，说道。

“封长老此言差矣。此提议甚好，苍流宫完全没有异议。”洛青海笑着说道。

“南黎族同意。”鹤发老妪面无表情地说道。

欧阳奎山略一沉吟，随即说道：“我们烛龙道也没有异议。”

这下，只剩下呼言道人等三人还没有明确表态。

韩立看了呼言道人与云霓一眼，心中叹了口气。他虽然想进入太乙殿，但不想强迫呼言道人选择自己，便想着先行退出，之后再想其他办法进去。

“待会就由厉道友随我一起进入太乙殿吧。”就在韩立打算开口时，呼言道人忽然朝韩立与云霓传音道。

云霓闻言，没有说话，只是默默地点了点头。

韩立眉头微挑，有些不解地看向呼言道人。

“你这小子老夫一直看不透，但有一点我相信，你绝非背信弃义之人。所以，带你进去，老夫并无多少担忧。最主要的是，老夫相信你小子的实力和手段。”呼言道人嘿嘿一声，继续说道。

“只怕你还有一点没说吧？那就是太乙殿内十分凶险，你不愿让云霓道友陷入险境，对吧？”韩立笑着回道。

“厉道友说笑了。对了，等此间事了，此前答应过道友的真言化轮经的后两层功法自会奉上。”呼言道人哈哈一笑，将手中一物塞给了韩立。

“那就多谢了。”韩立笑道，不动声色地将手中之物收了起来。

云霓闻言看向呼言道人，眼底有笑意，又隐隐有些担忧。

“诸位，我真焰宗也无异议。”呼言道人冲云霓笑了笑，转身对其他人宣布道。

“好了，既然大家都没有意见，事不宜迟，我们这就开始破解此处的禁制吧。”洛青海开口说道。

众人闻言，纷纷聚拢，朝着那面石壁走了过去。

“依我看，这面石壁上的山河图画，与我们之前打开冥寒仙府的冥寒山河图很相似，却不完全相同。老夫刚刚推演了一番，若由在场的十三位金仙依照九宫破阵图，同时施展九灵摄真术，应该能破解。”洛青海说道。

此言一出，现场一阵沉默，众人纷纷露出若有所思之色。

韩立看了呼言道人一眼，眉头微微一挑。

九宫破阵图是仙界流传颇广的一种破解禁制的阵图，品阶不低，变化颇多。而九灵摄真术是略逊于大五行摄灵真光的一种神通，他倒是不知这两种手段结合在一起能产生怎样的效果。

“既然如此，就请洛道友主持阵图，我们即刻破解此禁制。”封天都略一沉吟，开口说道。

洛青海闻言点了点头，当下便开始安排在场的所有金仙分散开来，根据九宫数术的方位站立，继而又详细讲解了九灵摄真术的施咒步骤。

“开始吧。”片刻后，洛青海一声令下。

伏凌宗四名金仙，苍流宫一名，南黎族两名，烛龙道三名，加上韩立等三人，总计十三名金仙修士，纷纷手掐九灵诀，口诵古怪咒语。

随着众人的吟诵声响起，他们身上的衣衫都被股股气流冲荡，飘飞而起，身上仙灵力的波动也开始变得强烈起来。

韩立身处阵图节点上，催动法诀，心中不由得升起一种奇异之感。

他们明明是各不关联的个体，同时使用九灵摄真术时，竟然因为九宫破阵图的关系，产生出了一种前所未有的古怪联系，所有人的仙灵力就好像数条江河一般，被同一种奇异的力量牵引着，汇入了同一个湖泊。

处在法阵最前端的洛青海，就是这个湖泊唯一的出口。

洛青海周身闪烁着湛蓝光芒，双手掐一个状若莲花的法诀，朝前一推。

处于阵图中的所有人，周身立即光芒大作，体内的仙灵力飞快流出，朝着最前方的洛青海涌去。

磅礴的仙灵力汇集而来，洛青海身下立即浮现出一道莲花虚影，如莲台一般浮起，将他托向了高空之中，他深邃的双目亮起蓝光，法袍上亮起的青色游丝如活物一般游走。

只见他双手合拢，并指朝着白色石壁一指。

一道凝如实质的蓝色光柱立即从其指尖迸射而出，打在了石壁上。

石壁表面的白色光幕，顿时如同沸水一般剧烈地翻滚起来，一圈圈涟漪朝着四面八方扩散。

韩立见此，瞳孔微微一缩。

如今看来，这次破解禁制，才算是真正触及了白色石壁的开启之法。

与此同时，烟波浩渺的幽碧湖泊。

“轰隆隆……”

湖面上爆鸣声不断，时不时就炸起一道道百余丈高的冲天水浪，密集的法宝毫光与法术光芒混杂在一处，绚烂无比。

湖面上有一个个古怪的漩涡，直通水底，漩涡上方有数道人影，手中各持法宝，辗转腾挪，与水底下方不断冲出的水蓝色人影厮杀。

这些水蓝色人影不知是何物，看起来像傀儡，身躯却由水流构成，一旦受到强力攻击就会散开，散开之后又会很快凝聚，再次发起进攻。

被这些古怪的水蓝色人影攻击的，不是别人，正是此前答应洛青海前来“协助”苍流宫的北寒仙宫之人，雪莺也在其中。

先前，他们随着苍流宫的人来到此处，这里还是一片黄沙漫天的荒野。

苍流宫诸人在那层椭圆的黄色光罩外，已经将破解禁制的法阵布置完备，只欠一个金仙来共同催阵。

雪莺能成为北寒仙宫的副宫主，自然不是无能之辈，早在来的路上她便从洛青海口中将此地的情况摸了个大概，此时又将这个法阵里里外外探查了一遍，并结合环境对洛青海的说辞多番推敲，确认无误后，才答应出手辅助破阵。

结果，就在她辅助破阵，快将那座古墓的禁制打开之时，异变突生！

黄沙万里的荒野中央，地面突然疯狂下沉，那座巨兽般的古墓遗迹也沉入了地下，方圆数里范围内，瞬间就变成了一片幽碧湖泊。

与此同时，沉入湖面的古墓遗迹中，忽然有一大片金色阵图亮起，水下暗流翻涌，竟生出一个古怪漩涡，从中传出阵阵吸力，将她牢牢吸住。

而后，便有古怪的蓝色人影，源源不断地从水下冒了出来。

等她好不容易稳住身形，却发现苍流宫的人在混乱之中已经全都撤走了，而她带来的真仙们，为了救她也纷纷被困在水面上。

雪莺知道自己是被苍流宫的人算计了，心中愤懑不已，一时半会儿却无法脱身。

在雪莺深陷苦战之际，忽然有一辆碧玉飞车疾驰而来，停在了湖泊上方。

站在飞车前端的是一个身材修长、容貌清俊的中年男子，他的目光落在湖面上，眉头微蹙，抬手一抛。

只见其手中那枚颜色微黄、泛着温润光泽的白玉貔貅，在半空中划过一道圆弧，“咕咚”一声，落入了湖水之中。

片刻之后，湖面上忽然掀起滔天巨浪，一道璀璨白光自湖底深处直冲而上，将湖中的所有漩涡尽数绞碎，然后冲出了水面。

只见一头巨大的雪白貔貅，衔着一块直径数丈的黑色磨盘，从巨浪中破水而出，直冲高空而去。冲入高空之后，雪白貔貅便将那块黑色磨盘咬成了碎片。

与此同时，湖泊表面声势渐歇，慢慢恢复了平静。

雪莺等人脱困后，纷纷飞到了半空中。

稍微稳定气息后，她没有去看那头体型庞大的白色貔貅，而是直接朝着碧玉飞车飞了过来。

临近飞车，雪莺停下，冲中年男子恭敬地施了一礼，开口道：“晚辈雪莺，见过公输仙使。”

那名容貌清俊的中年男子不是别人，正是天庭的监察仙使公输久。

“公输家与雪家是世交，我与你父亲也是平辈之中关系最亲近的，你这么叫我，不显得生分吗？”公输久温和一笑，说道。

“是晚辈见外了，公输世伯。”雪莺脸上也露出一抹笑容，改口道。

“先前接到你的消息，让我来北寒仙域走一趟，我因事务缠身，没能及早过来，没想到这里已经混乱如斯了。”公输久轻叹了一口气，缓缓说道。

“萧宫……”

雪莺刚开口，忽然停了下来，扭头瞥了一眼不远处的其他仙宫修士。

“你有什么话，但说无妨，他们不会听到的。”公输久随意一挥手，含笑说道。

第232章

门后的世界

雪莺听闻公输久之言，心中微微一动，只感觉周围有一层若有若无的光幕，将他们两人笼罩。

“近年来，萧宫主的修为增长了不少，一心想要整合北寒仙域的所有势力，明里暗里做了不少事情，所以北寒仙域近年来很不太平。自从上次围剿百里炎之后，伏凌宗和苍流宫表面上看似老实了许多，实际上不过是蛰伏，蓄积力量罢了。萧宫主要是继续这么一意孤行，只怕北寒仙域迟早要生变，晚辈也是不得已才行此僭越之举……”雪莺神色凝重地缓缓说道。

“无须作此想，即便你不与我联系，天庭也已经注意到这边有些不太平了。事实上，近年来轮回殿的活动越来越频繁，动荡的仙域可不止北寒一处。我先前便是为了处理另一仙域的事情，才晚回了北寒仙域。结果恰逢冥寒仙府出世，我就直接来这边了。”公输久摆了摆手，说道。

“此番是晚辈幸运，能够碰到公输世伯，否则还不知道要多久才能脱困，真是让您见笑了。”雪莺说着，又抱拳行了一礼。

“这是玄武水机阵，只有从外界进入水下，破坏机枢，方能破解。你们这些人都已经被困在阵中，只会被越吸越紧，即便有金仙境后期实力，也难以自救。”公输久笑着说道。

“我等都是着了洛青海那只老狐狸的道。”雪莺眼中闪过一丝阴霾，叹息道。

“萧晋寒现在何方？”公输久话锋一转问道。

“晚辈也是来此之前才与他分别的，我这就带您去找他。”雪莺微微一怔，忙说道。

“走吧。”公输久点了点头，随手一招。

巨大的雪白貔貅将那黑色磨盘碎片吞入了腹中，正张嘴打着饱嗝，忽然光芒一敛，体型飞速缩小，重新化作了白玉貔貅，飞回了公输久的手中。

只是其腹部多了一个黑色小点，形态也还保持着张嘴打嗝的模样。

而后，两人带着那些真仙，一齐飞出湖泊范围，朝着远处飞掠而去。

他们皆不知晓，就在这片湖泊的古墓废墟下，还有一条蜿蜒向下的黑石甬道，上面镶嵌着一块块形状不规则的白色荧石，将整个甬道照得雪亮。而在甬道内，有一个婀娜身影，正一步一步慢吞吞地朝着深处走去。

在荧光的映照下，女子肌肤胜雪，眉目如画，年纪约莫二十岁的样子，正是陆雨晴。只是此时的她双目虽明亮如星，但面上全无表情，只是一步一步走着，朝着地下而去。

山谷之中。

那面白色石壁上镌刻的山峰和河流亮着金色光芒，层层巉岩和九曲蜿蜒的漫漫江河中，飞出一枚枚金色符文，直达白色光幕。

其光芒忽地一散，随之便融进光幕之中。

原本剧烈激荡的光幕，顿时像是被搅入了大量金汁一般，变得十分黏稠，也重新变得稳定。

洛青海见状，眉头微蹙，双手法诀一变，口中随即响起一声低喝。

“起！”

伴随着这一声，其身下的莲台虚影顿时光芒大作。

与此同时，莲台四周响起阵阵轻微风声，一道蓝色旋涡凝聚而出，从内里传来一股股强大无比的吸引之力。

韩立见状，神色骤然一变，他只觉得体内的仙灵力，就像是开闸的洪水一般，疯狂地朝着那莲台旋涡之中倾泻而去。

他目光偏移，扫向阵中其他人，只见他们皆是面有异色，显然也和自己一样，被吸取了大量的仙灵力。

“诸位莫慌，这石壁禁制比之前预估的还要强上几分，需要耗费点力气。”这时，洛青海蓦地开口，声音从半空中传了出来。

“洛道友，专心破禁便是。若是想以此手段消耗其他人的仙灵力，未免太卑鄙，料你也不屑于此。”封天都嗓音沙哑，开口说道。

“封道友能如此想，我便也放心了。”洛青海笑着回道。

说话间，其身下的莲台已经彻底化为实质，看起来如同蓝水晶雕琢而成，晶莹剔透，折射出道道光芒。

“开……”

洛青海见状，嘴角勾起一抹笑意，口中暴喝道。

那集合了众人磅礴仙灵力的蓝晶莲台立即飞射而出，在半空中光芒一闪，所有花瓣飘落，飞旋着冲入金色光幕，落在了白色石壁各处。

紧接着，石壁上便有一幕奇景浮现。

只见石壁上莲瓣落下之处，蓝光喷涌，当中竟有朵朵幽莲绽放而出，布满了石壁。

韩立见状，心中既有赞叹，亦有警醒。

洛青海要求他们一起布下九宫破阵图，并使出九灵摄真术，不过是借调众人的仙灵力而已，真正破解此处禁制的手段，应该是这些幽莲才对。

就在他有些担忧横生变数之时，洛青海的双掌已经平推而出，动作和缓随意，看起来就仿佛是在推开自家院落的门扉一般。

然而，他的双掌前推后，又朝着两侧分开，已经遍布莲花的白色石壁上笼罩的金色光幕顿时砰然碎裂，石壁正中也分开一道金线，如门扉一般朝两侧打开来。

石壁朝内缓缓打开，并无半点声音响起，谷中也是一片寂静，所有人的目光，都集中在了门后那片炫目白光上，神色也都异常紧张。

可是，当两扇石壁完全打开之后，门后仍旧只有一片明亮到令人无法视物的白光，当中既无任何异物飞射而出，也无任何强烈波动传出。

韩立翻手取出一颗恢复仙灵力的丹药服下后，一边手握仙元石汲取灵力，一边以灵目神通朝白光之内探查。

但很快他就发现并无作用，入目之处仍是白茫茫一片，就连神识也是半点无法渗入其中。

“诸位，禁制已经打开了，还请按先前约定好的人数进入其中，否则洛某只好撤去手段，重新关闭禁制，届时会发生什么，就只有天知道了。”洛青海面露笑容，语气温和却带着不容置疑的口吻说道。

封天都闻言，冲齐天霄点了点头，两个人当先一步，飞入白光之中，身影随即消失不见。伏凌宗的其他人果然留在原地，没有一人跟进去。

紧接着，南黎族的两名修士也相携飞入了白光中。

呼言道人与云霓低语几句后，冲韩立点了点头，两人飞掠而起，进入了白光之中。

进入其中的瞬间，韩立只觉得双目一阵刺痛，下意识地闭上了眼睛。

下一刻，当他重新睁开眼睛时，他发现自己已经处在另一个奇异的世界。

只见周围白茫茫一片，都是白色雾气。

探查后，韩立发现在此处非但目力受阻，就连神识也无法看得太远。

他发现，先前进来的几人，都悬在茫茫白雾之中，彼此之间都拉开了距离，神色凝重地四下打量着。

很显然，进入此处后，所有人的心神都处于高度紧张状态，没有谁敢贸然冲入浓雾之中。

不一会儿，欧阳奎山与另一名烛龙道金仙身形一闪，出现在白雾之中，两人望了呼言道人这边一眼，却只是与之拉近了一些距离，并未聚在一起。

很快，洛青海也带着弟子南柯梦进入了此处。

“咦，怎么诸位道友还留在此处？莫非在等候洛某？那可折煞在下了。”他笑着说道，眼睛却毫不客气地将四周打量了一遍。

在场众人全都没有应声，都在动用神通探寻着方向。

韩立看着四周的雾气，脸上浮现出犹豫之色。他的灵目神通在这里没有半点用处，若是动用真实之眼的话，或许能有些收获。可这么一来，又会过早暴露自己修炼时间功法一事，这对于接下来可能要应对的局面，绝对不是好事。

就在韩立犹豫不决的时候，他忽然瞥见洛青海徒弟的眼底似乎有白色雾气升腾，正望着远处，怔怔出神。

洛青海站在旁边，看似在漫无目的地搜寻，注意力却一直放在这个弟子身上。

韩立目光一转，也不动声色地望向那边，但目之所及，仍然只有茫茫白雾，什么都察觉不到。

难道那人有什么特殊的灵瞳之力？

韩立心中疑惑，便将注意力分了一部分，留在他的身上。

“这么干等着也不是办法，诸位不妨各自挑选一个方向，亲身探查一下。”片刻之后，洛青海突然说道。

“哼，这白雾能够隔绝神识，谁知道里面藏着什么古怪？随意飞入其中，那不是找死吗？”南黎族那位鹤发老妪手拄着金杖，冷冷道。

“既然诸位不肯冒险，那洛某就先走一步了。”洛青海笑着说道。说罢，他便挽住徒儿的手臂，带着他直冲高空而去。

“呼言道友，我们跟上去。”韩立心中一动，当即传音给呼言道人。

“怎么，你发现什么了？”呼言道人一怔，有些犹豫地说道。

这种状况下，主动跟着他人的话，很容易被当作不怀好意和挑衅。而目前，他还不想招惹洛青海这只老狐狸。

事实上，百里炎早在很多年之前就跟他说过，洛青海看似处处与人为善，实际上心中最是计较，所以，百里炎宁可得罪齐天霄这个伏凌宗宗主，也不愿招惹洛青海。

“我怀疑洛青海的弟子瞳力特殊，能够发现太乙殿的方位，不过并不能确定。但从洛青海的举动来看，他们二人必定有古怪。”韩立解释道。

“以那老狐狸的脾性，让其他人先去以身试险才正常，像这样主动深入迷雾，的确颇为可疑……就依你所言，我们先跟上他们。”呼言道人想了想，下定决心说道。

韩立和呼言道人身形一动，当即没入了白雾之中，远远地跟了上去。

欧阳奎山看了一眼同行的金发男子，两人交换了一下眼神，然后朝着左边的另一个方向飞驰而去。

南黎族的两人也不再停留，寻了一个方向飞掠而去。

不多时，一同进来的十人，只剩下封天都与齐天霄还留在原地。

二人目送其他人一个接着一个地离去，面色如常，也没有说话。

“差不多了，我们也跟上去吧。”片刻之后，封天都忽然开口说道。

而后，他手掌一挥，一层黑色光膜将他与齐天霄笼罩，继而朝着韩立飞走的方向追了过去。

迷雾深处，洛青海与弟子南柯梦始终保持匀速，朝着前方飞去。

忽然，南柯梦停下来，往身后迷雾中看了片刻，开口说道：“大宫主，后面有人跟上来了……”

“呵呵，这不奇怪。说说，跟上来的是谁？”洛青海笑了笑，问道。

“所有人。”南柯梦眉头微蹙，说道。

听到这个答案，洛青海不禁一愣，继而露出一抹嘲讽的笑容。

“离我们最近的是真焰宗的那两人。烛龙道和南黎族的人都选择了绕路，但事实上还是跟着我们的轨迹在移动。伏凌宗他们倒是离得较远，似乎……似乎是在跟着真焰宗的那两人。”南柯梦详细地说道。

“什么狗屁真焰宗，那黑须老者就是烛龙道的呼言道人，至于跟在他身边的那个黝黑汉子倒是有几分古怪，我记忆里北寒仙域似乎没这号人物……这小子就像是从石头里突然蹦出来的，一时间我倒看不出根脚。”洛青海笑着骂了一句，继而又蹙眉说道。

“那我们该怎么办？”南柯梦秀眉一皱，问道。

“太乙丹成丹在即，没时间跟他们耗了，我们走。”洛青海面色一沉，说道。

说罢，他双手掐诀，身上蓝光闪烁，将南柯梦包裹了进去。

只听“噗”的一声轻响，他们两人的身影瞬间化作一片七彩泡沫，消散在雾气之中。

片刻之后，韩立与呼言道人的身影疾驰而来，停在了这片区域中。

“怎么回事？”呼言道人沉声问道。

“怪不得他们不惧我们跟随，看来是早留了后手。”韩立神色不变，缓缓说道。

“这只老狐狸！这下倒好，咱俩又成没头苍蝇了……”呼言道人叹道。

“无妨，我还有一个办法可以试试，只是需要你释放灵域，将我掩藏片刻。”韩立犹豫片刻，开口说道。

“好。你尽管尝试。”呼言道人神色一肃，连忙说道。

说罢，他身上赤红光芒一闪，一层火焰灵域立即撑开，将方圆数百丈的范围笼罩。

“范围不能再大了，否则老夫不能保证完全遮蔽你的施法波动。”呼言道人解释道。

“嗯，这样就可以了。再大的话，反而容易引起其他人的注意。”韩立点了点头，说道。

说罢，他双手在身前一阵掐诀，背后金光涌动，真言宝轮浮现。

看着那光芒熠熠的金色宝轮上浮现的密集道纹，感受着从其上传来的强烈的时间法则波动，饶是呼言道人见多识广，心神也受到了剧烈的冲击。

“这、这……”他的嘴巴微张，半天也合不上。

韩立没有理会他的失态，只是催动起真实之眼，朝着四周查看起来。

很快，他就发现右前方的白雾深处，有阵阵空间涟漪荡漾。

“找到了！”

韩立轻喝一声，将法诀一收，真言宝轮随之收敛金光，回到了他的体内。

“虽然早就知道你修炼了真言化轮经，但没想到你已经将时间法则修炼到了如此程度！”呼言道人的神色犹未恢复如常，啧啧称赞道。

“过往有些机缘，所以在此功法的修炼上，的确是快了些。”韩立笑了笑，说道。

“厉小子，你老实告诉我，你是一直隐藏了真实修为，还是兼顾修炼了轮回法则？为何能在如此短的时间内，直接进阶到金仙境中期？”呼言道人神色凝重，开口问道。

韩立闻言，叹了一口气，有些无奈地道：“我先前与你所说并无虚言，我不久前的确是进入了一个奇异的秘境，在里面修炼了数万年，才达到金仙境中期。结果出来之后，我才发现里面的时间与外界并不对等，外界只过了瞬息。”

呼言道人听完之后，半晌无言，末了才露出些许勉强的笑容，叹道：“真是人比人气死人……你这小子，福缘未免太好了吧！”

韩立翻了个白眼，没有解释什么。

他哪里算得上福缘深厚？他哪一次获得机遇前，不是被人追得满世界乱跑，历经九死一生？

呼言道人忽然朝韩立走近一步，伸出一只手，掌心摊开，露出两枚布满金色纹路的雪白玉简。

韩立一见此物，眉头先是一挑，眼中闪过一丝惊讶之色。

“呼言道友，你这是做什么？”韩立不解道。

“这是真言化轮经第五和第六层功法，老夫现在就可以给你，只是有一事相求。”呼言道人神色郑重地说道。

“你且先说。”韩立蹙眉道。

“等进入太乙殿后，麻烦你尽全力帮我取得一颗太乙丹，只要一颗即可。”呼言道人缓缓地说道。

“在不危及自身性命的前提下，我可以全力帮你。”韩立没有直接应下，而是这般说道。

呼言道人闻言一笑，道：“就知道你会这么说……功法，你拿去吧！”

韩立接过两枚玉简，略一查看后，收入了储物镯中。

“为何不等离开仙府之时再给我，或者先给我一层？”迟疑片刻后，韩立问道。

“老夫说是看到你修为暴涨，是可造之材，想与你交好，你信吗？”呼言道人眉头一挑，问道。

“我信。”韩立一本正经地点了点头，说道。

呼言道人闻言先是一愣，继而忍不住笑着骂道：“你这小子……”

韩立脸上也多了几分笑意，当先朝着右前方疾飞而去。

呼言道人笑着摇了摇头，跟了上去。然而，才飞了片刻，他就发现一直疾驰在前的韩立，身影突然一闪，消失了。

惊愕之下，呼言道人连忙一个急冲，也瞬间消失在了白雾中。

瞬息之后，韩立和呼言道人的身影就一前一后出现在了另一方界域内。

“这是……”

看着眼前的景象，韩立不禁喃喃自语。

只见他们两人身下数百丈外的空中，悬浮着一块方圆数百里的小型陆地，上面绿树成荫，各式各样精致的亭台楼阁掩映其间。

数条碧绿如玉带的河流穿行其中，潺潺流淌，最终从陆地边缘倾泻而下，变作一道道连绵不断的银色瀑布，看起来秀美至极。

在陆地边缘的一片较为开阔的土地上，有一座绿草如茵的灵兽栏，里面被分割成数百个小型区域，散养着数百种形态各异的古怪异兽。

与之相对的另一边，位于陆地中央的山峦上，是一座占地面积极广的灵药园，里面生长着各式各样的灵药，当中隐隐有药气成烟，升腾入空。

“胭脂马和青竹狮在北寒仙域的血脉传承，数万年前就已经断绝了，想不到这里竟然还有，并且血脉还如此精纯……”呼言道人指着灵兽栏中数头通体火红的高头大马和通体碧如翡翠的青色蛮狮，啧啧赞叹道。

“那边的灵药园中，定然有不少数十万年以上的高阶仙草，否则不至于有紫烟升腾。”韩立也忍不住说道。

可以看到，灵兽栏和灵药园中到处分布着身着黑色长袍的仆从。

他们拿着各式工具，在田间地头忙活着，有的在喂食灵兽，有的在灌溉药田，有的在割取奇珍异兽身上的尖角和毛发，有的则在摘取灵药仙草的果实和叶片。众人分工明确，有条不紊。

而在两片区域中央，有一条白石山道，上面同样有一些身着黑色长袍的仆从，将那些人收集来的灵兽材料和灵药仙草，集中送往山道顶端。

第233章
别有洞天

“这些仆从……似乎都是傀儡。”韩立看了片刻，眉头不禁一挑，惊讶地道。

“不错，的确全都是傀儡。”呼言道人仔细辨认了片刻，也点头道。

两人说话间，头顶上方金光凝聚，一片浓厚金云随之缓缓生出，那道早在外界显露踪迹的丹劫，竟然延迟了许久，此刻才出现在这方秘境。

韩立的目光从金云正中朝下方望去，就见那片悬空的山顶最高处，矗立着一座金碧辉煌的圆顶金殿。

而在圆顶金殿外的广场上，有两道人影，身上绽放着湛蓝光芒，周围笼罩着水蓝花影，正朝着金殿殿门攻击。

“洛青海已经在破解大殿禁制，我们也赶紧过去吧。”韩立沉声说道。

“好。”呼言道人应道。

他的话音未落，山侧百余丈外的空间一阵扭曲，两道人影从中一闪而出，正是封天都和齐天霄二人。

面容枯槁的封天都先是瞥了韩立一眼，继而望向圆顶金殿，口中低喝一声，与齐天霄相携，直扑广场而去。

“怎么回事？他们是怎么找到这里的？难道他们当中有人也有虚灵瞳？”洛青海回身望了一眼飞驰而来的封天都与齐天霄二人，疑惑地道。

“大宫主，破禁在即，我们该怎么办？”南柯梦手上掐着法诀，问道。

“不管了，先进入金殿再说！”洛青海低喝一声，双手朝着金殿殿门重重一拍。

只见一片银纹横生的水蓝叶片从其掌心疾射而出，一下贴在了殿门上。

殿门上顿时蓝光大盛，叶片随即如冰雪消融一般，融入金色殿门消失不见，只剩下缕缕银色纹路相互纠缠，形成一道繁复符文，在殿门上蔓延。

沿着那道符文的纹路，金色殿门出现了一道道银色裂痕，继而在一声清脆的响声中碎裂开来，“哗啦啦”掉了一地。

洛青海和南柯梦两人正打算冲入殿中，身后就传来了封天都的声音：“洛道友，大家齐心协力破开禁制到了这里，你莫不是想独享其成吧？”

“呵呵，封道友此言差矣。我不过是凑巧先一步到了这里，考虑到时间紧迫，所以准备为诸位道友先打开殿门，好让诸位省心一些而已。”洛青海停下脚步，呵呵一笑道。

就在这时，韩立与呼言道人也从高空飞掠而下，落在了殿门之外。

洛青海与封天都两人，同时打量了韩立和呼言道人一眼，一个面露微笑，一个则没什么表情。

不等谁开口，高空中就传来了破空声，又有四道光芒一闪而来。南黎族的那两名金仙和欧阳奎山等二人也从两边落了下来。

“哼……”落地之后，鹤发老妪以金杖敲地，冷哼了一声。

欧阳奎山则不易察觉地冲呼言道人点了点头，他们能够进入此处，实际上是靠呼言道人用秘术联系，告知了入口位置。

一时间，在入口分道扬镳的各方人马，重新聚在了一起。

正当此时，高空中那片金云剧烈翻涌，不过数息，就已经将众人头顶上方的天幕遮蔽了，投下的金光将众人的脸庞映衬得金光灿烂。

而金云中散发出的强大波动，也令在场的所有金仙都感到一阵心悸。

金云卷动，使得整片天空金光四溢，好似已经彻底融为一个整体，给人一种十分压抑的感觉，就仿佛整个天幕都朝着下方倾覆而来。

紧接着，“轰隆”声不断从云内传出，风起云涌之间，一个巨大无比的金色旋涡突然从中间出现，呼啸着旋转，势不可当。

一道刺目银光从旋涡中心缓缓生出，如同一滴巨大的银色水滴，上面电丝缭绕，不断发出“吱吱吱”的声音。

一股恐怖的灵力波动降临，将整个圆顶金殿笼罩。

韩立的目光扫过金殿，只见廊柱、檐角、窗棂和门楣之上，皆有阴刻的密集符文，正如夜晚的繁星一般，闪烁着淡淡的光芒。

大殿的地面上也密密麻麻地镌刻着一圈圈圆形纹路，如同一层层侍卫拱卫着中央那座通体碧如翡翠般的巨型丹炉。

丹炉高逾七尺，几乎等同于一名成年男子的身高，双耳三足，是寻常可见的炼丹炉样式。

不过，其材质虽看似如同翡翠，实则并非玉石一类；其内明明有烈焰升腾，炉外却丝毫感觉不到半点热度，足见其对火焰的封锁很严密。

此外，在丹炉四周密密麻麻的灵纹之间，盘踞着九条通体莹白的螭龙。螭龙头上尾下，龙口怒张，栩栩如生，龙头全都朝向丹炉顶端炉盖上的一只展翅欲飞的三足金乌雕像。

韩立双目微凝，蓝光闪动，就看到那金乌雕像中似有白光亮起，其紧抓炉盖的三足上有丝丝缕缕的白色光丝流入丹炉之内。

“叮咚！”

一声轻响传来，高空中的金色旋涡猛然一亮，那滴硕大的银色水滴从高空中坠落，“吧嗒”一下，砸在了金殿顶端的宝顶上。

“银瓶乍破水浆迸！”

一片刺目银光骤然大亮，漫天银色电丝疯狂爆发，在震耳欲聋的轰鸣声中将整座金殿淹没了。

韩立等人见状，神色一变，纷纷向后飞掠，避让开来。

只见金殿如遭山岳倾覆，轰然一沉，仿佛陷入了地下。

下一刻，遍布殿身的符文就纷纷亮了起来，漫天金光如潮水倒卷，竟朝着高空涌去，与那片银色电丝交织在一起。

整座圆顶金殿就像是一轮灼灼金日，在这一瞬间大放光明。

与此同时，大殿内的屋顶上金光灿烂，如潮水一般不断从中央向屋檐处扩散，不断将外面传来的恐怖力量卸掉。

饶是如此，仍有一道银色光柱从屋顶正中投射下来，照在炼丹炉上。

只听“砰”的一声闷响。

殿内地面上镌刻的符文，一圈接着一圈亮了起来，一层层金色光幕随之从地面升腾而起，缕缕金光汇入丹炉。

只见炉身的九条螭龙双目亮起金色光芒，口中有一缕缕白色光焰喷涌而出，从四面八方汇集而来，与那银色光柱撞击在一起。

韩立在殿外看着这一幕，心中赞叹不已。

他心道，冥寒仙君这老道还真有一套，弄出这个太乙殿，在一众傀儡的操持下，竟然能够自行种药采药，养兽取材，继而还能炼制丹药，并持续至今日。

最不可思议的是，这座圆顶金殿竟然还能抵御丹劫，这实在太令人匪夷所思了！难不成真如那老道自夸的一般，他是个无与伦比的天才？

从那个时间秘境出来之前，韩立就将自称“冥寒仙君”的老道残魂彻底封在了养魂炉内，隔绝了老道与外界的一切联系，现在他有些犹豫要不要打开禁制，与那老道再沟通一下。

“丹劫要结束了，做好准备……”韩立犹豫间，呼言道人忽然出声提醒。

果不其然，大殿顶端的银色电芒在折腾了数十息后，余威散尽，逐渐消散开来。

金殿上有淡淡烟气升腾，空气中也弥漫着些许灼烧东西后的气味，整座殿身却仿佛被水洗过一般，比丹劫降下之前还要熠熠生辉。

“走。”

也不知是谁喊了一声，殿外所有人同时一闪身，出现在了大殿内。

殿内的银色光柱已经消散，但地面上的金色光圈仍未消失，层层围护着丹炉。

韩立扫视了一眼大殿内部，就见殿内两侧，各立着一尊尊与常人同等身高的灰白石像。这些石像手中握有各种兵刃，虽然一动不动，但有阵阵灵力波动从中传出，显然皆是傀儡。

在丹炉后方，则有一座略高于地面的平台，上面摆放着一张宽大的金色座椅，雕龙刻凤，看上去甚是气派。

在那金色大椅上，还坐着一个身着墨绿道袍的中年男子。

男子双手搭在座椅两侧，双目微闭，跷着二郎腿，身子略微向后斜靠在椅背上，动作有些荒唐，与他剑眉星目的俊朗脸庞放在一起，看起来多少有些不协调。

众人在看到此人之时，皆是悚然，每个人身上的气息都暴涨了，但很快又全都恢复了正常。

他们惊讶地发现，那名中年男子身上毫无活人气息，似乎是一具尸体。但若说其完全是一具尸体又有些不恰当，因为明显可以看到其胸口仍在微微起伏，像在呼吸一般。

正当他们惊疑不定的时候，一小片五彩云霞从丹炉顶端升腾而出，正对着殿门的一条螭龙口中忽然有银光迸射，从中飞出来一颗龙眼大小的银色丹丸。

随着此丹的出现，一阵浓郁无比的药香顿时弥漫整个大殿。

“太乙丹……”

众人一阵眼热，纷纷紧盯上了那颗丹药。

“诸位莫急，那金色圆环是庇护丹炉的法阵，切不可随意乱闯，小心触动机关，毁了这一炉丹药。”洛青海忽然高声提醒道。

“丹药已成，丹炉毁了便毁了吧！”南黎族的鹤发老妪低喝一声，就要走上前。

她脚下一片蓝色水幕骤然升起，将她阻挡下来。

“要动手吗？嘿嘿，正是时候……”那皮肤黝黑的古稀老者咧嘴一笑道。

韩立与呼言道人对视一眼，同时调动体内的仙灵力，也准备行动。

殿内的气氛顿时变得剑拔弩张。

“诸位莫着急，我拦下大家并非要争夺丹药，而是不希望诸位为了一颗太乙丹，而白白毁了其余八颗。”洛青海忙摆了摆手，解释道。

“哦？洛道友是说，这太乙丹有九颗之多？”封天都眉头一挑，不动声色道。

其余人闻言，也纷纷看过来。

“不错。若我没猜错的话，此炼丹炉名为‘九龙衔珠炉’，是一件不出世的异宝。其成丹有一特性，便是每一条螭龙口中都会吐出一颗丹药，只是时间上略有偏差，诸位不妨等一等。”洛青海继续说道。

“我也想起来了，老身的确在百万年前听闻，曾有高人收集真仙界诸多天材地宝，以及真灵之魂，炼制了一尊夺天地造化的丹炉，其中蕴含的某种法则，可使炼丹材料间的交融变得更为平顺。没想到，此宝竟在这仙府之中。”南黎族的鹤发老妪如此说道。

听闻二人此言，在场不少人俱是神色一动，面色一缓，望向那丹炉的目光中却多了几分贪婪。

“话虽如此，但在场的一共有五方势力，合计十人，就算有九颗太乙丹，也无法均分……”封天都若有所思地缓缓说道。

他此言一出，众人稍稍松弛的神色又再次凝重起来。

“哈哈，这个无妨。我洛某人之前就说了，入这冥寒仙府本就是带弟子长长见识，如今恰逢机缘，自然不敢奢求太多。苍流宫只取一颗，其余你们每家两颗，岂不是皆大欢喜？”洛青海神色不变，笑着说道。

众人闻言，眼中皆闪过一丝异色，当中既有惊讶，也有疑惑。

就在此时，环绕着丹炉的层层金光忽然消散开来。

脚步声响起，一具通体金黄的人形傀儡从丹炉后方绕了出来，探手将那条螭龙口中吐出的银白丹药取了出来，随后转身，朝着大殿高台上的那张金色大椅缓缓走去。

众人见丹药被拿走，虽有些不解，但也纷纷向那黄金傀儡追了过去。

就在此刻，异变突生!

无数黑气浮现，潮水般朝周围涌去，瞬间将所有人淹没。

众人只觉身体一沉，仿佛陷入了吸力极强的淤泥之中，举手投足都很困难，体内的仙灵力运转也受到很大的压制，顿时变色。

韩立体内的仙灵力运转也是一滞，不过时间法则之力却没有受制。

他身上青光大放，默默运转时间法则之力，将周围的黑气逼退，转头朝后面望去，神情微变。

只见封天都两手掐诀，滚滚黑气从体内涌出，形成一个黑色灵域，将所有人禁锢在其中。

这黑色灵域浓郁至极，几乎凝成实质，但范围不大，只笼罩了小半个大殿，并没有触及丹炉附近的金色圆环法阵。

韩立眼睛一眯。之前在太乙殿外，封天都和萧晋寒相争，那时他施展的灵域远没有眼前这个威势，由此可见，封天都是故意隐藏了实力。

其他人显然也发现了封天都的真实实力，纷纷面色一变。

“封天都，你这是什么意思？莫不是想独吞太乙丹？妄想！”洛青海一改此前的和颜悦色，怒喝一声。他身上骤然蓝光大放，形成一个蓝色旋涡，滴溜溜旋转着朝周围扩散而去，转眼间形成一片蓝色灵域。

无数怒涛虚影在蓝色灵域各处翻滚，仿佛一片怒涛海洋，虽然比不上封天都的黑色灵域，但也相差不多。

无数蓝色波涛不断冲击，黑色灵域被冲散了一些。

呼言道人和鹤发老妪齐齐大喝，身上红光闪耀，各自施展出一片火焰领域。

三片灵域合力冲击，顿时将黑色灵域的禁锢之力抵消了大半。其他几个金仙受到的禁锢之力大减，他们立刻祭出一件件仙器，向封天都攻去。

韩立也挥手祭出一柄青竹蜂云剑，将之化为一柄青色巨剑，混杂在其他仙器之中，朝封天都斩去。

青竹蜂云剑虽然没有施展全部的威能，但比起其他人的仙器，丝毫不逊色。

封天都冷笑一声，抬手一挥。

锁链碰撞声响起，十六根粗大的黑色锁链从他体内飞射而出。每一根锁链都有碗口粗细，上面浮现出一道道细小的晶莹符文，有的形如蚯蚓，有的呈蝌蚪状，散发出强烈的法则之力波动。

封天都以前也施展过锁链神通，但和那些半虚半实的锁链相比，这十六根锁链截然不同，是纯粹的实体。

十六根锁链黑光大放，朝着周围横扫而去。

“砰”“砰”“砰”……

那些轰击而来的仙器，尽数被这十六根黑色锁链震飞。

十六根锁链一出现，黑色灵域顿时剧烈波动，狂闪不已，变得更加浓郁，威能大增。

洛青海三人的灵域立刻被压制了下去，飞快黯淡。

黑色灵域的禁锢之力再次大增，排山倒海般朝着所有人压制而去。众人身体一沉，仿佛被万丈巨峰压倒，动弹一下都极为艰难。

“你的灵域也达到了化灵境！”洛青海面色一变，惊呼出声。他随即眼神闪动，身上蓝光大放，骤然转身朝一个方向飞射而去。

其他人见此，也立刻朝不同的方向飞去。

此前经历了与萧晋寒的一战，他们都深刻体会到了化灵境灵域的厉害，而且封天都的这片灵域比萧晋寒的冰雪灵域似乎还厉害不少。

不过幸好封天都顾忌碰到此地的禁制，灵域只撑开了小半个大殿的范围，他们虽然受到灵域的压制，但飞出去还是很快的。

韩立挥手召回青竹蜂云剑，身上金光大盛，也转身朝远处飞去。

他暗暗运转时间法则之力，融入青竹蜂云剑内。一道道雷电剑气向前劈斩而出，劈向前面的黑色灵域。

与此同时，他身前金光一闪，金童飞射而出，滴溜溜一转，化为磨盘大小的金色甲虫。

金童两只前爪一挥，一道道剑形晶光飞射而出，斩向前面的黑色灵域。

两者合力，顿时将前方的黑色灵域劈开了一道口子。韩立立即往前飞遁而去。

“哪里跑？！”

封天都目光扫过韩立，口中冷哼一声，掐诀一挥。

韩立身上黑光一闪，两根黑色锁链浮现，正是那两根被他收藏并封印起来的隔元法链。

“糟了！”

韩立面色一变，正要躲闪，却迟了一步。

那两根黑色锁链迎风胀大，迅疾无比地一卷，缠绕在他和金童身上。

韩立身体一紧，顿时动弹不得。

韩立心中暗呼大意，不由得苦笑一声。自己对法则之丝的应用方法掌握得有限，不然若是用时间法则之丝封印黑色锁链，对方必然无法再隔空催动。

金童也是一样，全身被黑色锁链捆住，身上的金光顿时消散，口中“吱吱”乱叫。

随着这两根隔元法链的出现，整个黑色灵域顿时再次波动，变得更加浓郁。

封天都身旁的十六根黑色锁链电射而出，一个模糊之下，消失无踪。

下一刻，黑色灵域内浮现出一根根黑色锁链，彼此交错缠绕。

转眼间，一个锁链牢笼浮现，将所有人禁锢在里面。每个人身上都被锁链缠绕了几圈，像蜘蛛网上的苍蝇，动弹不得。

“想不到，你不借助外力，灵域也达到了化灵境。不过没有外力相助，单靠你一人之力，根本支撑不了这个灵域多久，法则之力就会耗光！诸位不必畏惧！”洛青海被锁链捆住，反而冷静了下来，扬声说道。

说话之时，他全身蓝光大放，无数蓝色波涛虚影在蓝光中浮现，与周围的黑光交缠，奋力挣扎。隔元法链虽然能禁锢他们的仙灵力，但无法彻底禁锢他们的法则之力。

其他金仙听闻此话，心神顿时一定，也各自施展法则神通，试图挣脱黑色锁链的禁锢。

黑色锁链囚笼顿时颤动不已，锒铛作响。

封天都面色微微一白，冷哼一声，吐出一口血。接着，他两手掐诀，将这血洒向了锁链囚笼中。

原本颤抖不已的锁链囚笼，在血没入后，表面闪烁的黑光渐渐稳固了下来。

封天都面色一缓。

洛青海说得没错，萧晋寒是凭借那五根石柱，才将灵域提升到化灵境。这么做虽然有取巧之意，威能比起正常的化灵境灵域也要弱一些，但相对的，对自身的消耗也不算太大。

而他此刻全凭自身在施展化灵境灵域，又同时对付这么多金仙，对仙灵力和法则之力的消耗自然极大。

“诸位作为北寒仙域各大势力的代表人物，既有心见证我伏凌宗在仙域登顶，待我封天都进阶太乙境后，自会摆酒答谢诸位的亡魂！”封天都深吸了一口气后，一边维持灵域，一边缓缓地说道。

“封天都，你狼子野心！我洛某人今日拼了一身修为不要，也绝不会让你得逞！”洛青海怒道。

说完，洛青海同样吐出一口血，不惜大耗真元催动灵域，再次引得锁链囚笼表面黑光狂闪。

“各位道友，太乙丹近在眼前，你们甘心眼睁睁地看着封天都得逞吗？老身是不甘心的，我南黎族与伏凌宗势不两立！”鹤发老妪也喝道。

其余人闻言，也是目欲喷火，纷纷加紧催动法则之力以挣脱束缚。

第234章

截丹

“我禁锢他们，你速速去取太乙丹。”封天都没有理会众人之言，转头对一直站在一旁的齐天霄说道。

方才灵域大战，和齐天霄没有什么关系，齐天霄虽然实力很强，但没有帮上什么忙。

“师兄，不如先杀了这些人，我们再慢慢取丹。”齐天霄眼中冷芒一闪，传音说道。

“先拿到一两颗太乙丹再说。这些人虽然被我禁锢，但想杀掉他们绝不容易。你先去取丹药，迟则生变！”封天都传音回道。

“是。”齐天霄点了点头，身形电射而出，扑向那个金色傀儡。

众人争斗的工夫，那傀儡走出了一段不短的距离，距离高台上的那张金色大椅已不足百丈。

身处半空，齐天霄手一挥，一道灰光飞射而出，正是一柄灰色飞剑。

灰色飞剑光芒大放，化为数十道灰色光丝，朝金色傀儡的后背刺去。

不过此刻，地面上的金色纹路猛地一亮，“轰”的一声，一道白色火柱从地面腾起，凝聚成一面火墙挡在了前方。

一股炙热的气息从白色火墙中散发出，引得附近空间扭曲变形。

灰色光丝一碰到白色火墙，立刻被焚化，化为袅袅青烟飘散。

齐天霄眼见此景，面色微变，飞扑而出的身形顿时停了下来。

只见那金色傀儡对方才的一切浑然不觉，继续一步一步地朝着金色大椅走去。

齐天霄目光一转，落在了金色大椅上的中年男子身上，心中忽然冒出了一个念头。

“难道傀儡是要将太乙丹献给那个中年男子？”一念及此，齐天霄眼中闪过一丝焦急。

丹药给了那个奇怪的中年男子，不知会发生什么情况。但以他掌握的腐蚀法则，面对这种炙热火焰，本就有些被克制，目前看来也没有什么好的办法突破。

在他思量间，金色傀儡距离金色大椅越来越近。

四十丈……

三十五丈……

三十丈……

齐天霄瞳孔微缩，额头沁出豆大的汗珠，心中念头飞快转动。突然，他伸手在腰间一拍，手中白光一闪，浮现出一个白色圆环。

他眼中闪过一丝惋惜的神色，接着一挥手，将白色圆环扔了出去，另一只手飞快打出了一道法诀。

白色圆环顿时散发出雪亮的白光，飞快变大数倍，并且急速旋转，无数符文狂涌而出。圆环中心光芒汇聚，形成了一个白色旋涡，一股股空间之力从中散发出。

此时此刻，太乙殿外，各方修士找了一处空地，坐下等待。

石门仍然保持着敞开状态，里面闪耀着明亮的白光，让人无法直视。

各方修士不时抬眼看向白色石门，脸上闪过一丝贪婪的神色，不过没有一个人妄动。

就在韩立等十名金仙进入石门后没多久，苍流宫的其余修士在一名白面书生的带领下赶了过来。

外面的众人商定一番后，达成了临时协定，若哪方修士妄图进入石门，就会受到其他所有人的合力围杀。

在各方修士之中，苍流宫的实力最强，有四个金仙、多名真仙，算是在整个冥寒仙府之行中实力保存得最完整的一股势力了。

其次便是伏凌宗，有三名金仙。

剩下的只有云霓和一名烛龙道的浓眉中年大汉，两人有意无意地站到了一起，和苍流宫、伏凌宗隐隐呈三角对立之势。

就在此刻，伏凌宗的黑脸金仙和白面金仙二人目光一闪，飞快地交换了眼神。

“诸位道友，看来里面之事短时间内不会结束，枯坐于此也是无趣。这片山脉说不定还有其他宝物，我们留下几人看守这里，其余人一起去探索一下这片山脉如何？”伏凌宗的黑脸金仙忽地开口说道。

其他人听闻此话，眉头微皱，脸上露出奇怪之色。他们奉命在这里守护，太乙殿里的情况才是最重要的，哪有余暇去探索山脉？

“没兴趣，你们伏凌宗想去就自己去吧。”苍流宫的白面书生目中精光一闪，淡淡说道。

云霓与烛龙道那名留守的金仙没有说话，显然都没有离开的打算。

“那好吧，既如此，我们自己去了。”黑脸金仙耸了耸肩，和白脸金仙站了起来，一起朝着远处飞去，身影很快消失在远处。

云霓看着二人远去的背影，秀眉微皱。

两人往前方飞了一段距离，脱离所有人的感知范围后，立刻停了下来，找了隐蔽之处落下。

黑面金仙翻手取出一个白色圆环。

两人同时掐诀催动，白色圆环顿时绽放出阵阵白光，飞快胀大。

很快，白色圆环内浮现出一个白色旋涡。

二人飞射而出，化为一黑一白两道光芒，没入旋涡之中。

两人飞入白色圆环内后，圆环表面立刻浮现出无数裂纹，然后“啪嗒”

一声，碎裂开来，化为无数光点飘散。

大殿内，齐天霄悬在半空，掐诀一点。

他身前不远处的半空中，白色圆环内光芒一闪，射出了黑、白两道光芒，一闪化为黑、白金仙二人。

韩立等人远远看见此景，面色顿时一沉。

黑、白金仙二人飞出后，白色圆环上浮现出无数裂纹，随即碎裂开来。

“宗主，大长老。”黑、白金仙二人看到周围的情况，神情微微一变，朝着齐天霄和封天都行了一礼。

“不必多礼，将你们传送进来，是想利用你们的日月混沌大法，助我破开这面火墙。”齐天霄立刻说道。

“是！”

二人知道情况紧急，没有问别的，当即身形一晃分立两侧，口中念念有词，衣袖一挥，身上分别泛起黑、白两色光芒。黑、白光芒中，各自散发出一股法则波动。

韩立目光微微一闪，这两股法则波动很特殊，和他熟悉的五行法则截然不同。

白光中的法则正大光明，如烈阳当空，普照大地。黑光中的法则黑暗晦涩，但并无阴冷邪恶之意。

“难道是什么关乎阴阳的法则……”韩立心中暗暗猜测。

“大叔，你不会真被这些锁链困住了吧？”就在此刻，韩立心中忽地响起金童的声音。

韩立转头朝着金童望去，金童正在奋力挣扎，利爪金光闪动，狠狠切割那些黑色锁链。

但这些黑色锁链坚韧无比，无论它怎么挣扎，都没有作用，于是金童眼巴巴地朝着韩立看了过来。

韩立目光微微闪动了几下，没有说话。

“大叔你真有办法挣脱？赶紧放我出来，让我去杀了这老僵尸！”金童顿时大喜，立刻传音道。

“噤声！眼下局势尚未明朗，再等等。”韩立连忙传音稳住金童。

这些隔元法链虽然禁锢了他的仙灵力，但时间法则之力还可以运用，想要挣脱锁链并非不可能，不过现在还不是适合的时机。

就在韩立和金童传音交流的时候，黑、白金仙低喝一声，二人手中掐诀，身上的黑、白光芒立刻飞射而出，化为一黑、一白两道光柱，朝着白色火墙打去。

黑、白光柱缠绕在一起，飞快相融，转眼间化为一道黑白混沌。

两人手中飞快掐诀，两股法则之力也交缠在一起。

“轰隆！”

黑白混沌陡然变大了一圈，两股法则之力也同时增强了倍许，狠狠地打在了白色火墙上。

韩立见此情形，心中一动，这种情况他是第一次看到。两股迥异的法则之力结合，威能竟然能同时增加。

这让他意识到了什么，似乎是关于法则之力运用之道的某个关键，但在如今的情形下，一时半会儿也无法想到太多，只能留到以后再慢慢揣摩。

就在韩立思绪翻滚间，黑白混沌飞快旋转，白色火墙剧烈翻滚，一股股炽热的火焰如有灵性一般朝着黑白混沌汇聚而去，想要将其焚化。然而黑白混沌散发出的光芒却更加明亮，飞快朝着火墙深处而去。

几次呼吸之后，“轰隆”一声，白色火墙赫然被黑白混沌洞穿，火墙上浮现一条黑白通道。

此时，那金色傀儡距离高台已不足十五丈。

齐天霄眼见此景，立刻化为一道灰光，从黑白通道内飞射而过，朝着金色傀儡扑去。

他低喝一声，抬手一挥。

一道粗大的灰光飞射而出，正是那面灰色玉如意，一闪胀大数十倍，化为房屋大小。上面有无数灰雾翻滚，夹杂着一个个灰色符文，发出“咕咕”的声音，朝着金色傀儡当头打下。

黑、白金仙二人身形一晃，也立刻从黑白通道内飞射而出，朝着金色傀儡扑去。

二人低喝一声，一黑、一白两道光芒飞射而出，正是两面三角状的大旗。

一面大旗通体洁白，中央绣着一轮烈日图案，散发出耀眼的白光，让人无法直视。

另一面旗帜却是漆黑一片，上面绣着一个月亮图案，散发出幽幽清辉，虽然没有白色旗帜那般明亮，但也散发出另一种浩大气息。

二人掐诀连点，两面大旗震动不已，化为一黑、一白两个巨大光团，里面一道道黑、白光芒翻滚，光团之中赫然悬浮着一个太阳和一个月亮，散发出巨大的威压。

两个光团不停翻滚，发出“轰隆隆”的巨响，从左右两侧朝着金色傀儡打去。

就在此时，金色傀儡霍然转头，木然的瞳孔倒映着袭来的攻击，体表金光大放，浮现出一道道金色雷电纹路。

“噼啪”之声大作，一道道粗大的金色雷电浮现，无数雷电符文在其中跳跃，散发出一股强烈的法则之力。

紧接着，金色傀儡似缓实疾地抬起一条手臂，狠狠地捣出一拳。

一道粗大的金色闪电飞射而出，无数雷电符文在其中翻滚，打在了灰色玉如意上。

“轰隆！”

玉如意大震，打着转倒飞而回，表面的浓郁灰光被金色雷电撕裂，散发出的灵光有些散乱，似乎被金色雷电伤到了，失了灵性。

金色傀儡身躯大震，连退了几步才站稳，身上的金色雷电一阵紊乱，衰弱了不少。

黑、白金仙眼见此景，顿时一喜，手中掐诀一引。

黑、白光团滴溜溜一转，化为一黑、一白两只大手，朝着金色傀儡抓去，眼看便要将金色傀儡抓住。

就在此刻，出乎所有人意料的一幕出现了！

金色傀儡身旁人影一闪，两具灰白人影飞射而至，正是站在大殿两侧的灰白雕像，它们此刻竟如活过来了一般，身上浮现出一道道土黄色灵纹。

浓郁的土黄色光芒从两具雕像身上散发而出，夹杂着法则波动！

这两具灰白雕像手中都握着黄色战刀，猛地朝着空中一劈。两道巨大的土黄色刀芒无声无息地飞射而出，交叉形成一个十字。

刀芒上浮现锯齿形的波浪，凌厉无比，而且散发出阵阵法则波动，所过之处空间剧烈扭曲，似乎要被刀芒斩破。

“轰隆！”

黑、白大手顿时崩溃，重新化为一黑、一白两面大旗，反震而回。

两具灰白雕像全身土黄色光芒闪动，却动也不动。

齐天霄等三人见此，眼中闪过一丝惊讶的神色。韩立等人的神情也都是一变。

就在此刻，大殿两旁的灰白雕像尽数飞射而出，落在了大殿中央，总共有四五十具，将齐天霄等三人团团围在了中间。

“擅盗丹药者，杀！”四五十具雕像齐声开口大吼，声音低沉，仿佛是铁皮摩擦发出的声音。声浪扩散开来，引得整座大殿嗡嗡震颤。

齐天霄等三人身体颤抖，面上都露出了一丝痛苦的表情。

就在此刻，数十具雕像身上浮现出浓郁的土黄色光芒，并且迅速连接在一起，拉出一道道黄色纹路，纵横交错，转眼间形成一个巨大的黄色棋盘虚影，将三人笼罩。

每一道黄色纹路都散发出沉重如山的法则波动，黄色纹路彼此交错，一股股法则波动赫然叠加在一起。

齐天霄等三人被黄色棋盘虚影罩住，仿佛被无数巨峰压在身上，以三人金仙境界的实力，竟然动弹不得，三人面色顿时一变。

数十具傀儡施展神通困住三人，随即挥动手中的兵刃。

“轰隆隆！”

一道道巨大的刀芒、剑芒如雨般射出，斩向了三人。

与此同时，地面上的金色纹路猛地一亮。

“轰”的一声，一股股白色火焰从里面涌出，转眼间就淹没了整个黄色棋盘。

炙热的气息扩散开来，远处的韩立等人顿觉酷热难当。

一连串的变故快如闪电，让韩立等人再次脸色一变。

不过韩立他们震惊之余，更多的是幸灾乐祸。

“好惨呐……大叔，幸亏你没放我出去。与其这样，还是这里安全一些。”金童心有余悸地说道。

韩立没有回答，双目隐隐有蓝芒闪动，不知在想些什么。

封天都见此，瞳孔猛地一缩。他虽然想去接应，但施展锁链囚笼之后，根本无法离开。

看着眼前的火海，他心中不禁闪过一丝后悔。早知道此地还有这么多厉害的禁制和傀儡，真应该晚些再发难，让洛青海等人先去试探一番。

可惜贪心作祟，眼下他们伏凌宗已经站到了所有人的对立面，再无和解的可能，而且还要面对这些厉害的禁制和傀儡，可谓进退两难，骑虎难下。

就在此刻，一道灰光从火海中电射而出，倒射而回，落在殿门附近。灰光消散，现出了齐天霄的身影。

此刻的他全身焦黑一片，头发也被烧掉了大半，面色苍白，嘴角流血，看起来狼狈无比。

齐天霄落地之后，踉跄了几下才站稳，眼中闪过一丝惊惧的神色。

前面的白色火海波动起来，飞快减弱，很快尽数没入地面，消失无踪。

地面上落下了一黑、一白两面大旗，不过也灵光黯淡，显然受损不轻。

伏凌宗另外两名黑、白金仙，却丝毫看不到踪影，显然肉体、元婴以及身上的储物法器都被那白色火焰化为灰烬。

这两件仙器坚韧无比，才保留了下来。

封天都看到此幕，面色骤然铁青。

齐天霄领教过那些白色火焰的恐怖威力，并未惊讶，不过也狠狠地咬了咬牙。

韩立等人纷纷倒吸了一口凉气，暗暗震惊那些白色火焰的威力。

不多时，数十具灰白雕像身上的土黄色光芒随之消散，黄色棋盘虚影也随之消失无踪。

灰白雕像纷纷转身，朝着大殿两侧走去，很快回到原地站定，仿佛什么也没发生过一样，并没有去追击齐天霄。

而那具金色傀儡继续迈步往前走去，很快来到金色座位前，手一抬，那颗银色丹药从其手中飞射而出，到了那中年男子嘴边。

众人就这般眼睁睁地看着那中年男子嘴巴微张，丹药飞入其口中。

丹药入腹，那中年男子身上很快浮现一层柔和的绿光，绿光轻轻闪动。

几次呼吸之后，那层柔和绿光才消散，中年男子身上的气息顿时变得旺盛了一些。

韩立等人看到眼前的诡异情况，都露出了惊讶之色。

就在此刻，丹炉的另一条螭龙嘴巴微微一张，一道五彩光芒散发而出。

几乎在同一时刻，又有一条螭龙嘴巴微张，散发出一道五彩光芒。

“轰隆隆！”

大殿外的天空中浮现出一片片金云，滚滚翻涌，形成了一个巨大的金色旋涡。恐怖的气息波动从金色旋涡中散发而出，沉重无比，比起刚刚那次更加宏大。

殿内众人心口仿佛压了一块大石，呼吸不顺畅起来，他们虽然已经感受过一次丹劫，但此时仍禁不住心中一凛。

封天都承受的影响最大，胸口仿佛被重重地擂了一锤，面色一阵苍白，释放的黑色灵域也一阵波动。

洛青海眼见此景，眼中精光一闪，全身浮现耀眼的蓝光，蓝光随即化为无数蓝色波涛，朝着黑色灵域狠狠地冲击而去。

“刺啦”一声，黑色灵域被冲开了一道缝隙。

洛青海见此情形，手边浮现一点蓝光，从这道缝隙中电射而出，一闪消失无踪。

封天都转头看了过去，两手一挥。

两团黑光飞射而出，黑光中有无数符文跳动，融入灵域内。

整个黑色灵域猛地一亮，顿时稳定下来，将那道缝隙修复。同时，一道道黑光压迫而来，将洛青海身上的蓝光再次压制下去。

洛青海面露冷笑，两手飞快掐诀，几句低沉的咒语出口。

他体表蓝光微微一转，赫然化为一个如有实质的蓝色光团，蓝色光团上面无数水波虚影闪动，将他护在中间。

“洛青海，你刚刚做了什么？”封天都看着洛青海，冷声问道。

洛青海脸上露出似笑非笑之色，没有回答，手中不停掐诀，周身的蓝色光团越发明亮。

虽然没能将隔元法链隔绝，但周围灵域内的黑光丝毫无法侵袭他。

封天都眼中寒光一闪。

就在此刻，两团水滴般的银光从金色旋涡中浮现。

银光上电丝缭绕，不断发出“吱吱”的声响，随即飞落，打在金殿顶端的宝顶上。

一片刺目银光骤然浮现，笼罩了整个金殿。

大殿各处的符文再次亮起来，绽放出漫天金光，挡住了半空落下的刺目银光，彼此交织在一起。

所有人顿时被银光和金光笼罩，眼前一片白色，什么也看不到了。

此时此刻，峡谷石门入口忽地一闪，一道蓝光从中电射而出，“啪嗒”一声碎裂开来，化为一层蓝色光幕。

峡谷中众人看见此景，面色大变，尽数站了起来。

蓝色光幕上泛起水波般的光芒，随即一凝，化为清晰的画面，正是伏凌宗黑、白金仙二人遁入大殿的情景。

“这是……”

“好哇！那两人说去探索山脉，原来是偷偷潜了进去！”

“伏凌宗竟然背信弃义！”

峡谷内的众人大怒，目光一转，齐齐看向了伏凌宗唯一留下的那个肥胖金仙老者。

那老者面色一变，但似乎早有准备，身体像陀螺般转动起来。

“嗖”的一声，他化为一团青光，朝着远处飞去。

在场众人眉头一皱，并没有追赶，而是转头看向了石门入口。

第235章

纷争

“诸位，既然伏凌宗之人不守承诺，擅自潜入，那我们也不必遵守先前商议的协定了。”烛龙道那个浓眉金仙说完，立刻飞射而出，一闪便没入石门内。

云霓看了苍流宫四人一眼，双眸微闪，也化为一道银光飞射而出，没入石门内。

苍流宫四位金仙并未阻拦云霓与浓眉金仙二人。

此刻，在石门外，只剩下苍流宫一行人。四人互望一眼，两手掐诀，一道道法诀没入蓝色光幕。

蓝色光幕出现的同时，四人收到了洛青海的一道隐秘传音。

光幕一阵波动，接着飞快收缩，几次呼吸后化为一扇蓝色光门。

“你们继续守住入口。”白面书生对几个真仙吩咐道。

“是。”几个真仙立刻点头。

四人飞射而出，一闪便没入了蓝色光门内。

四人飞入后，蓝色光门立刻波动起来，飞快飘散。

就在此刻，白影一闪，云霓的身影浮现。

苍流宫几个真仙面色一变。

云霓丝毫没有理会几人，身形一晃，也没入了即将消散的蓝色光门之中。光门闪烁了几下，彻底飘散，只留下苍流宫几个真仙面面相觑。

大殿之中，漫天耀眼银光忽地一闪，潮水般消散无踪。各处的金色光芒也随之消退，丹劫再一次安然度过。

丹炉的两条螭龙嘴巴一张，两颗太乙丹从中飞射而出，浓郁无比的药香顿时充斥整个金殿。

封天都看着两颗丹药，眼中闪过一丝贪婪的神色。

此刻丹炉后面金影一闪，不知从何处又冒出两具金色傀儡，接住了两颗太乙丹，再次朝金色大椅走去。

“师弟，你的情况如何？”封天都见此，传音向齐天霄询问道。

“方才为了脱离那火海，我动用了本宗的禁制秘术，消耗颇大，不过所幸没有伤及根本。”齐天霄深吸一口气，传音回道。

“事已至此，我绝不甘心空手而归，相信你也如此。洛青海那老鬼刚刚八成是想调外面的金仙进来，等那些人进来，我们的情况就更加不妙了，太乙丹必须立刻夺到手！”封天都冷冷地传音道。

“但此地的禁制和那些傀儡都太厉害，凭我一人之力，想要夺丹根本不可能。”齐天霄面色微变，传音回道。

“无妨，我刚刚仔细观察过，那些灰白雕像虽然厉害，但灵智似乎不高，不知变通。这样，我设法引开它们，你趁机夺丹！”封天都传音道。

“好吧，我再试一次。”齐天霄犹豫了一下，传音道。

封天都二人传音之时，韩立朝周围其他人看了一眼，目光微闪。

这大殿内的情况越发不妙，他虽然有把握挣脱隔元法链，但也需要一些时间，一直这般受制于人似乎不太妙。

韩立心中有些犹豫，是否应该在此刻挣脱这些隔元法链的禁锢。

就在此刻，封天都忽地两手一扬，打出一道道法诀，没入了两根黑色锁链中。这两根黑色锁链分别捆缚着呼言道人和欧阳奎山。

两根黑色锁链立刻光芒大放，无数黑色符文从上面飞射而出，汇聚到一起，形成一个半尺高的模糊黑色人影，口中发出怪叫。

“域灵！”韩立瞳孔一缩。

黑色人影立刻飞扑而出，没入呼言道人和欧阳奎山二人体内。

两人体表顿时浮现一道道黑色纹路，飞快在身上蔓延。

“封天都，你做了什么？”呼言道人和欧阳奎山面色大变，奋力运转法则抵挡，却没有任何作用。

转眼间，两人全身各处都浮现出一道道黑色纹路，散发的气息也为之一变。

“哗啦”一声，呼言道人和欧阳奎山的身体从锁链囚笼中脱出，落在了地上，但他们的腹部仍然各连接着一根黑色锁链。

“去！”封天都手一挥。

二人飞射而出，朝丹炉方向掠了过去。

齐天霄眼见此景，面上一喜，翻手取出一颗丹药服下，滚滚灰云从其体内散发而出。

韩立瞬间明白了封天都的意图，面色一冷。

呼言道人和他本就有交情，此番一同进入冥寒仙府，又将真言宝轮经后几层功法给了他，他绝不能眼睁睁看着其陨落。

韩立身上金光一闪，正要有所行动。

就在此刻，异变突生。

只见大殿入口蓝光一闪，一扇蓝色光门浮现。

“嗖嗖嗖！”

白面书生等四个苍流宫金仙从光门中飞射而出，看到殿内情况，面色一变。

紧接着，人影一闪，一名黄裙女子也从光门中飞射而出。

此女正是云霓。

“你……”白面书生等四人看到云霓现身，神情一惊。

云霓一出现在金殿之内，就看到了被黑色锁链捆在灵域内的呼言道人。

她目光一紧，口中娇喝一声，周身立即浮现出一朵巨大无比的白色雪莲花影，掌心也多出来一柄状若莲枝的飞剑。

她乘莲而行，飞也似的冲向了呼言道人。

这一刻，周围的一切她视若无睹，她的眼中只有那一抹身影。

“好一对绝命鸳鸯！”封天都冷笑。

屋顶上方的黑色光幕传出“当啷”之声，两根黑色锁链从中生出，在半空中一阵交错，朝云霓疾射而来。

“小心！”呼言道人见状，连忙疾声叫道。

云霓救人心切，虽心知上方有异，但仍不肯绕路避让，而是全力催动身下的白色雪莲花影，继续朝呼言道人疾射而去。

然而，她身处封天都的灵域之中，又岂能任由己身？

还未等她飞近，左右两侧就又飞来了两根锁链，与上方两根锁链一起将她的去路完全封锁，眼看就要将她也困住。

就在此时，一点如豆般大小的金芒从韩立胸前亮起。

继而，那金芒如火苗一般跳动了一下，瞬间就化作一层金光熠熠的光幕，将整个大殿都笼罩了。

圆顶金殿之内，空中浮现出无数金色涟漪，缕缕霞光闪烁不定，从中散发出一股庞大的法则气息。

那四根射向云霓的锁链，在触到金色涟漪的瞬间，立即变得迟缓起来。

云霓双眉一挑，眼中满是不可思议之色，然后游刃有余地从锁链的缝隙里穿梭而过，来到了呼言道人身边。

“好小子，哈哈……”呼言道人扭头看了一眼韩立，笑道。

事实上，此刻整个大殿之中还能自由活动，不受金色灵域影响的人，就只剩他们两个了，包括封天都和洛青海在内，其余人全都感受到一股明显的时间法则之力。

这一番变故着实太惊人，让在场所有人都大吃一惊。

“时间灵域……”封天都的枯槁脸庞变得异常狰狞，他咬牙喝道。

封天都手指缓缓一勾，一根黑色锁链自其身下衣袍间骤然蹿出，如同灵蛇一般，射向韩立的丹田。

“怎么？阁下到了此时，还想锁住我的元婴不成？”韩立嘴角一勾，露出一抹冷笑，说道。

话音刚落，空中就有一道青光浮现，一柄青竹蜂云剑浮现，朝捆在韩立身上的黑色锁链砍去。

一阵金色电芒剧烈跳跃，从青竹蜂云剑上迸射而出，金光之中更迸射出青色剑气。

“锵！”

捆在韩立身上的黑色锁链应声而断，化为黑色雾气，重新融入了黑色灵域中。

“不可能！”

封天都神色再度一变，他死死地盯着韩立手中的长剑，怎么都不相信此剑仅凭一击就斩断了自己的隔元法链。

他哪里知道，这青竹蜂云剑看似只有一柄，实则是由三柄融合而成，是韩立目前能催动的最大威能，其中释放的无生剑海剑气，威力远超寻常仙器。

这一切看似漫长，实则发生在一瞬间。

韩立斩断身上锁链的时候，那根黑晶锁链已经到了他的小腹前，然而下一瞬，他的身影突然一个模糊，消失了。

原来，他在挣脱束缚的瞬间，逆转了体内的真轮，加快自身的时间流速，先行一步避让开，闪身来到金童身侧，挥出一剑，又将缠绕在她身上的锁链斩断。

看着这一幕，封天都本就铁青的脸色更加阴郁，若不是还要控制其他人，他甚至恨不得立即亲自赶上前来，杀死韩立。

洛青海看着眼前的一幕，神色变得愈加复杂起来。

他费尽心思召唤进来的那几个人，此刻也受韩立释放的灵域所影响，行动皆变得迟缓起来。

“大叔，你的动作也太慢了！你快说我应该怎么做？我的手好痒。”金童恢复了自由，活动一下肢体，说道。

“别忙着收拾他，先帮我抢一颗太乙丹回来。”韩立忙道。此刻有封天都牵制着其他人，可不正是抢夺太乙丹的好时机，他自然不希望错过。

金色甲虫来回摆动头颅，看了看封天都，又看了看丹炉，显得有些踌躇，接着她开口道：“也行吧，我馋那炉子老半天了，正好先把它吃了……”

此话一出，满场皆惊。

众人一想到她之前吃萧晋寒的法宝和元婴的模样，顿时心惊胆战，若是她吃了那丹炉，那里面剩余的丹药可就全毁了。

“噬金仙，万……万万不可……”洛青海大声喊道。说着，他周身涌出的蓝色波涛顿时光芒暴涨，眼看就要将缠绕在他身上的锁链撑开。

封天都见此，心神一敛，施法催动锁链重新收紧，将洛青海牢牢地控制住，毕竟在场的众人中，他最为忌惮的还是洛青海。

二者修为颇高，且施展的法则之力同样惊人，虽身处韩立的时间灵域之内，速度受到了影响，但相比其余人要好不少。

“丹炉里面还有未成的丹药，你现在可千万不能吃……”听了金童的话，韩立也是大感头疼，连忙劝阻道。

“这也不行，那也不行，真烦人……”

金童气鼓鼓地嘟囔了一句，也不知道听没听进去韩立的话，双翅一展，就朝那片火海禁制冲了过去。

齐天霄见状，冷笑一声，取出一颗丹药服下后，悄悄移了一下身形，目光牢牢地锁定金童，却并未立即追上去。

他心中盘算着，以噬金仙的小孩心性，不知那火海禁制的真正厉害，硬闯进去，必然会被烧成重伤，届时他再出手将其控制，日后慢慢驯化，就能收为己用了。

可他哪想得到，韩立紧随而至，一个闪动就来到了金童身前。

只见其双手掐出一个古怪的法诀，掌心顿时升腾起一片银色火焰，骤然朝火海之中探去。

韩立双手一触碰到火海边缘，脸色就骤然一变，眉头紧拧，显得十分痛苦。这火焰的热度，竟然远超他的预想。

他双手左右一分，掌心中的银色火焰便如同一圈隔火壁障，将周围的火海撑开，露出了一个缓缓扩张的圆形空洞。

如此一来，他施展的时间灵域明显受到了影响，比原先稀薄了几分，所有人顿觉微微一松。

“快进去，我撑不了多久……”韩立双手已经变得通红一片，衣袖也燃烧殆尽，化为飞灰，可他硬是咬牙坚持着。

金童见状，立即双翅一振，就要从那空洞飞进去。

这时，一片灰雾忽然从旁边涌了过来，挡在金童身前，灰雾凝聚成了齐天霄的模样。

“滚开！”金童顿时大怒道。

齐天霄神色不变，衣袖一抖，更多灰雾汹涌而出，瞬间化作七八条灰色巨蟒，朝金童缠绕而去。

金童顿时凶性大发，张口就朝迎面而来的灰蟒咬了上去。

韩立这边苦苦支撑，双手几乎变得透明，眼看快要撑不住了，而他释放的时间灵域此刻也更稀薄了。

“你们几个，先不用管我，速去争夺太乙丹！”洛青海见此，连忙喝止了苍流宫的四名金仙。

那四人身形一滞，纷纷运转法则之力，抵御着韩立时间灵域的压迫，朝丹炉所在方向赶了过去。

洛青海看了一眼那边，传音询问南柯梦：“如何？可曾发现破解禁制之法？”

“倒是瞧出几处破绽，但是一时还没有好的破解之法。”南柯梦摇了摇头，传音道。

“无妨，且将破绽告诉他们四人，让他们逐一尝试。”洛青海回道。

“洛大宫主，看来你这弟子不简单啊，怪不得你要把她带在身边。”封天都瞧出两人之间在交流，猜出了大致内容，忍不住说道。

说罢，他手上法诀一掐，一根漆黑锁链从他衣服下疾射而出，瞬间就贯穿了南柯梦的小腹，刺入了她的丹田之中。

南柯梦的元婴立即被隔元法链封锁，眼中的神采也黯淡下去。

“梦儿……”洛青海神色一变，大声叫道。

与此同时，他身上的蓝色光芒越来越亮，仿佛无穷无尽的蓝色波涛不停汹涌，冲击着捆在他身上的隔元法链。

封天都神色不变，又将更多的仙灵力注入法链之中，朝洛青海压制而去。

事实上，他此刻也是郁闷万分。他千算万算，怎么也没料到这丹炉四周的禁制会如此强悍，本宗的两名金仙竟然毫无还手之力直接殒灭于此，一时间令他们宗门实力大减，反倒让同样心怀叵测的苍流宫占了上风。

加上韩立这个家伙横生枝节，他很有可能落个竹篮打水一场空的下场。

不等他稳住洛青海这边，捆着呼言道人的锁链上就传来一声巨响。

只见距离呼言道人小腹不过尺许的锁链上，横插着那柄古怪的莲枝飞剑，上面的粉色花影骤然绽放，继而轰然炸裂。

探入呼言道人小腹内的那根黑色锁链，骤然断裂。

与此同时，云霓从半空中飘落，嘴角流出一丝鲜血，脚步踉跄地向后退去。

这时，一道黑色人影从旁闪过，一把揽住了她的肩膀。

“胡来，你进来干什么！”化作黑须男子的呼言道人口中厉喝，眼中却满是疼惜的神情。

“无妨，你没事就好。”云霓稳住身形，抹了一把嘴角的血，轻声说道。

呼言道人眉头微蹙，还想说什么，却被云霓摇了摇头制止了。

不远处，周身遍布黑色纹路的欧阳奎山，不受控制地冲向火海禁制，双眼却一直望向呼言道人这边，目光之中既有艳羡，又有遗憾，复杂不已。

呼言道人与云霓对视一眼后，两人相携，身形一闪就来到了欧阳奎山身侧。

云霓手腕一抖，一道红绫飞射而出，一下缠住了欧阳奎山的腰，将他死死拉住。

呼言道人伸手一抓，握住一柄赤焰缭绕的飞剑，朝探入欧阳奎山丹田的黑色锁链劈砍而去。

“铮！”

黑色锁链上顿时出现一道纤细的赤红火线，从中间断裂开来。

“多谢。”

欧阳奎山身上的黑纹逐渐消退，气息也恢复如常，他冲二人点了点头。

封天都见状，神色愈加狰狞，抬起干枯如鬼爪的手掌往回一招。之前从韩立和噬金仙身上斩断的两根隔元法链，立即倒飞而回，落到了他的手中。

“终于回来了，这下就齐了……”封天都轻抚着这两根锁链，缓缓说道。

说罢，他手轻轻一抬，两根锁链便立即如灵蛇抬头，扭动着爬入他的衣袍之下，与其他锁链一样，垂在地面上。

“哈哈哈……”

封天都看了一眼身下的锁链，缓缓抬起头来，喉间传出沙哑的笑声。

他的双手在身前探出，手上有股红血液缓缓滴落，洒在他身下的那些黑色锁链上。

只见一道血红光芒蔓延，“当啷”声顿时连响不断，密密麻麻的暗红色锁链如万千游蛇般铺满整个地面，朝所有人脚下涌了过去。

尚未脱离困境的洛青海等人，顿时被一层一层包成了粽子，堆成一个个七尺来高的锁链圆塔。

呼言道人见此，将手中长剑倒转，剑尖朝下，猛地刺入地板。

一道赤红光幕瞬间从其剑尖扩散开来，裹挟着滚滚气浪，将那些侵袭而来的锁链屏退三分。

苍流宫四名金仙手中各持一块翡翠令牌，绽放出耀眼的蓝色光芒，在周围形成一座四方形状的水晶房屋，挡住了黑色锁链的侵袭。

“怎么办？”苍流宫那名金仙老者看了一眼洛青海那边，犹豫着问道。

“既然大宫主说了让我们先去夺丹药，我们服从就是。”白面书生沉默片刻，开口说道。

四人神色微敛，开始商议如何破解火海禁制，夺取太乙丹。

另一边，金童嫌与齐天霄在殿内厮杀束手束脚，竟直接打出了殿外。

韩立眼见密集的锁链已经到了他的脚边，只得叹息一声，双手一松，缓缓收了回来。

随着他的双手撤回，火海中的那个缺口，也随之缓缓消失不见。

韩立身形一闪，来到了云霓等三人的身边，手中握着两块仙元石，他飞快地汲取其中的仙灵力，时间灵域也收了起来。

方才施展灵域的同时，他又催动了三柄青竹蜂云剑，并释放噬灵真火撑开火海禁制，体内的仙灵力自然消耗了不少。

“噬金仙不在，现在该我们两个好好算一算账了。”封天都双目装满怒火，看向韩立，缓缓说道。

话音落下，其身形如同一叶孤舟一般，半截隐没在锁链海洋之中，行动自如地飘到了韩立几人身边。

第236章

夺丹

“时间法则，法则至尊……嘿嘿，不错不错，我的两个徒儿，是你杀的吧？”封天都停在了韩立身前，双目紧紧地盯着韩立，冷笑道。

“不错。”韩立神色不变，手腕一转，握住了青竹蜂云剑，说道。

“不要以为学了点时间法则的皮毛就可以嚣张跋扈，为所欲为。今日，封某就送你进轮回！”封天都阴沉地说道。

“好小子，真没看出来！就凭你杀了封老鬼的两个徒弟，就值得我请你喝两杯酒。”一旁的呼言道人忍不住调侃道。

“两瓶。”韩立闻言，笑道。

“成交！”呼言道人笑了笑，握紧了手中的长剑，说道。

这时，欧阳奎山瞥了一眼丹炉那边，出言提醒道：“不好！那两颗丹药也快被傀儡拿去喂那中年男子了……”

呼言道人正要说话，就听韩立说道：“你们安心破解禁制，夺取丹药。我让这位封大长老见识一下，哪怕只有时间法则的皮毛，我也能为所欲为。”

说罢，他便举起手中的长剑，从呼言道人的火焰灵域中穿出，朝封天都迎了上去……

云霓与欧阳奎山见状，俱是一怔，纷纷看向了呼言道人。

“我们去夺丹，不用担心他。”呼言道人见状，笑了笑，对云霓与欧阳奎山说道。

而后，三人当真不再管韩立，而是飞快商议起如何破解火焰禁制来。

然而所有人都没有注意到，位于大殿门口不远处的一座锁链圆塔，忽然歪斜，朝一侧倒了下去，盘旋其上的暗红锁链“哗啦啦”散开，里面空无一物。

原先被捆在里面的人，竟然消失了。

几乎同时，大殿右侧起伏不定的锁链海洋之上，一道人影无声无息地现身，朝殿内一角奔去，观其身形，赫然是南黎族的那名鹤发老妪。

先前她握在手中的那根金杖已经消失不见，取而代之的是一块巴掌大小、形状极不规则的蜡黄色令牌。

那令牌上密布着层层古怪的符文，从中传出奇异的法则波动。

老妪的速度快到不可思议，她身上笼罩着一层模糊的暗红色光芒，在殿内拉出一道道赤色残影，赶在所有人反应过来之前，到了火海禁制前。

到了近前，老妪抬手一抛，蜡黄色令牌立即飞射而出，一闪落入了火海之中。

只见令牌一飞入火焰之中，立即如同蜡烛一般熔化了，暗红色光芒大作，一枚枚符文从中飞出，融入了周围的火焰之中。

“这是……”呼言道人正欲开始破解火海禁制，看到这一幕，忍不住道。

另一边，“锵唧”声大作，一根根暗红色的锁链如同一杆杆猩红的矛不断在半空中划过，化为一片密密麻麻的赤影，将韩立笼罩。

韩立手持青竹蜂云剑，体表银灰色光芒流转，身形如虚似幻，在半空中来回穿梭躲避，那些密集的暗红色锁链竟无法触碰到他。

封天都面色愈发阴沉，身形在锁链之上滑行，紧追其后，双手掐诀，不断有纵横交错的漆黑锁链朝韩立射去，将他的活动范围不断压缩。

“嗖！”

封天都手指一勾，一根暗红色锁链如毒蛇一般从韩立脚下骤然探出，尖端闪着凛冽寒光，朝他的脚踝而去。

韩立早有察觉，立即将手中的长剑向下一扫。

剑锋尚未触到锁链，一道金色电光迸射而出，化作无数密集的金色电芒，打在那根暗红色锁链上。

“刺啦！”

一阵电流声响起，那道金色电光瞬间光芒大作，一股股狂暴的金色电流从中疯狂涌出，如洪流一般将大片锁链吞没，化作一片金色雷池。

封天都一进入雷池范围，就被密集的金芒淹没，如遭受火烤油烹，发出一声尖叫。

这一声尖叫引得周围众人纷纷看过来。

就连那鹤发老妪也将目光从火海禁制上移了过来。她双目之中闪过一丝疑惑之色，看了一眼韩立后，重新望向火海禁制。

只见那片火海之中，那面火墙的火焰居然开始急剧收缩，凝聚成一簇簇拇指大小的赤红火苗。

鹤发老妪双目一亮，身形一个闪动，就从火苗间的空隙穿了进去。

紧接着，四道身影一闪而至，正是那四名苍流宫金仙悄然跟随其后，也想从火苗间的空隙穿过。

结果，他们刚靠近，那些收缩在一起的火焰就“腾”的一下蹿了起来，重新恢复了原状，差一点就将走在最前方的一人吞没了。

这一下动静不小，顿时引起了其余人的注意。

“那令牌是什么东西……似乎是某种法则之物？”云霓神色微变，疑惑地道。

“难道是火属性法则之物？”欧阳奎山皱眉道。

“不，不会……总之绝不是火属性法则……无论如何，咱们还是先行破阵吧。”呼言道人眉头紧皱，摇了摇头，沉吟道。

鹤发老妪一进入火海禁制，两道白色人影就已经朝她追赶而来。

两道白色人影身上土黄色灵纹光芒大作，手中各持一柄泛着黄色光晕的制式战刀，一左一右朝鹤发老妪包抄而来。

空中，光芒震荡，一层层空间涟漪荡漾开来，一股沉重的法则波动分别从左右生出，仿佛山壁合拢，将鹤发老妪挤向中央。

老妪只觉周身空气一紧，但眼中光芒微闪，身前一道暗红色光芒飞射而出，瞬间胀大，化作一片方圆十数丈的灵域，刚刚好将这两名灰白傀儡包裹了进去。

只见她手指轻轻一搓，一道道暗红色的细线就从空中各处生出，朝灰白傀儡的四肢和头弹射而去。

结果本应坚固无匹的灰白傀儡竟像是豆腐一般，被暗红色细线轻而易举地贯穿了，看起来就像是两具提线木偶。

然而，令人感到奇怪的是，它们的动作并未受到影响，仍然朝鹤发老妪劈去。由于两边空间受到挤压，老妪的衣袍紧紧地贴着身体。

鹤发老妪皱纹遍布的眼睛微微一眯，双手交错，刺入灰白傀儡后颈的两根细线骤然绷紧，将它们的头拽得向后一仰。

"找到了……"她口中轻喃一声，双手随即飞快掐动。

只见两具灰白傀儡身形一僵，后颈有土黄色的光芒亮起，顺着那两根暗红细线不断向外流去，消散在空中。

而随着这些光芒的流失，灰白傀儡身上的土黄色灵纹的光芒一点点黯淡下去，最后彻底消失，挤压老妪的空间法则波动也随之消失不见了。

没有了土属性法则之力的庇护，两具灰白傀儡实力大减，已经无法妨碍老妪的行动。

鹤发老妪也未继续与灰白傀儡纠缠，而是从它们中间一闪而过，直奔丹炉后方而去。

那两具取丹药的金色傀儡，似乎感应到身后有人来了，同时猛地回头，抬手挥出一拳。

它们的拳头上有无数雷电符文翻滚，彼此之间隐隐呼应，符文中央生出一个金色旋涡，里面电闪雷鸣，散发出一股奇异的吸引力，扯着老妪朝其中落去。

与此同时，两边的灰白石像纷纷亮起土黄色光晕，动了起来。

很快，巨大的黄色棋盘虚影浮现。

“死定了……”苍流宫的金仙老者见状，眼中闪过一丝讥笑，说道。

他的话音刚落，就觉得眼前一花，紧接着就看到老妪的身影已经从两名金色傀儡身旁穿过，出现在了摆放金色大椅的石台下。

两名金色傀儡之间的金色旋涡早已消失不见，当中只有一道道纤细如发的金色电丝相互纠缠，却已经没有多少威力可言了。

至于灰白傀儡布置的黄色棋盘虚影，根本没来得及发动。

“怎么可能？！”

苍流宫的金仙老者发出一声惊呼，引得呼言道人等人朝这边望了过来。

另一边，封天都已经从韩立的雷池之中脱身，他似乎终于意识到了眼前这人的实力并不简单，所以他停止追击，与韩立对峙。

两人被那边的动静吸引，不约而同地偏转视线，看向那边。

结果令众人费解的一幕出现了。

两名金仙傀儡手中，依旧各自捧着一颗太乙丹，并未被那鹤发老妪夺走。

而那鹤发老妪直接走到了石台上，翻手取出一颗黑色丹药，上面散发着丝丝法则波动。

“这是……虚元丹！”韩立瞳孔微缩，一眼就认出了那颗丹药正是自己亲手炼制的虚元丹，不禁神色复杂地看向那名鹤发老妪。

“你要做什么？！”封天都也神色骤变，大声喝道。

鹤发老妪闻言，回首看了众人一眼，嘴角勾起一抹古怪的笑，然后佝偻着身子，扳过座上那人的头颅，捏着其脸颊，将那颗虚元丹喂进了其嘴里。

“咕噜！”

那人喉头上下一动，那颗丹药就直接滑入了他的腹中。

鹤发老妪肃立在一旁，双目死死地盯着那人，满眼的期待之色。

其余人或惊愕，或疑惑，全都愣住了。

一息，两息，三息……

时间一点一滴过去，众人都安静了下来，目光望向了服下黑色丹药的那人，都不知道将会发生什么。

结果，直到七息过后，那人依旧仰面靠在金椅上，没有半点动静。

“怎么可能……怎么会不行？怎么……”鹤发老妪眼中的神采一点点黯淡，难以置信地喃喃道。

众人见状，不禁纷纷松了一口气，以为只是虚惊一场。封天都的注意力再次转向了韩立，韩立也将目光收了回来。

双方的交锋，一触即发。

可就在此时，诡异的一幕出现了！

只见一道灰色光芒突然在那人身上亮了起来，如同灵域一般瞬间扩张。灰色光芒所过之处，风雷声大作，如风暴来袭，隆隆作响。

靠得最近的鹤发老妪首当其冲，被飓风一卷，直接飞了出去，直挺挺地撞击在一具灰白傀儡身上，砰然作响。

那丹炉也被这股巨力冲击得剧烈颤动，周身绿光流转，一阵后才重新稳定下来。

两具金色傀儡和那些灰白傀儡，也被这股巨力冲击得东倒西歪，就连最外层的火海禁制也向外扩散了一圈，轰然炸裂开来。

白面书生等人连忙闪身，朝后方躲避。

只有呼言道人眼中光芒一闪，反其道而行之，手掌一翻，取出一盏亮着金色火苗的古旧油灯，身形一闪，穿入了炸裂的火海禁制之中，身形瞬间被吞没了。

“呼言……”云霓似乎事先并不知情，惊声叫道。

韩立心中不由得一动，双目蓝光亮起，朝里面望去，只见那里灰气弥漫，什么都无法看清。

片刻之后，弥漫在各处的灰色雾霭才缓缓消散，一道人影从中一闪，疾射而出，朝云霓那边落去，正是呼言道人。

只见其衣衫破烂，胡须被烧，浑身焦黑，显得有些狼狈。

“拿到了……不过，那金色傀儡太厉害，两具傀儡联手我不好脱身，便没敢抢夺另一颗。”他的脸上挂着笑容，传音给云霓道。

“下次不许这么冒险了……”云霓心头一松，狠狠地瞪了他一眼，回道。

待所有烟尘散尽之后，金色大椅上的那人重新显露出来。其仍保持着原先的姿态，纹丝不动，看起来没有任何改变，但身上传出的气息已经与之前全然不同了。

金影一闪，两具金色傀儡出现在金色大椅旁边。

一具金色傀儡手中捧着一颗银色丹药，正是太乙丹，送入了那人口中。另一具金色傀儡半边身体焦黑，一只手臂更是不见踪影，呆立在原地。

那中年男子服下第二颗太乙丹后，身上浮现一层光芒，散发出的气息更旺盛了。

这两具金色傀儡，还有先前来到此地的那具，一起将那人围在了中间。

韩立眼见此景，眉梢微挑。随即他朝呼言道人等人看了一眼，神情再次一怔。

只见呼言道人翻手将一直背着的布包取了下来，掀开一角，迅速将手中的太乙丹放了进去。

韩立眼中闪过一丝惊讶的神色，念头急转，身上青光大放，骤然倒射而出，不再和封天都纠缠。

“小子，休想走！”封天都脸色一变，怒吼一声，正要追赶之际，异变再生！

“轰隆！”

一根蓝色光柱在封天都身后浮现，冲天而起。庞大的气息从蓝色光柱中散发而出，整个大殿随之晃动起来。

蓝色光柱中间，赫然是洛青海。他此刻全身沐浴着耀眼的蓝光，一道道如蓝色水波般的光芒从他体内涌出，朝着周围冲击而去。

那些捆在他身上的锁链哗哗作响，已然松动了不少。

封天都面色一沉，顾不得再去追韩立，转身朝洛青海扑去，挥手打出一道黑光，一闪没入洛青海身上的锁链中。

在场众人虽然实力都不凡，但洛青海对他的威胁是最大的，万万不可让其逃出去。

这些锁链顿时一亮，然后仿佛活物般蠕动收缩。

“哼！此刻才想禁锢我，迟了！”洛青海冷哼一声，两手掐诀。

他身上的蓝色光柱再次一亮，任凭那些锁链如何蠕动收缩，他都纹丝不动。

洛青海口中念念有词，下半身赫然一变，竟化为蓝色蛇尾，整个人变为半人半蛇的样子，散发出的气息也是大增。

韩立身形一闪，出现在呼言道人等人的身旁。

“厉道友，劳烦你牵制封天都。”呼言道人感激地点头。

韩立对呼言道人淡淡一笑，摆了摆手，视线在呼言道人的背上略微停留了一下。

呼言道人再次将那个黄色布包背在了背上，布包包得严严实实，根本看不到里面是什么东西。

韩立眼中闪过一丝异色，却没有出声询问，转首朝洛青海望去。

看到洛青海的变化，他顿时一惊。洛青海体表浮现出一层晶莹蓝光，身体奋力扭动，从重重锁链中飞快向上钻去。

封天都瞳孔一缩，单手一挥。他的身旁黑光闪烁，浮现出数十根碗口粗的黑色锁链。

锁链顶端尖锐无比，散发出阵阵黑光，仿佛一根根黑色长矛，无数黑色符文在上面跳动，散发出骇人的法则波动，让人望而生畏。

“去！”

封天都掐诀一点，黑色锁链尽数爆射而出，化为道道模糊黑影，刺向洛青海的身体。

洛青海见此，翻手取出了一颗深蓝色圆珠。

此珠散发出一股强大而隐晦的气息，里面似乎封印着半人半蛇的蓝色小人，可惜圆珠散发出的蓝光太明亮，让人看不太清楚。

洛青海眼中闪过一丝不舍的神情，随即飞快张口，将圆珠吞入腹中。

下一刻，他身上蓝光狂闪，身体赫然变得透明，一道道深蓝色的流光在他体内闪动。

就在此刻，那些黑色锁链闪电般射至，轻易穿透周围的蓝色光柱，然后刺入了洛青海的身体，洞穿而过。

洛青海的身体顿时千疮百孔，却没有流一滴血。

封天都眼见此景，微微一怔。

洛青海面露冷笑，身上蓝光一闪，突然爆裂开来，化为一道道水波朝周围扩散而去。

与此同时，念咒语的声音不知从何处传出，给人一种极为古老的感觉，仿佛是太古之初便存在于这个世界上的某种语言。

封天都见此，面色微沉，手中的法诀骤然一变。

那些黑色锁链黑光一闪，再次飞射而出，在那些蓝色水波中疯狂穿梭，但是没有丝毫作用。

从洛青海口中传出的咒语声越来越大，伴随着咒语声，一道道蓝色水柱从四周的空中飞射而出，融入蓝色水波内。

转眼间，一个巨大的蓝色水团浮现，占据了近半个大殿。

蓝色水团中央光芒一闪，一团蓝光浮现，是一个巨大人影。

这人影高数十丈，上半身是个中年大汉，身穿宽松的蓝色长袍，露出宽阔的胸膛和结实的臂膀，留着长而卷曲的蓝色胡须，一直垂到胸前。

大汉下半身赫然是蓝色蛇身，蛇身盘成数圈，起码有百丈长。

中年大汉面容威严，仿佛太古水神，散发出一股庞大无比的气息，将周围的黑色灵域逼退，赫然超越了金仙层次。

“这气息已经达到了太乙境！”韩立等人看到蓝色大汉虚影，震惊地道。

封天都看着眼前的蓝色大汉虚影，眼中闪过一丝惊骇之色。

洛青海站在蓝色大汉虚影内，周身蓝光闪耀，宝相庄严，不可侵犯。他突然抬手，单手掐诀一点。

蓝色大汉睁开眼睛，一道道蓝色闪电在其眼中跳动，让人无法直视，一只粗大的手臂蓦然一抬。

“嗡！”

他手中多出一根蓝色手杖，手杖绽放出耀眼无比的蓝光，朝封天都击去。

一道巨大的蓝色杖影浮现，上面无数道蓝色电光缭绕，散发出一股开天辟地般的恐怖威能。

这一刻，仿佛这一方天地之间，唯有这一道杖影。

身处灵域外面的韩立等人也清晰地感应到了，面色一变，朝着远处又退开一段距离。

“轰隆隆！”

巨大的蓝色杖影看似迟缓，但承受杖影的封天都清楚这一击是何等迅疾，就像一道巨大的蓝色闪电打在黑色灵域上，根本没有给他反应的时间。

封天都的黑色灵域开始剧烈波动，然后“轰”的一声，碎裂开来。

“砰”“砰”……

灵域内的黑色锁链尽数碎裂，南黎族那个古稀老者和烛龙道另一位白发金仙，还有南柯梦身上的锁链寸寸碎裂。

三人恢复自由，顿时大喜，立刻各自飞射开来。

蓝色杖影破开灵域，似乎消耗了大量威能，范围缩小了近一半，但仍然排山倒海地打向封天都，似乎誓要将其从这世间抹去。

第 237 章

对峙

这一切说来话长，但不过几次呼吸的工夫便发生了。

封天都释放的灵域被震碎，不由得闷哼一声，似乎受了不轻的伤。眼见蓝色大汉的杖影袭来，他面色大变，倒射而出，同时两手不停地挥舞。

黑光一闪，一幅黑色画卷从封天都身上飞射而出，展开后，上面描绘的是一座险峻孤立的黑色山峰。

画卷绽放出万道黑色光芒，画中的黑色山峰猛地一震，从画卷中飞射而出，瞬间化为一座百丈高的黑色山峰，周遭黑雾缭绕，挡在了他的身前。

山峰周围萦绕的黑雾之中，俨然有无数黑色符文飘扬，散发出厚重沉稳的气息，这显然也是一件异宝。

黑色山峰刚刚出现，蓝色杖影就轰然而至，山峰表面的黑雾在蓝色杖影落下后，轰然消散。

“轰隆！”

蓝色杖影撞在黑色山峰上的瞬间，蓝芒与黑光交织在一起，无数光团闪动浮现，再一一爆裂。

整座山峰随之剧烈颤抖，上面浮现一道道裂纹，然后轰然爆开，化为无数碎石朝周围飞射而去。

黑色画卷也“刺啦”一声，裂成了两半。

不过那蓝色杖影似乎也耗尽了威能，闪烁了几下，随之消失无踪。

封天都虽然没有被蓝色杖影击中，但被余波波及，被震飞数百丈后，才周身黑光一闪站稳了，眼中闪过一丝骇然的神色。

此时，蓝色大汉虚影一个模糊，飞快缩小，几次呼吸之间便消失无踪，现出了洛青海的身影。他身上散发出浓郁无比的深蓝色光芒，面色苍白。

“宫主。”

那四个苍流宫金仙，还有南柯梦急忙飞了过去，落在洛青海身旁，将其围在中间，警惕地看着周围其他人。

“无妨。”洛青海一摆手，翻手取出一颗金色丹药，仰头吞了下去。

韩立目光一闪，他发现洛青海吞的那金色丹药散发出的气息，和他先前炼制的金魂丹有几分相似。

洛青海脸上金光闪动，脸色很快恢复了。

另一边，正在和金童厮杀的齐天霄低喝一声，周身灰光猛地一缩，然后迅疾变大。

伴随着一声巨响，一团浓郁灰光爆裂开来，将金童炸飞了。

齐天霄面色有些苍白，仍然强撑着一口气，化为一道灰光飞了出去。

金童飞出数十丈，身上金光闪动，一点事情也没有。她晃了晃脑袋，缓过神后，口中发出一声怒喝，身上金光大放，正要再次追上去时，耳边传来了韩立的声音：“算了，金童，先回来吧。”

金童气鼓鼓地对着齐天霄的方向一阵张牙舞爪，犹豫了一下，才转身飞回了韩立身旁。

此时，烛龙道的白发金仙也飞了过来，一行人聚集在大殿一角。

“师兄！”灰光一闪，齐天霄身影一闪，出现在封天都身旁。

封天都的面色仍有点苍白，他摆了摆手，翻手取出一颗黑色丹药服下，脸色才渐渐恢复。

与此同时，南黎族那位古稀老者落在了鹤发老妪身旁。

四批修士分别站在大殿一角，互成对峙之势，一时目光互扫，但都没有出手。

金童飞回韩立身旁，落在了他的肩膀上，目光朝着欧阳奎山和白发金仙二人看了过去。

“咦，我们这边怎么又多了两个，是好人吗，厉不厉害？”金童咦了一声，问道。

欧阳奎山和白发金仙听闻，脸上都闪过一丝古怪之色。

韩立眉梢一动，朝呼言道人望去，眼中流露出询问之意。他也正想问这个问题，欧阳奎山和白发金仙似乎与己方结盟，不过这是什么时候的事情，他怎么一点也不知道。

“厉道友，先前情况混乱，没能及时向你说明。其实我和欧阳道主早已暗中联络，在仙府之中联手行动。”呼言道人开口解释道。

韩立听闻此话，目光微闪。

“厉道友，多年不见，想不到你已经进阶到金仙境界，可喜可贺。”欧阳奎山朝韩立拱手说道。

“欧阳道主客气了。不管如何，大家毕竟都是烛龙道同人，自当共同进退。”韩立心念电转，点头笑道。

见韩立同意，欧阳奎山和呼言道人心中一喜。

韩立展现的实力，已隐隐可以和封天都分庭抗礼，金童这只金仙级别的噬金仙，绝对是他的一大助力。

如此算下来，他们一方就有六名金仙，俨然成了在场最强的势力，对夺取太乙丹，自是大大有利。

“不过，有件事我想提前问清楚。”韩立忽地开口说道。

“厉道友请说。”呼言道人连忙说道。

“虽然大家是联手，但我们各自夺取的太乙丹，应该是归自己所有吧？”韩立问道。

欧阳奎山听闻此话，面色微变。

“这个当然，我们联手只是对敌，抢夺太乙丹自然是各凭本事。”不等欧阳奎山说话，呼言道人已经开口说道。

欧阳奎山露出一丝不自然之色，和那个白发金仙交换了眼神。

以实力论，他们两个算是最弱的，抢到太乙丹的概率最低，只是呼言道人和韩立都同意，他们也没有办法，只得点了点头。

“那就好。”韩立露出一丝笑容，看向翠绿丹炉，眼中精芒闪烁。先前答应帮呼言道人夺取一颗太乙丹的承诺，已经完成了，现在他再无顾忌。

另一边，洛青海朝韩立他们看了过来，眼中闪过一丝忌惮之色。

九颗太乙丹，此刻才出炉了三颗，还剩下大半，不必急于一时。

伏凌宗一方只剩下两人，封天都可谓底牌毕露，而且经历刚刚的大战，消耗定然极大，已经不足为虑。

反倒是原本势孤力弱的韩立一方人多势众起来，又有时间灵域、噬金仙等的助力，对他们的威胁最大。

注意到洛青海这只老狐狸不怀好意的视线，韩立等人都是心中一凛。

方才洛青海一举破开封天都的灵域，展现出太乙境的实力，此刻其身上的气息虽然已经收敛，但在场众人无一不对其小心戒备。

“大家当心洛青海，他并非寻常修士，而是具有真灵娲蛇血脉之人。若是我猜得不错，他刚刚应该是服用了太乙境娲蛇的真灵之源，强行施展出太乙境的力量，虽然无法和真正的太乙境修士相比，但仍然不可小觑。”呼言道人的声音在韩立等人脑海中响起。

其他人听闻此话，面色微变。

韩立目光一闪，他在典籍上看到过有关真灵之源的记载，真灵之源是真灵体内的血脉之源。

真灵和寻常修士不同，寻常修士陨落之后，他们的元婴、神魂等物很难被再次利用。

真灵之源却不同，只要拥有相同的血脉之力，完全可以继承，甚至融合这些本源之力，发挥出远超自身的力量，只是操控真灵之源对神魂之力的消耗很大，风险也不小。

“呼言道友，在你看来，方才洛青海施展的那一击，是否耗尽了真灵之源？”韩立打量了洛青海一眼，传音问道。

“应该还没有，以洛青海的心机，绝不会手段尽出。大家一会儿千万要当心。”呼言道人传音郑重地提醒道。

众人纷纷点头。

韩立目光一转，看向封天都等二人，很快又移开了视线，落在南黎族的二人身上，眼中闪过一丝异色。

“厉道友，你认得这两个南黎族人？”呼言道人注意到韩立的视线，传音问道。

“不认得。”韩立心中念头转动，摇了摇头。

鹤发老妪拿出的丹药，正是虚元丹。此丹是韩立亲自炼制，他自然不会看错。

他当时可是将丹药亲手交给了蛟三，怎么会落入鹤发老妪手里，难道说……此人便是蛟三易容的？但是从修为来看，似乎又不太像。

“这两人不简单，尤其是那个鹤发老妪，刚刚竟然那般轻易便避开了那些石像傀儡。不过他们似乎对太乙丹并没有兴趣，目标好像是金色大椅上的中年男子，也不知有何图谋。”呼言道人说道，似乎对鹤发老妪的举动有些不解。

韩立眉头微皱，呼言道人说的这些，正是他心中的疑惑。

不单单是鹤发老妪，封天都似乎对那人也颇为在意的样子。那人出现在太乙殿，肯定非同寻常，而且刚刚鹤发老妪喂其虚元丹的时候，那股突然爆发的威能非同小可。

这人身上到底隐藏着什么不为人知的秘密？

经过了此前的喧闹，此刻大殿内落针可闻，气氛有点压抑，局势也越发扑朔迷离。

“轰隆！”

就在此刻，翠绿丹炉表面的三条螭龙猛地亮起了五彩光芒。又有三颗太乙丹成丹了！

金色大殿上空风起云涌，大片金色光芒再次浮现，形成了一个巨大的金色旋涡，比前两次大了不少。

在场所有人的目光齐刷刷地望向了丹炉方向，心中同时冒出了一个念头："又开始了！"

韩立眼睛一亮，不再费神想其他，目光紧紧地盯着翠绿丹炉。

三滴银色水滴从金色旋涡中浮现，落在了大殿之上，猛地爆裂开来，化为一道道雷电般的光芒轰击而下。

"嗡！"

大殿各处的灵纹浮现出阵阵耀眼的金光，形成了一片金色光幕，抵挡住落下的银光。两色光芒交织，迸发出阵阵骇人心神的波动，使得整个大殿为之颤抖。

不过在场众人丝毫没有在意上方的情况，一双双眼睛都死死地盯着翠绿丹炉，等待着太乙丹出炉。

如先前一般，更为激烈的金光、银光交织闪烁，落下的银光很快消散，大殿内的金光也随之减弱。

几次呼吸之后，二者消失无踪，大殿内再次恢复平静，丹劫又一次安然度过。

丹炉上的三条螭龙嘴巴一张，七彩光芒亮起，三颗太乙丹从中滚落。

金影一闪，三具金色傀儡不知从什么地方冒了出来，各接住一颗太乙丹。

"轰！"

在场众人尽数电射而出，扑向了那三颗丹药。各色光芒陡然从众人身上浮现，然后朝周围扩散，张开了一个又一个灵域。所有人都没有隐藏实力，大殿内赫然浮现八九个灵域，颜色不一，彼此交织在一起。

韩立身体一沉，一股股迥异的法则之力铺天盖地朝他侵袭而来，速度立刻变迟缓了。

其他人的情况也是一样，被各种灵域影响，尤其被韩立的时间灵域罩住，速度一下减缓了很多。

韩立目光闪动，飞遁的身形骤然变慢，保持着和其他人相仿的速度。

几乎在同时，大殿两侧的灰白雕像纷纷急掠而出，朝众人扑来。只是它们也受到了众多灵域的影响，速度大减，比众人还要迟缓。

地面上的金色阵纹方才被座上那中年男子爆发的灰光毁掉，地上的白色火焰禁制却没有发动。

众人速度虽然大减，但大殿对于在场诸人而言本就不算大，众人转眼间便飞到了三具金色傀儡附近。

三具金色傀儡周身金光大放，各自朝一个方向一拳轰出。

一道道粗大的金色电弧飞射而出，分散开来，打向所有人。

这些金色傀儡的雷电攻击威能不小，对金仙修士也有一定程度的威胁，但一分散开来，威力顿时大减。

众人丝毫不躲闪，略微施加防御，便扑向了金色傀儡，抢夺其手中的太乙丹。

洛青海冷哼一声，身上骤然爆发出刺目的深蓝色光芒，气息大增，再次突破到太乙境界。

他手中蓝光一闪，那根蓝色手杖浮现，一挥之下，一道粗大的蓝色光刃飞射而出，轻易将前面一道道金色雷电击碎，斩在一具金色傀儡的右臂上。

"咔嚓"一声，金色傀儡的右臂被齐肘斩下，它右手中的太乙丹顿时飞了出去。

呼言道人、云霓、欧阳奎山和白发金仙恰好在旁边，眼见那太乙丹飞射而出，四人都是大喜，各自挥手发出一道光，射向太乙丹。

洛青海见此，目光一冷，手中的蓝色手杖再次一挥。

"轰隆隆！"

一道粗大杖影浮现，朝四人横扫而去。

四人都见识过这粗大杖影的恐怖威能，哪里还敢争夺太乙丹，纷纷飞身后退。

洛青海并没有追杀四人，而是挥手发出一道蓝光，卷住那颗太乙丹，收了起来。

韩立虽然和呼言道人等人在一起，但没有参与争夺第一颗太乙丹。他心念一动，速度陡然加快数倍，一闪身，出现在第二颗太乙丹旁，单手一挥。

一柄青色飞剑飞射而出，化为扇形的青色剑芒，斩向这具金色傀儡。

金色傀儡反应极快，身体滴溜溜一转，一拳朝着青色剑芒轰出。

韩立冷哼一声，掐诀一点。

一道金色晶丝从青色飞剑中电射而出，瞬间抢在剑芒之前，击中了那具金色傀儡。"呼啦"一声，一道晶莹金光陡然从金色晶丝上爆发，笼罩了金色傀儡。

金色傀儡的动作顿时一僵，停滞了。

扇形剑芒劈斩而下，从金色傀儡身上一划而过。

"咔嚓"一声，金色傀儡的手臂冲天而起，一颗太乙丹从其手中飞出。

韩立眼中一喜，挥手抓向太乙丹。

"休想！"一声低喝从旁边传来。

数道暗红色的细丝迅疾无比地射来，朝韩立罩下，正是南黎族的那名鹤发老妪，不知何时冲了过来。

与此同时，古稀老者也飞扑而来，两道血光飞射而出，一闪化为两个血色骷髅头，一左一右朝韩立张口咬来。

"果然是你们……"

韩立心中一动，没有躲闪，张口喷出一道金光。金光之中赫然有几道金色晶丝，一下拦住了那些暗红色的细丝。

两股强大的法则之力轰然撞在一起，发出了阵阵闷雷般的巨响。

韩立眼中闪过一丝意外，这些暗红色的细丝竟然能和他的时间法则晶丝匹敌。

与此同时，他肩膀上的金童飞射而出，体形迅速变大，两只前爪一挥。

“刺啦！”

数百道金色晶芒浮现，赫然形成一大片金色洪流，卷住了那两个血色骷髅头。

下一刻，两个血色骷髅头碎裂开来。

韩立身上金光一闪，一个金色身影浮现，身上缠绕着一道道粗大的金色电弧，正是蟹道人。

蟹道人双手各持一柄青竹蜂云剑，狠狠地斩出。

两柄青竹蜂云剑化为两柄十丈长的青色巨剑，剑上浮现出一道道粗大的金色电弧，一股毁天灭地的气息从上面爆发。

“轰隆！”

两道巨大的金色剑气飞射而出，上面无数金色雷电符文翻滚，朝鹤发老妪和古稀老者斩去。

二人面色一变，显然没有预料到蟹道人的出现，面对如此剑芒，二人不敢硬接，急忙朝旁边躲闪。

韩立挥手发出一道青光，卷起那颗太乙丹，身形一个模糊，消失无踪。

鹤发老妪神情一滞，深深地看了韩立一眼，立刻倒射而出，朝远处飞去。那些暗红色的细丝也不再和韩立的时间法则之丝纠缠，纷纷电射而回，没入了她的袖中。

“蛟三道友，想不到能在这里见到你。”就在此刻，一个声音在鹤发老妪耳边响起，正是韩立的声音。

鹤发老妪的表情微不可察地波动了一下，身形丝毫没有停留。

那古稀老者紧随老妪，也立刻飞射而出。

韩立挥手召回时间法则晶丝和青竹蜂云剑，看着鹤发老妪的身影，嘴角露出淡淡的笑容。

他此刻基本可以确定，鹤发老妪就是蛟三。

就在此刻，一声巨响从旁边传来，一团耀眼的黑光爆发。

韩立眉梢一挑，转头看去。

只见四个苍流宫金仙还有南柯梦身体踉跄，被震飞了。

封天都和齐天霄并肩而立，封天都面露冷笑，手中拿着一颗太乙丹。两人附近的地面上，躺着一具断成两截的金色傀儡，灵气尽失。

从太乙丹出炉到现在，不过两三次呼吸的时间，三颗太乙丹便已被夺。

那些灰白雕像被各大灵域影响，速度极慢，直到此刻才扑到丹炉附近。

“盗取丹药者，杀！”

灰白傀儡齐声怒吼，身上泛起耀眼的黄光，黄光瞬间连成一片，再次形成了一个巨大的方形棋盘，朝着在场众人当头罩下。

这些雕像傀儡的实力虽然一般，但集众之力施展的这个棋盘光罩，威力着实不小。

众人心中一凛，急忙朝四周各自飞退。

“走！”

韩立挥手发出一道青光，卷住金童，倒射而出。蟹道人身形一晃，也化为一道金光回到韩立体内。

不过就在此刻，他身后一闪，两根黑色锁链飞来，缠住了他的身体。

韩立飞遁的身形顿时一停。

他身形慢了一瞬，顿时被黄色棋盘罩住，感觉身体一沉，仿佛被万丈巨峰压住。

韩立有些艰难地转头望去，只见身后不远处，封天都面露冷笑，正往后倒射而出，袖中飞出两根黑色锁链，没入空中，显然正是他出手暗算。

韩立冷哼一声，全身金光顿时大放，如怒焰般朝四面八方扩散。

金光一闪，一个金光璀璨的宝轮在其身后浮现，并滴溜溜地迅速旋转。

“嗡！”

无数浓密的金色波纹浮现，朝周围迅疾无比地扩散而去，瞬间将封天都和他身边的齐天霄罩住，这才停了下来。

被金色波纹罩住，封天都和齐天霄动作一顿，停在了那里，仿佛被冻结了一般。

韩立身旁的金童，附近的灰白雕像傀儡，还有近半的黄色棋盘禁制也被金色波纹罩住，瞬间停止。

“这是什么神通？”洛青海等人眼见此景，面露惊讶之色。

“这莫非是真言宝轮？”欧阳奎山等人也愣住了，眼中满是不可思议之色。

他们都出身于烛龙道，自然知道《真言化轮经》这部镇宗宝典，宗门内并非没有人修成过此功法，但眼前的情景和他们了解的真言宝轮截然不同，简直称得上是天差地别。

尤其韩立的真言宝轮上竟然浮现出数百团时间道纹，他们更是闻所未闻！

第238章

归魂

在场众人震惊不已，唯有呼言道人显得颇为镇定。因为他已经提前见识过韩立施展的真言宝轮，自然不会过于惊讶。

韩立全身沐浴在金光之中，身形一晃，轻易便从黄色棋盘中飞射而出，出现在封天都和齐天霄的身旁。

封天都的动作因为真言宝轮的出现而变得迟缓，眼神深处闪过一丝惊恐之色。

他身上浮现一层黑光，极为迟缓地闪动着，一股强大的禁锢法则之力在其中汹涌翻滚，冲击着周围的金色波纹，想要奋力挣脱。

齐天霄身上也浮现一层翻滚的灰光，从中涌出一股腐蚀法则之力，冲击着金色波纹。

但金色波纹中充斥着一股强大的时间法则之力，稳如泰山，任凭两股法则之力如何冲击，晃也不晃一下。

“封长老，你所有的招数都施展完了吗？那现在该轮到我了。”韩立冷冷地说道，接着单手一抬，轻轻地一挥。

两道青光从他的袖袍之中电射而出，正是两柄青色小剑，小剑表面金光一闪，便破开了二人的护体灵光，继而洞穿了二人的眉心。

只听“噗、噗”两声闷响，二人眉心出现了核桃大小的洞，却没有一滴鲜血流出，二人仍在照着之前的轨迹缓缓移动，眼中的神采却渐渐消失。

韩立脸上神色不变，另一只手轻轻一拂，一道青光拂过了二人的尸体。

二人身上的储物法器，随身的几件仙器，还有一黑、一灰两只元婴，尽数被青光卷起，随后被韩立收了起来。

做完这一切后，韩立才掐诀一点，他身后的真言宝轮一闪，回到了他的体内。

周围的金色波纹微微波动，尽数消失无踪。

金色波纹一消失，周围的一切顿时恢复了正常，封天都和齐天霄的尸体“扑通”一声，掉在了地上。

这一连串的事情似乎只发生在短短的一瞬间，却又仿佛过了很久。

不久前还不可一世的封天都以及北寒仙域三大宗之一伏凌宗的宗主齐天霄，都成了两具冷冰冰的尸体。

在场众人看到眼前的情景，纷纷倒吸一口凉气，望向韩立的目光中带着一丝难以置信的神色，更多的则是忌惮的神情。

就连呼言道人也是一怔，继而眼中闪过一丝笑意，啧啧称奇。

韩立朝远处众人瞥了一眼，眉头微皱。自己此番展现出了真正的实力，而且被这么多人看在眼中，日后恐怕难免有麻烦。

不过随即，他心中豪气一涌。

遥想当年，他初入北寒仙域，由于修为低微，实力弱小，强敌环伺，自然需要谨小慎微，不敢有一丝一毫的放任，否则就难免会重蹈覆辙。

而如今他有金仙境中期的修为，加上对时间法则之力的明悟，面对任何金仙修士都无须畏惧，等离开冥寒仙府后，他心中已另有盘算，倒也不用太在意眼前这些人了。

随着真言宝轮散发的金色波纹消失，金童也恢复了正常。

“大叔！你怎么把老僵尸和那独眼龙给杀了，刚刚我明明说了要自己动手的！”看到地上封天都和齐天霄的尸体，金童不满地叫道。

“刚刚我已经给过你机会，你没把握住，可不能怪我。”韩立苦笑一声，不等金童再说话，便将其卷进衣袖，朝着大殿边缘飞去。

但他刚起身，便突然停了下来，朝着翠绿丹炉望去，眼中浮现一丝奇异之色。

翠绿丹炉竟再次晃动起来，发出了“隆隆”巨响，丹炉底部翻滚的白色火焰忽地大放，从丹炉底部冒出，覆盖了半个炉身，翻滚不已。

一股无法言喻的炙热气息朝四周散发开来，整个大殿的温度骤然大增，空间变得有些扭曲，丹炉附近的地面也缓缓熔化。

那些灰白雕像似乎对白色火焰颇为畏惧，纷纷往后退，黄色棋盘禁制一下散开。

所有人都离开了丹炉附近，灰白雕像也转身飞回了大殿两侧站定。

韩立看着白色火焰，目光微微一闪。

远处其他人看到这一幕，也是大吃一惊，所有人的目光再次汇聚到了翠绿丹炉之上。

只见丹炉上的灵纹闪动，绽放出一道道翠绿光芒，炉盖颤动不已，冒出一道道粗大的白色气柱，朝四面八方射去，发出尖锐的嘶鸣声。

丹炉内更是发出闷雷般的声音，让人心惊，但炉身震颤了几下后，便稳住了。

紧接着，清脆的声音从丹炉内响起，剩下的三条螭龙上各自浮现出一片五彩光芒，再次成丹。

在场众人惊喜之余，又有些疑惑。

根据前面的经验，这翠绿丹炉每次成丹之后，都要过一段时间，下一炉丹药才会出炉。

这次却不同，上次那三颗太乙丹出炉不过片刻，这三颗丹药就炼成了。

随即众人想到丹炉下方突然大盛的白色火焰，心中便释然了。

炼丹之时炉内真焰大盛，确实有可能加速凝丹，但风险极大，若是火焰控制不好，便是爆丹的下场。

此刻，大殿上空的天地灵气再次翻滚，无数金云汇聚，形成一个巨大的旋涡。

三道银光从旋涡中飞落，狠狠地射在大殿顶端。

耀眼的银光再次笼罩整个大殿，大殿晃动起来，浮现出一道道金光，抵挡住银色丹劫。

几次呼吸之后，随着天空一声闷响，所有银光飘散，大殿内的金光也随之消失。

其他人立刻飞射而出，到了丹炉附近，却不敢太靠近。

经过连续数次夺丹，众人总结出一些经验，掌握了不会招惹灰白雕像傀儡出手的安全距离。

不多时，翠绿丹炉上的三条螭龙嘴巴一张，绽放出更加明亮的五彩光芒，然后各自喷出一颗太乙丹。

众人眼睛一亮，再次飞射而出。

各色灵域再次浮现，笼罩整个大殿。

韩立虽然已经抢到了两颗太乙丹，但这种珍贵之物自然多多益善，他准备再次动手抢夺。

就在此刻，一道灰光突然从他身上飞出，朝翠绿丹炉电射而去。

灰光之中是一个巴掌大小的香炉，正是养魂炉，炉上面那几道韩立贴的符箓不知何时变得黯淡无光，显然早已失效。

韩立面色一变，单手一挥。

一只金色巨掌浮现，五指一分，猛地抓下，却只抓到了灰光的残影。

灰光速度快得可怕，一闪就出现在翠绿丹炉前，仿佛瞬移一般，周围的众多灵域似乎对其毫无影响。

灰光闪电般射出，将三颗太乙丹尽数卷住，然后继续往前飞射而出，下一刻出现在金色大椅上空。

一连串的变化快如闪电，其他人还没有飞出多远，眼见此景，惊愕地停下身形。

“砰”的一声，养魂炉炸裂开来，那个老道残魂浮现。

“哈哈，小子，我果然没看错你！”老道残魂朝韩立看了一眼，口中放声大笑，然后钻入了大椅上的那人体内。

那三颗太乙丹也同时飞入了那人口中。

“轰隆隆！”

金色大椅附近的地面“咔嚓”一响，冒出了九根尺许高的金色石柱。

一道道金光从这些石柱上腾起，瞬间形成一个厚厚的金色光罩，将金色大椅还有那人一起笼罩了。

一道道金色流光在光罩上闪动，看起来坚不可摧。

光罩之下，那人身上浮现一层灰光，波动不已。

虽然隔着金色光罩，但众人明显感应到一股生气在那人身上浮现。

就在此刻，两道人影飞射而至，落在金色大椅旁，正是南黎族的两人，两人脸上都露出一丝兴奋之色。

金影闪动，金色大椅旁的三具金色傀儡身形一晃，拦在两人身前，一拳轰击而出。

三道粗大的金色雷电飞射而出，打向两人。

“滚开！”

鹤发老妪低喝一声，暗红色细丝飞射而出，足有八九道之多，全部凝聚在一起，化为一道暗红色光刃，横斩而出。

一股庞大的法则之力从光刃上散发开来，让人心惊。

“这股法则之力……”韩立看着暗红色光刃，目光一凝。不知为何，他隐隐感觉这法则之力的诡异和威能，不在时间法则之下。

暗红色光刃的速度陡然加快，化为一道暗红色光影，从三具金色傀儡身上划过。

三道金色雷电一颤，爆裂开来，消散在半空之中。

三具傀儡摇晃了一下，倒在地上，身上的灵纹光芒尽失。

暗红色光刃丝毫不停，狠狠地斩在金色光罩上。

“轰隆！”

金色光罩泛起一层波纹，朝周围扩散开去，整座大殿也随之猛地震颤了一下。

不过下一刻，金色光罩便恢复了平静。

鹤发老妪的目光在金色光罩上扫了一眼，眼底深处闪过一丝惊喜的神色，微不可察地点了点头。

古稀老者没有多说什么，但目光透过金色光罩在那人身上来回扫过，不知在想些什么。

洛青海目光闪烁，飞射而出，也落在金色光罩前。

“洛宫主，你想做什么？”古稀老者面色微变，沉声问道。

“做什么？那人吃进去那么多颗太乙丹，你们莫非想独吞！”洛青海冷笑一声，口中念念有词，身上蓝光闪耀。

古稀老者面色一变，身上血光一闪，正要做什么。

“无妨。”鹤发老妪伸手拦住古稀老者，淡定地说道。

“可是……”古稀老者眉头紧皱，最终还是散去了身上的血光。

洛青海身上浮现一层火焰般的蓝光，散发出太乙境的庞大气息，单手一挥。

“轰隆隆！”

他身前耀眼的蓝光一闪，蓝色杖影再次浮现，散发出恐怖的气息，打在金色光罩上。

“轰隆！”

大殿再次晃动，金色光罩剧烈颤动，但随即就恢复了平静。

洛青海眼见此景，面色一沉，神情变得难看。

在场其余人看到此幕，都是一惊，一时间没有人说话。

大殿内恢复安静，只有翠绿丹炉下白色火焰翻滚燃烧的声音。

“厉道友，那个养魂炉和那一缕残魂，究竟是怎么回事？”呼言道人走到韩立身旁，开口问道。

鹤发老妪和古稀老者听闻此话，身体微微一震，立刻转头朝韩立看了过来。

洛青海等人也纷纷朝韩立看过来。

韩立将众人的反应尽收眼底，沉思了片刻，道：“那个炉子是我在一处遗迹禁制内发现的，看着有些特别，就带在了身上，没想到里面竟然藏着一缕残魂。”

他的话明显不尽不实，但呼言道人只是“哦”了一声，没有再多问。

鹤发老妪盯着韩立，目光闪烁，显然对他刚刚的话并不相信。不过她似乎有所顾忌，并没有开口询问。

洛青海看着金色光罩，忽地冷哼一声，转身走了下来。

苍流宫其他人急忙迎了上去，几人嘴唇微微翕动，似乎在传音交谈。

韩立看着金色光罩内的中年男子，脑海中无数念头在翻滚。

那缕残魂和中年男子究竟有什么关系？它让自己带它离开那处秘境，莫非就是为了来此处，好魂归原体？

还有蛟三，先是喂那中年男子虚元丹，刚刚又如此在意那缕残魂，她难道早就知道这里的一切，其目的又是什么？

各种念头在韩立心中盘旋，交织成一团乱麻。

他苦笑了一声，摇了摇头，不再多想。这些事情和他没有太大关系，不管苍流宫也好，蛟三等人也罢，只要不来招惹他，他也懒得去管闲事。

最关键的是，如今太乙丹已尽数出炉，自己也算如愿以偿，这个地方给他一种不太好的感觉，他不想再待下去了。

韩立正要转身，突然又停了下来，目光一转，看向了光罩下的中年男子，眼中闪过一丝异色。

就在刚刚，那中年男子的右手手指似乎动了一下。不过只是一瞬间，他也不敢确定是不是自己看花了眼。

“厉道友，怎么了？”呼言道人见此，传音问道。

“没事。”韩立朝其他人望去，其他人似乎都没有注意到中年男子刚刚的情况，他便摇了摇头，说道。

“这殿内看起来没有别的宝物，我们不如去别处看看？”呼言道人不疑有他，提议道。

韩立闻言，目光朝屋顶还有大殿各处的禁制望去。

大殿的金顶加上殿内的禁制竟然可以抵挡丹劫，他身为道丹师，自然颇为心动。只是他刚刚施展灵域时，已经探查清楚，大殿的金顶和整座大殿浑然一体。

刚刚的大战激烈无比，但整个金殿一丝伤痕也无，可见有多坚固，他想将屋顶拆除带走，根本不可能。

“去看看吧。”韩立心中有些遗憾地叹了一口气，点头说道。

此行除了太乙丹外，他并非没有其他收获，刚刚亲眼观察了数次金殿抵挡丹劫的过程，让他对殿内禁制的玄妙之处，有了不少感悟。

他的元合五极山也有抵挡丹劫的能力，和此地的禁制之力倒是颇有几分相通之处。

“都记录下来了吗？”韩立心念一动，对体内的蟹道人问道。

“都记录好了。”他体内某处，蟹道人手中拿着一块白色玉简，玉简中记录了一套禁制图案，正是大殿各处的禁制，极为详细完整。

“那就好。”韩立眼中闪过一丝喜色。

此地的禁制玄妙，等离开冥寒仙府后，他要好好闭关潜心参悟一番，将这套禁制和元合五极山融为一体，威力未必会比此处弱，这对他未来炼制丹药，尤其是道丹，必然有不小的助益。

就在此刻，翠绿丹炉再次传出一阵异响。

韩立转头看去，面色微微一变。

只见金童不知何时竟跳到了翠绿丹炉上，化为金色甲虫的形态，大口啃食着炉身。

丹炉下的白色火焰飞快缩小，丹炉上浮现一层翠绿光芒，想要阻挡金童，但没有起任何作用。

不知是不是刚刚那些白色火焰烧毁了丹炉附近的禁制，大殿两侧的灰白雕像傀儡此时并未动弹。

“金童，你在做什么？”韩立身形一晃，飞到翠绿丹炉旁。看着已经被啃缺了一角的丹炉，他眼中闪过一丝痛惜的神色。

“本仙女经过刚刚这一番折腾，现在饿得不轻，需要好好补一补！刚刚你们要等这炉子炼药，我可是忍了好久……”金童大口啃食着丹炉，口齿不清地说道。

“那好吧，不过此刻没时间给你慢慢吃。”韩立有些无奈地叹了一口气，挥手发出一道青光，裹住了整只丹炉。

这炉子再怎么玄妙，也已经被金童咬坏了，可谓木已成舟，再责怪金童也是于事无补，且他自问没那个本事将此物修复，倒不如干脆成全金童。

其他人朝这里看了一眼，很快又移开了目光。

太乙丹已经尽数出炉，这炼丹炉若未破损自然是一件不出世的异宝，如今坏成这般模样，价值自然骤降，不值得因此得罪一名掌握时间法则之力的金仙。

韩立单手一挥，用青光包裹着翠绿丹炉，向上一提。

“轰隆！”

整座大殿顿时晃动，丹炉根部深陷地底，此刻赫然被韩立硬生生地拔了出来。

丹炉周围残留的禁制光芒狂闪，尽数崩溃。

韩立一挥手，将丹炉连同金童一起收入了灵兽袋。

就在丹炉飞入他腰间灵兽袋的瞬间，一团白影从丹炉中飞射而出，迅疾无比地没入韩立体内。

韩立体内某处，蟹道人盘膝而坐。

白光一闪，一团炽热白焰浮现，随即舒展开来，化为一个白色火焰小人，正是精炎小人。

和之前相比，精炎小人长大了不少，五官更加精致，散发出的气息比之前强大了数倍。

精炎小人周身白焰翻滚，恐怖的炙热散发开来。

蟹道人睁开眼睛，眉头微皱，远离了精炎小人。

精炎小人张口一吐，一团灿烂银光飞射而出，赫然是一颗太乙丹。

不过此丹和刚刚那些太乙丹不同，此颗丹药上有一道道银色纹路，组合在一起，隐隐形成一头三足金乌的模样，散发出的气息也比其他太乙丹强大了不少。

精炎小人手一挥，将太乙丹向上抛出。

一股波动闪过，这颗太乙丹就消失了。

大殿之中，韩立眼底深处闪过一丝不易觉察的喜色，转身朝呼言道人等几人走去。

就在此时，入口忽然有两道流光降落，光芒散开，露出两个人影。

其中一人身材修长、容貌清俊，另一人身材婀娜、风姿绰约，正是天庭的监察仙使公输久和北寒仙宫的副宫主雪莺。

两人一进大殿，就看到了一片混乱的景象。

在场诸人纷纷将目光投向了入口处。

“呵呵，还真是热闹。”公输久脸上露出和煦的笑容，开口说道。

当众人看清公输久的模样时，俱是一怔，继而目光又落在了雪莺身上，神色各异。

韩立眉头微挑，他只觉得公输久身上的气息深沉如海，自己竟无法看穿，心中微微忌惮。

洛青海眉头微蹙，目光在公输久与雪莺身上来回打量，有几分疑惑。

公输久的目光从殿内众人身上一一扫过，脸上的笑意越来越浓。

“看来今天是我的大吉之日，居然能一次遇到这么多轮回殿的叛逆者，并且还都不是寻常角色，可算得上是收获颇丰了。”公输久把玩着手中的白玉貔貅，笑着说道。

其话音刚落，周身就有一层近乎透明的光幕缓缓释放开来，顷刻间便将整个金殿包围了。

第239章

协力

被公输久释放的灵域包围，殿内众人心头皆是一紧，连忙将自身和周围环境的变化仔细地探查了一番。

韩立手里紧攥着青竹蜂云剑，剑锋上有细微的电芒跳跃，他发现那层半透明的灵域仿佛不存在一般，几乎没有任何波动，心中越发觉得不安。

“天庭监察仙使公输大人巡察至此，尔等还不速来见礼！”雪莺上前半步，傲视殿中众人，朗声说道。

殿中众人听到“监察仙使”四个字，神色皆是一变。这个名号不仅意味着公输久在天庭的地位，更意味着对方至少是一名太乙境初期的玉仙。

呼言道人与云霓几人对视一眼，神色复杂。

金光笼罩的座位跟前，鹤发老妪与古稀老者也是眉头紧皱，如临大敌。

至于韩立，更是心头一紧，不由得想起了在灵界对抗螟虫之母时，遇到的那个名为何康的真仙，其自称是一名巡查使者，受命于监察仙使。也是从其口中，韩立第一次得知“炼神术”在仙界被列为禁术，若是修炼便会受到监察仙使和巡查使者的追缉。

洛青海犹豫再三后，收起所有的法术神通，神色微敛，缓步走到公输久身前，躬身施了一礼，道：“苍流宫洛青海，见过监察仙使。”

“苍流宫大宫主，这些年可没少给北寒仙宫添乱……”公输久眉头一挑，笑着说道。

“我们苍流宫一直恪守天庭法度行事，从不沾染轮回殿等邪佞。既然仙使要在这里处理轮回殿之事，我等不便参与，就不在此碍手碍脚了。”洛青海仿佛丝毫不在意公输久所言，神色恭敬地继续说道。

说着，他就朝身后的南柯梦等人点了点头，欲带他们离去。

可就在此时，笼罩四周的半透明光幕突然闪过一丝金芒，整个灵域散发出阵阵强烈的法则波动。

韩立眉头一蹙，顿时觉得四周的天地元气似乎都被封禁了一般，再也感受不到半点流动的迹象。

“仙使这是何意？”洛青海神色微变，开口问道。

“有些事情还没搞清楚，谁都不能离开。”公输久缓缓地道。

“洛青海！先前你欺瞒我，将我哄骗至那片湖泊，令我受困，后又与轮回殿等贼子合作，谋害了我北寒仙宫宫主萧晋寒，你只怕已经加入那轮回殿了吧？”雪莺忽然开口喝道。

洛青海闻言，眼底闪过一丝异色，辩解道：“这你可就冤枉我了。先前在湖泊我见你受困，一时不得解救之法，才想去找萧宫主回去救你。不承想这边变故连连给耽搁了，所以才一直待到了现在。至于萧宫主，洛某可以发誓，我苍流宫上下对其从未有一丝一毫的怠慢之心，更妄论意图谋害了。说起来，萧宫主莫非真发生了什么意外，洛某一路寻至这座山谷，都未见到他老人家的身影。”

说话间，他的目光似有深意地朝在场众人扫了一圈。

“你这只……”雪莺的脸上浮现一丝愠怒之色，正欲开口再说些什么，却被公输久伸手拦下了。

“这些年来，萧晋寒一直图谋统一北寒仙域的各大势力，我们天庭原本并不看好，甚至授意他不要轻举妄动。可他刚愎自用，不肯听从，此番丢了性命，也算是咎由自取。”公输久瞥了一眼洛青海，淡然道。

“什么，萧宫主殒灭了？不知公输仙使……”洛青海闻言，眉头不由得微微一皱，似是大吃一惊，有些不明白眼前人话里的意思。

紧接着，公输久又缓缓地说道：“不过，现如今看来，他倒是阴差阳错促成了一个大好时机，哈哈……”

大殿内的其他人忽然感到呼吸有些不畅，身体似乎受到了一股巨力的挤压，神色骤变。

于是，殿内纷纷亮起各色光芒，几乎所有人都在一瞬间释放出了自己的灵域。

韩立与呼言道人等人站在一处，几个人释放的灵域层层叠加，纷纷控制各自的法则之力，试图抵消这股力量，结果却收效甚微。

“这是什么法则……怎的如此古怪？”欧阳奎山额角渗出冷汗，发出了疑问。

“似乎是某种气之法则……而且此人对法则之力的运用，还在封天都等人之上……”呼言道人面色难看地道。

韩立沉默，心中的念头却飞速转动，盘算着如何逃离此处，只是眼下显然不是最佳时机。

看来自己的预感没错，此番冥寒仙府群仙云集，各方势力交汇，尤其是有北寒仙宫的加入，动静不小，终究还是引来了自己招惹不起的大人物。

以他目前的金仙境中期修为，加上时间法则之力，虽然可以在金仙境修士中横行无阻，但面对太乙境强者，还是无法匹敌。

说到底，自己还是走得有些迟了。

殿内一众金仙尚且觉得难以自持，更何况仅有真仙境修为的南柯梦？

她虽然身处洛青海的灵域之中，但依旧感到呼吸急促，浑身剧痛，耳中也是嗡鸣声不断，几乎无法听到其他声音。

“欺人太甚！”

洛青海看到身旁的爱徒浑身颤抖，脸色苍白，摇摇欲坠，他勃然大怒。

只见他双手在身前一抓，就有蓝光喷涌而出，瞬间在公输久的周围凝成了一个巨大的水浪漩涡，将公输久淹没了。

漩涡之中，一条条模糊的蓝色水龙扭动身躯，不断缩小漩涡范围，带着千钧巨力朝中央挤压而去，似要以其人之道还治其人之身，将其也压得粉碎。

然而，在那水浪漩涡与公输久身躯之间，似乎隔着一面看不见的气墙，不论水浪漩涡如何挤压，都难有寸进，根本无法将气墙攻破。

洛青海对此似乎早有所料，一边不断收紧手掌，加重水浪漩涡的压迫力，一边对白面书生等几人点了点头。

先前他强行使用太乙境的力量，消耗实在太大，此刻不过是暂时困住公输久，都觉得有些吃力。

白面书生等四人早已会意，身形一闪，分列在洛青海和南柯梦的四周。他们手掌齐齐一翻，再次取出了那四块翡翠令牌，一手持令，一手掐诀。

伴随着阵阵吟诵咒语之声响起，翡翠令牌之上铭刻的古怪海兽图案光芒大亮，各自迸射出一道蓝光，这些蓝光联结在一起，构成了一座四方大阵。

持令的四人脸色很快变得煞白。而与此同时，大阵对应的地面上也开始浮现道道繁复至极的符文，里面不但水汽充盈，竟还隐隐有空间波动传出。

“四海遨游大阵……传说需要布置四座祭海法阵，才能够激发的顶级空间传送法阵，现在居然靠四件法宝就使用出来了。洛大宫主，果然是深藏不露啊。”温和的声音从水浪漩涡中传了出来，竟然带着些许赞赏之意。

洛青海神色微变，没有答话，双手飞快地掐起法诀来。

公输久说得没错，白面书生等四人此刻施展的正是四海遨游大阵，不过这是个简化过的法阵，威能自然无法与原本的法阵相比，但也足够帮助他们从此处脱身了。

只见法阵中央的符文越来越亮，从中传出的阵阵空间波动也随之越来越强。

大阵就要启动之时，水浪漩涡却忽然“砰”的一声炸裂开来。

只见公输久周身笼罩着一层混乱无比的白色气流，气流如风暴一般呼啸不已，当中甚至有雷鸣声传出，威势十分惊人。

“我不是说了，有些事情还没解决，谁都不能走吗？”公输久脸上依旧挂着笑容，却令人遍体生寒。

说罢，他骤然朝前探出一掌，猛地攥紧成拳。

“砰砰砰砰！”

握在白面书生等四人手中的四块令牌接连爆裂开来，化为齑粉。即将发动的大阵也随之砰然碎裂，变成点点蓝光，消散开来。

催动法阵的四人同时口喷鲜血，除了白面书生和黑须老者尚能站立以外，其余两人直接瘫倒在了地上。

白面书生等两人连忙手腕翻转，各自取出一颗丹药，吃了下去。

在公输久的灵域之中，天地元气停止流动，外界的灵气无法进入，所有人都不能通过吸取天地元气来恢复仙灵力，故而只能通过服用丹药和使用仙元石来汲取仙灵力。

公输久瞥了一眼洛青海，眼中闪过一丝讥讽之色，抬步朝韩立这边走了过来。

当他经过苍流宫等人身旁时，众人明显看到空间发生了扭曲，瘫倒在地的两名苍流宫金仙竟被硬生生地压扁了。

只见两个蓝色元婴小人疾飞而出，惊慌失措地飞向洛青海，可还没飞出丈许，就被一道气流一卷，进入了公输久的衣袖。

洛青海看着这一幕，额角青筋暴起，跳动不已，却终究只是攥紧了拳头，什么都没做。

“蚩离礁、呼言道人、蛟三……你们三人的罪状不少，特别是你。”公输久突然站定，对三人一一点名，最终指尖隔空戳向了鹤发老妪，淡淡地说道。

呼言道人闻言，眼中闪过一丝疑惑之色，望向了鹤发老妪。很显然，他之前是听过蛟三的名号的，却不知道鹤发老妪便是其人。

蛟三神色微凝，双目盯着公输久，并无多少惧色，倒是她身旁的古稀老者面色微微一变。

云霓的目光落在呼言道人身上，眼中有担忧之色。

“正所谓踏破铁鞋无觅处，一个冥寒仙府就将你们几个都聚到了一起。好，很好，非常好！如此一来，我可以少跑一些地方了。”公输久说道，笑得愈发灿烂了。

话音落下，他的眉头不经意地挑动了一下，目光又落在了殿中大椅上的那中年男子身上。

韩立瞥见这一幕，心中一动，立即大声喝道：“殿中诸位，我等联手诛杀了萧晋寒，已经与仙宫彻底对立，眼前这位仙使大人以灵域封锁大殿，便是心存屠尽我等之念。此刻我等若还不携手同心，共同对敌，便只有等死一途了！”

韩立说这些话的时候，公输久也将注意力移到了韩立的身上，嘴角带笑看着韩立，并没有出言打断，似乎韩立口中所述和他没有半点关系。

另一边的洛青海闻言，却是苦笑连连，被韩立这么一嗓子喊出来，等于坐实了他联手诛杀萧晋寒的罪名，他百口莫辩，苍流宫算是彻底跟这些人绑在一起了。

不过他也没有生出多少恼怒之意，因为韩立有一句话说对了，此监察仙使的确是怀着杀尽殿中之人的心思，他们只能暂时团结在一起。

既然如此，他就没有什么好犹豫的了，此番若是侥幸不死，回到苍流宫后大不了投靠轮回殿，反正对方拉拢他也不是一次两次了。

“梦儿，此物你先服下，能够助你暂时抵御灵域的侵袭，为师怕一会儿顾及不到你。”洛青海手腕一转，取出一颗龙眼大小的蓝色圆珠，递给南柯梦，说道。

说罢，他又秘密传音，教给她一段秘术口诀。

“师尊请放心，徒儿还撑得住。”南柯梦面色惨白，点头说道。

她接过那颗蓝色圆珠，看也不看，直接扔入口中，咽了下去。

随着她口中响起低吟咒语之声，一层柔和蓝光便从她的小腹升起，继而化作一层直径丈许的蓝色光幕，笼罩了她全身。

南柯梦顿时觉得自己被一层海洋般的柔和力量包围，周身顿时一松，那种窒息般的感觉也随之减弱。

“玄天灵域……”

韩立看着这一幕，心中了然。

洛青海不惜用一件玄天之物，帮助南柯梦暂时撑起一片伪灵域，来抵御公输久的灵域的侵袭。有此动作，就说明他已经决定接受韩立的提议了。

既然洛青海明白这当中的利害，其他人又怎会想不明白？于是众人纷纷转向监察仙使和雪莺，将二人围在了大殿中央。

“你们这是要干什么？在公输仙使面前如此放肆，莫非想与天庭为敌？”

雪莺大喝道，身形却不自觉地朝公输久靠了靠，被这么多金仙虎视眈眈地注视着，她心里并不轻松。

“看来诸位是想以多胜少了，不过人数多要是有用的话，何必还要苦修呢？可惜啊可惜，今日过后，北寒仙域不知要过多久才能恢复元气。”公输久摇了摇头，用悲天悯人的口吻说道。

说罢，也没见他有什么动作，只听他周围顿时传来“嗡”的一声锐响。

殿内所有人顿时感到耳膜一阵刺痛，比之前强大数倍的压力从四面八方挤压而来，令所有人都心头一紧。

“阁下未免欺人太甚！”

洛青海当先低喝一声，双手在身前掐诀，一团蓝光瞬间从其指尖亮起，并飞速扩散，将所有人都笼罩住。

众人在被蓝色光幕笼罩之后，立即觉得周身的压力变小了几分。

“海之法则……也算有些成就了，你的罪孽不重，我原本想放你一条生路，收为仙奴百万年，作为小小的惩戒。你为何要出手呢？”公输久感受到这股力量后，赞叹了一声，接着又摇了摇头。

呼言道人等人见状，身上也纷纷亮起光芒，一层又一层的各色光幕亮起，接连罩住整个大殿，各种法则力量显露威力，目标是公输久和雪莺两人。

不过，韩立没有再使出时间灵域，先前连番大战，他的时间法则之力消耗不少，虽然没有耗尽，但也不能随意使用了。

面对一名太乙境玉仙，他必须精打细算，将每一分法则之力都用在关键之处。

公输久被火焰、海洋、花影等诸多灵域笼罩，面色始终不变。

只见其随手一挥，身后便有两道金光凝聚，从中浮现两个手持长戟的金甲傀儡。

金甲傀儡一浮现，立即手持长戟朝前一横，身上金光闪烁，有充沛的金属性法则波动从其身上滚滚传出，气息竟然直逼金仙境后期。

“去吧！”

公输久口中轻喝一声。

两个执戟傀儡立即抬步，分别冲向了洛青海和呼言道人等人。

“大宫主，这金甲傀儡就交给我们了。”白面书生与黑须老者说完，一人祭出玄木戒尺，一人握着白金长剑，迎向了其中一个金甲傀儡。

另一边，欧阳奎山与那位同门道主主动迎向了另一个金甲傀儡，云霓则主动扑向了雪莺。

呼言道人瞥了一眼云霓的身影，眼中闪过一丝担忧之色，毕竟之前为了救他，云霓已经受伤了。

不过，此刻容不得他分心，毕竟公输久可是一名实实在在的太乙境玉仙，加上韩立、蛟三、蚩离礁和洛青海，他们五人与之交战，胜算恐怕仍然很小。

“诸位，事到如今，别再有其他念头，只有全力以赴，方有一线生机。”这时，韩立的声音再次在众人耳边响起。

“厉道友的时间法则之力十分诡秘，关键时刻，还需要多出几分力才是。”洛青海郑重地说道。

“在下自会竭尽全力，还望洛道友不要再隐藏实力，毕竟海洋之怒同样可令神鬼畏惧。”韩立回道。

“那是自然……”洛青海微微一愣，回道。

两人说话间，公输久已经动手了。

只见他双手挥动，掐出一个个复杂的法诀。韩立几人身后，陡然有股奶白色的浓稠雾气涌出，幻化出一个个白雾人影。

众人一见这些人影，纷纷神色剧变。

原来这些白雾人影的轮廓竟然与他们五人一模一样，看起来就像是他们的影子一般。而更让他们惊讶的是，这些白雾人影身上散发的气息竟然都和他们无比接近。

“这难道是……域灵？”呼言道人眉头紧皱，喃喃问道。

传说将灵域修至化灵境界后期，域内就能够幻化出与活物类似的域灵，其性质与傀儡和道兵有些类似，具体威能则与主人的法则、修为息息相关。

“有些不像……若真是域灵的话，不会与我们这般相似，多半还是他气之法则能力的显化。”洛青海见多识广，开口说道。

不等他们得出定论，那些白雾人影已经朝他们冲了过来。

呼言道人手中长剑一扬，缕缕赤焰缠绕而上，转身朝迎面而来的白雾人影劈去。

只见那白雾人影周身红光一亮，浑身升腾起炽烈火焰，手中也多出一柄火焰长剑，朝呼言道人横扫而出。

一纵一横，两道火焰长线在空中相交，发出“轰”的一声爆鸣。

赤红火焰砰然炸开，升腾起一面火焰高墙。

呼言道人与火焰人影同时穿入火焰高墙，双方的剑锋再次交击在一起。

另一边，与洛青海交手的人影周身转为青色水汽，不断引动着蓝色水浪与洛青海的水之神通相互碰撞。

至于蛟三和蚩离礁二人，同样被白雾人影纠缠，一时脱不开身。

韩立紧握青竹蜂云剑，与那个轮廓与自己相似的白雾人影遥遥相对。

那白雾人影似乎连心性都与他有些相似，竟然也谨慎地没有动手，只是手持由白色雾气凝成的长剑，与他对峙着。

公输久站在稍远的地方，双手抱臂，不打算亲自动手，作壁上观。

韩立神色微凝，手中长剑一抖，足尖戳地，爆射向前，身影在半空中陡然消失。

下一瞬，他就出现在了白雾人影的右后方，剑尖朝上斜刺了过去。

韩立使用逆转真轮的神通，加快了自己的时间流速，所以这一剑刺得十分突兀。

眼见剑锋就要刺入白雾人影的背部，那白雾人影竟然一阵模糊，消失不见了。

“难道此人也能加速时间……”韩立心头猛地一跳，身形再次一闪不见。

等他重新落地之时，便立即一剑扫向了身后。

那道白雾人影果然亦步亦趋地浮现在他身后，同样朝他挥剑而来。

只听“铮”的一声锐响，韩立被一股大力震得倒退数步，与之对剑的白雾人影同样倒滑出去，手中的长剑更是被道道青色剑气席卷，直接消散了。

远处的公输久看到这一幕，眉头不禁轻蹙，目光一转，落在了韩立的青竹蜂云剑之上。

第 240 章

气影

韩立望着轮廓与自己相似的白雾人影，眉头轻轻皱了起来。

只见那白雾人影的手上白色雾气轻轻翻滚，一点点涌动延长，竟重新凝成了一柄长剑。

“这究竟是什么东西？”韩立心中疑惑，双目之中有蓝色光芒亮起。

灵目神通之下，可见那些白雾人影浑身朦胧，体内都有一团光芒，在有节奏地一胀一缩。

与呼言道人交手的那个人影，体内的光团为赤红色，与洛青海交手的那个人影体内的光团则为水蓝色，至于自己眼前这个，则是淡金色。

可除此之外，那些白色雾气凝成的人影身上，再也看不出别的异样了。

就在韩立犹豫要不要唤出真言宝轮，以真实之眼来探查时，他心中突然响起了一个虚弱的声音。

说话的不是别人，正是南柯梦。

事实上，此刻所有人的耳畔，都响起了她的声音：“诸位前辈，那些白雾人影并无实体，其体内均藏有法则之力，属性与你们每个人一一对应。在它们的头顶有一道肉眼无法看见的白色细线，与那名监察仙使手指相连，而在它们的心口，同样有一道细线连在你们的后心。”

韩立听闻此言，头颅微微偏转，朝公输久环抱着的手臂下端望去。

果不其然，其左手五根手指都在小幅地抖动着，那动作就像是民间的木偶戏艺人正在操纵木偶一般。

韩立一边小心挥剑与白雾人影交战，一边再次打量周围的战况，赫然发现与呼言道人交战的人影具有火焰之力，而与洛青海交战的人影具有海洋之力……

他眉头一挑，恍然大悟。

“几位道友，莫再浪费力气与这些白雾人影交手了，它们全都是监察仙使通过气之法则造出来的我们几人的倒影，故而它们的气息、轮廓与我们几乎一模一样，我们想要战胜它们自然不易。”韩立传音提醒道。

“梦儿刚才提醒过后，我就想通了这点，可是这东西连法则之力都与我们相同，要如何才能战胜它们？”洛青海回应道。

“莫再白白浪费法则之力了，这些倒影与我们身上有通道联结，他们使用的法则之力，正是从我们身上窃取的。”韩立接着说道。

“原来如此，怪不得老夫觉得身上的火焰之力消耗得如此之快，消耗的速度比寻常简直快了一倍有余。”呼言道人悚然一惊，传音说道。

“他这是要让我们自行消耗，等到法则之力枯竭时，便是我们的死期。”化作老妇的蛟三也传音说道。

“厉道友既然发现了问题所在，可有解决之法？”蚩离礁浑身皮肤已经转为暗红色，仿佛浴血一般，问道。

“这些白雾人影并无灵识，并非自主行动，而是受监察仙使的操控发动攻击的，毕竟这个法术的本质还是靠他的气之法则来维系的。我们暂时停止使用法则之力，全力攻击公输久的本体，或能破解当前的局面。”韩立说道。

“好！与其等死，不如就此一搏！”呼言道人最先表态。

“就依道友所言。”洛青海的目光看向了南柯梦，见其冲自己点了点头，当即说道。

蛟三与蚩离礁也先后表示赞同。

五人定好计策之后，立即行动。呼言道人身上的赤红火焰熄灭，身形在半空中一旋，如同龙卷风一般掠空而起，直刺向身前的白雾人影。

那人影身上的火焰也熄灭了，以同样的姿态撞向呼言道人。

两者在半空中轰然对撞，发出一声震天轰鸣。

呼言道人倒飞而回之际，借着反震之力，急速冲向了公输久。

几乎同一时间，洛青海几人也都各施手段，纷纷摆脱了眼前白雾人影的纠缠，从不同的角度飞掠而起，直奔公输久而去。

公输久见状，眉头一挑，眼中闪过一丝意外之色。

“我的气影术被发现了吗？看来有点小看你们了……不过，那又如何？”他轻叹一声，笑着说道。

话音刚落，他左手猛地往回一扯，空中顿时风声大作。

只见那些白雾人影顿时被一股大力扯了回来，几乎是瞬息之间，就挡在了呼言道人等人的身前。

“以为不使用法则之力，就能有所不同吗？你们仍旧没有半点胜算……”公输久戏谑地说道。

结果就在此时，公输久的身后忽然有金色涟漪荡漾，韩立的身影闪现，他手中的青竹蜂云剑横扫而出，朝公输久的腰斩去。

眼见青色剑锋闪着金色电丝，就要斩入其腰部，公输久的身影突然白光一闪，消失不见了，取而代之的是对应韩立的白雾人影。

公输久竟在千钧一发之际，将自己与白雾人影的位置调换了。

“刺啦”一声响！

那个白雾人影被剑锋扫中，继而消散开来。

不远处的空中，公输久的身形浮现，看到这一幕，他的瞳孔微微一缩，额头上青筋突起，动了肝火。

“时间法则之力……你姓厉？”他眉头紧拧，望向韩立，开口问道。

韩立没有答话，心中却有些惋惜，方才没能一击斩中公输久。

“听说杀害烛龙道陶长老儿子陶羽的家伙就姓厉，还修炼了真言化轮经这等时间功法，那人该不会刚好就是你吧？”公输久的语气越来越冰冷，缓缓地问道。

“不错，那家伙是我杀的。”韩立咧嘴笑了笑，大方承认道。

“现在你还可以多笑笑，等我将你带回去交给陶长老，你就笑不出来了。他最擅长的手段，就是抽取元婴精魄炼制婴魂灯，届时将你点在陶羽灵位的供桌上，至少也能燃烧十万年。那滋味……怎么说呢？可能相比之下，你会更希望被炼成一颗金魂丹。”公输久一改此前的和颜悦色，表情变得阴鸷，低声说道。

“金魂丹的滋味我倒是尝过，就是不知道玉仙的元婴能练成什么丹？滋味又如何？”韩立神色不变，笑着说道。

说罢，他竟朝前跨出一步，长剑一挥，主动向公输久发动了攻击。

“狂妄！”

公输久脸色骤然一沉，左手手指一勾，继续控制白雾人影与呼言道人等几人缠斗，右手却是一抓，握住了一柄莹白如玉的纤细长剑。

长剑划过，空中似乎有气流涌出，气流化作一道堪比剑气的纤薄锋刃，斩向韩立。

韩立双目之中蓝光闪烁，随即他看清了这些气流锋刃的轨迹，也感受到了其上传来的波动。

韩立手中的长剑连连挥动，一层层青光剑气如同护体灵光一般，笼罩在他的周围，将那些气流锋刃纷纷挡在三尺之外。

韩立心中不禁有些惊叹，法则之力有强弱之分，运用之人的实力亦有强弱之分，眼前此人竟然能将气之法则运用到如此境界，真的不是他们这些金仙境层次的修士所能比拟的。

由于受到公输久灵域的压制，韩立费了好一番功夫，才险之又险地破开层层气流锋刃，拉近了与公输久的距离。

只见韩立单手掐诀，手中的长剑在半空中挥舞，层层青光剑气凝成的剑影顿时如莲花般凝聚绽放，继而又如疾风暴雨般疾射向公输久。

公输久眉头微蹙，把剑横在身前，手腕一阵拧转，剑影在身前扫过，一面巨大的白色气墙便陡然在空中浮现。

“铮铮铮！”

大殿之内，铮鸣声不断。

青光剑影纷纷刺中白色气墙，入墙三寸却不得出，全都被挡在了后方。

“看来我高估你了……”公输久见状，居然有些失望地说道。

韩立的嘴角勾起一抹笑意，抬手轻弹了一下青竹蜂云剑的剑身。

只听“轰”的一声巨响，所有青光剑影同时光芒大盛，炸裂开来。

一股青白两色混杂、狂暴无比的气浪顿时扫向四面八方。

气浪所过之处，不仅空气震荡不已，整座大殿都巨震不已。

这座圆顶金殿，原本便是以那丹炉作为核心的，结果丹炉被金童给吃掉了，大殿内铭刻的法阵也被毁得差不多，此刻在气浪的冲击下，墙面上竟然隐隐浮现裂纹。

公输久距离爆炸处最近，在气浪的推力下，忍不住“噔噔噔”向后退去。还未等其站稳，就有一道赤红人影疾闪而至。

公输久心神一凝，身躯以一个诡异的弧度骤然拧转，定睛望去，见是呼言道人手握火焰长剑，朝他当头斩落。

他立即抬起右手握着的纤细长剑，朝呼言道人挡了上去。

“铮！”

煌煌赤焰与气流激烈对撞，剑气激荡，火光四射。

就在两人剑锋相击的瞬间，异变再次发生。

只见呼言道人背着的布包，忽然赤光大亮，一个赤红色的葫芦疾飞而出，葫芦口朝下，正对着公输久，停在了两人的头顶。

葫芦表面符文闪烁，通体呈红色，从中传出阵阵灼热之气。

“这是……”韩立心中一动，喃喃道。

不等他话音落下，赤红葫芦口便发出“啵”的一声轻响，自动打开了。

嘹亮的龙吟声顷刻间响彻整座大殿。

只见一条粗壮无比的黑色烛龙从赤红葫芦口中冲出，浑身缠绕着黑色烈焰，张着血盆大口，朝公输久咬去。

“百里道主！”洛青海见状一惊，忍不住叫道。

韩立见此情形，心中顿时明白过来，呼言道人千方百计地让他相助夺来一颗太乙丹，多半不是为了自己，而是为了拯救一直被他带在身上的百炎。

昔日在萧晋寒的一手策划下，烛龙道第一道主百里炎出关讲道之时，宗门发生了自创宗以来最大规模的内乱，欧阳奎山等金仙道主配合北寒仙宫，里勾外连围攻百里炎，不仅令其苦心准备了不知多少万年，即将冲击太乙境的计划流产，还将其击得重伤而逃。

所幸呼言道人在摆脱了北寒仙宫的追杀，离开烛龙道后，找到了百里炎，并设法将其带在了身上，其目的自然是借助冥寒仙府中的太乙丹帮助百里炎恢复。只是呼言道人为何会提前知道，仙府之中有太乙丹呢?

早在百里炎所化的烛龙张口逼近公输久时，呼言道人就已经退开了。

只见黑色烛龙巨口之中喷出滚滚黑焰，一下子就将公输久吞没了。

正与白雾人影交战的几人，发现那些人影似乎暂时脱离了公输久的控制，行动瞬间变得缓慢。于是他们纷纷出手，很快就将其全部击败了。

待那些白雾人影消失后，众人又身形连闪，朝这边围了过来。

约莫十余息后，黑色烛龙巨口一闭，身体急速缩小，盘绕在赤红葫芦上。

“太乙丹虽有助于我恢复，能清除我体内的业火，但毕竟需要时间一点一点炼化。如今我只能帮你们这么多了。”烛龙口吐人言，快速说道。

“无妨。你且先好生休养，莫耽误了疗伤。”呼言道人立即说道。

百里炎随即缩入葫芦口，钻了进去。

呼言道人见状，立即将赤红葫芦收回，挂在了腰间。

百里炎这一来一去，实在太快，以至于洛青海几人都有些没反应过来，不过好在帮了他们大忙，不但让他们摆脱了白雾人影的纠缠，还困住了公输久。

“诸位，快快施展手段，将公输久的肉身炼化，再拘禁其元婴。”洛青海神色凝重地道。

众人自然明白其中的利害，纷纷手掐法诀朝尚未散去的黑焰施起法来。

只见各色火焰光芒从五个方向同时涌入黑焰当中，顿时将黑焰压缩成了一个直径不过丈许的圆球，各种力量汇聚其中，开始炼化公输久的肉身。

韩立的双目之中闪烁着蓝色光芒，紧盯着火焰圆球内部，他发现在公输久的体表还罩着一层半透明的气体，将火焰和各种法则之力全都阻隔在外。

并且那层气体之上泛着一层淡红色光芒，越来越明亮。

包括韩立在内的所有人眼中闪过一丝惊色，不约而同地就要避让，但已经来不及了。

“轰！”

一股狂暴的气浪排山倒海地压向四方，裹挟着黑色火焰和多种法则之力，瞬间将周围众人冲得倒飞了出去。

“砰砰砰……”

金色大殿本就摇摇欲坠，此刻被几人接连撞击，终于不堪重负，轰然倒塌。大殿穹顶炸裂，屋墙也塌了。

然而，不等几人从废墟中直起身来，就见公输久的身形一闪而出。

“我本怀着慈悲心肠，想请几位去仙庭忏悔，百万年后或能迷途知返……看来诸位不领我的情，那就莫怪我无情了。”公输久轻叹了一口气，缓缓地说道。

说罢，他双手在身前一挥，五道彩色光芒从其指尖闪现，当中飞出五根不知为何种鸟兽翎羽状的法宝，朝韩立等几人飞射而去。

韩立定睛望去，就见那翎羽之上光芒迷幻，令人看不真切，上面若有若无地传出阵阵法则波动，他心中顿时有些惊讶，连忙将剑一横挡了上去。

蛟三手腕一抖，一个镌刻着古拙纹路的银镯从她手腕飞出，滴溜溜旋转着挡在她身前，绽放出大片刺目银光。

蚩离礁则双手在身前一阵比画，唤出一块金色令牌，令牌金光一闪，化作一面金灿灿的方形盾牌，挡在了身前。

大殿内，一道接着一道的清脆碰撞声响起。

韩立手中的长剑直接被打出一个夸张的弧度，剑身重重地撞在了他的胸口上，将他打得飞出数百丈，撞入了山梁之中。

洛青海祭出的一件玉扇法宝，直接被翎羽打得粉碎，他的肩头则被贯穿，出现一个洞，整个人飞出去近千丈，砸入了地面。

蛟三祭出的银镯破碎，人同样倒飞着摔了出去，不过看起来似乎并未受什么伤。

至于蚩离礁，盾牌被击碎，头颅遭重击，元婴也被公输久以迅雷不及掩耳之势收入了袖中。

呼言道人为了捡掉落的赤红葫芦，本就慢了一拍，等他回过神来，翎羽已经到了他胸前三尺的地方，他根本就无法躲避。

在千钧一发之际，一道人影突然从旁疾飞而至，以一种慷慨赴死的姿态挡在了他的身前。

“云霓……”

呼言道人与欧阳奎山口中同时惊呼。

一人连忙去拉她的胳膊，想将其拉开。另一人则周身染红，用出秘术血遁，在最后一瞬间，闪身挡在了云霓的身前。

“噗！”

那翎羽闪烁着五彩光芒，破开数重护体光罩，钉入了欧阳奎山的眉心。

他们三人的身躯重重地撞在了一起，相叠着倒飞了出去，跌落在地。

云霓满脸惊愕之色，连忙将欧阳奎山扶了起来，却发现他的双眼已经失去了神采，嘴角还挂着一丝满足的笑意。

呼言道人见此情形，脸上神色无比复杂。

“你又是何苦……”

云霓看了一眼呼言道人，又看了一眼欧阳奎山，多少年不曾红过的眼眶湿润了。

在烛龙道中，她其实认识欧阳奎山更早一些，两人还曾一起下山游历。欧阳奎山对她的心意，她一直都知道。只是感情这件事，从来不分先来后到，不讲公平对等。

这时，一只数寸高的金色元婴小人从欧阳奎山的丹田飞了出来，表面金光黯淡，气息奄奄，唯有一双小眼睛目不转睛地望着云霓。

“值得吗？”云霓红着眼睛，问道。

“我这一生，循规蹈矩，苦求仙道，妄图他日能够肆意随心，携仙侣遨游这一方仙域……怎奈修为越高，掣肘越大……今日，总算能够肆意而为一次了，有何不值……”欧阳奎山的元婴断断续续地说道。

“好一个肆意而为！欧阳奎山，你很好！放心，我会助你复生！”呼言道人笑着道，然后反手取出了一个巴掌大小的紫檀木盒。

欧阳奎山看了他一眼，默默地飞入了紫檀木盒之中。

这时，韩立已经从山梁上飞了回来，落在了呼言道人身边。

他自然看到了欧阳奎山替云霓抵挡重击的一幕，脸上神色虽然没什么变化，但心中一动，不由得对欧阳奎山高看了几分。

蛟三瞥了一眼蚩离礁的尸体，也朝这边飞掠过来，只有洛青海没了动静，也不知是不是已经失去神识，昏死了过去。

不知是先前动用翎羽消耗太大，还是别的缘故，这一击之后，公输久并未继续发动攻击，而是站在原地，一动不动。

“阁下为何一直不肯使用时间法则之力，难不成还想着保留实力，借机逃命吗？”蛟三表情不善地看着韩立，语气冰冷地传音道。

“我有一个撒手锏或许能够一击灭杀此人，只是先前消耗太大，需要保存法则之力用于关键之时，现在还不是时候。”韩立摇了摇头，回道。

“希望你所言非虚，若此番得以逃出生天，我可以给你炼神术后一层功法。另外，凭你这样的修为，根本不可能逃过一名太乙境修士的追杀。”蛟三语气没有半点变化，冷冷地说道。

“那蛟三道友也莫再藏拙了。”韩立淡淡地回道。

说话间，他看似随意地瞥了一眼四周，就见苍流宫的白面书生等两人已经将一个执戟傀儡灭杀，但自己也受伤不轻，此刻只能勉强自保，没有了再战之力。

雪莺却不打算放过两人，朝着他们追了过去。

南柯梦也在先前的冲击中被打飞了，不知落在了何处。

烛龙道的那名金仙道主没有了欧阳奎山的协助，被执戟傀儡打得节节败退。

“呼言道友，你们两人去助那位同门一臂之力吧，这里由我们来应付。”韩立忽然开口，对呼言道人和云霓说道。

“你……”呼言道人有些意外，迟疑道。

“方才你也看见了，人多并无什么用处，要想对付此人，恐怕只有铤而走险了。”韩立笑了笑，说道。

“好吧，反正你小子门道多，老夫是琢磨不透。此番事了，若还有机会，一定请你喝一坛老夫用新方酿制的‘梦春秋’。”呼言道人不再迟疑，笑着道。

“一言为定。”韩立笑着应下。

第241章

良机

“这太乙丹究竟有何妙用，看洛青海他们对其趋之若鹜，可不像是顶阶疗伤丹药这般简单。”眼见呼言道人转身，韩立忽然传音道。

“太乙丹自然不是什么疗伤丹药，而是所有金仙修士梦寐以求，却可望而不可求的极品灵丹！”呼言道人解释道。

“其名曰太乙，莫非真的与进阶太乙境有关？”韩立心中一动，问道。

“不错！太乙丹最关键的作用，便是有助于金仙境巅峰修士抵抗第五衰之劫。”呼言道人点了点头道。

“原来如此。”

韩立听罢，心中暗喜，这太乙丹对金仙的重要性无异于金魂丹对真仙，珍贵之处更是有过之而无不及。

而他最后得到的那颗太乙丹，显然是整炉丹药之中品阶最高的一颗，效果就更加不言而喻了。

呼言道人收起了欧阳奎山的尸体，与云霓一起，飞向了剩下的那个执戟傀儡。

韩立站直身子，探查了一下身体状态后，手中握紧了青竹蜂云剑，与蛟三对视了一眼，示意她准备动手。

就在此刻，一声沉闷的轰鸣从金色大椅上传来，整座大殿为之一颤。

大殿虽然坍塌了，但金色座椅丝毫无损。座位上的那人突然坐直了，全身散发出浓郁无比的灰光。

金色光罩似乎感应到了什么，猛地金光大放，无数巴掌大小的金色符文浮现，连成一片。

不过这样也无法阻挡灰色光芒，一道道刺目灰光从符文缝隙中投射而出，将周围映照成一片迷蒙的灰色。

“哈哈……哈哈……”一阵畅快淋漓的大笑声突然从金色光罩内传出。

这笑声并不大，但在场众人觉得脑海中一阵刺痛，仿佛有无数烧红的钢针刺在神魂上。

众人大惊，急忙运转功法护住神魂，朝后方退去。

韩立目光微闪，同样飞速后退。

公输久也是一惊，没有再追击众人，目光一转朝金色光罩望去。

白影一闪，雪莺落在了公输久身旁，也顺着公输久的目光，朝金色光罩望去。

金色光罩内灰光翻滚，九道灰光从光罩内飞射而出，缠绕在金色大椅旁的九根金色石柱上，轻轻一勒。

“啪嗒”一声，九根石柱被轻易勒断。

金色光罩立刻震颤不已，表面浮现一道道裂纹，然后“砰”的一声，碎裂开来。

漫天金色光雨中，只见一个人影缓步而行，衣衫飞舞，飘然若仙，正是金色大椅上的中年道士。

此人嘴角含笑，负手而行，身上环绕着一层淡淡的灰光，看起来和寻常修士没有什么区别。唯一特殊的地方是中年道士双目呈灰色，看不到眼瞳和眼白，两只眼睛迷迷蒙蒙的，极为诡异。

公输久看清中年道士的容貌后，神情立刻一变，惊讶中带着一丝疑惑。

“公输世伯，你认得这人？”一旁的雪莺问道。

“真没想到，这里竟然有一位灰仙，真是不枉来此一趟。”公输久盯着中年道士，语气略带几分凝重地说道。

洛青海、呼言道人等人听闻此话，面色都是一变。

洛青海如避蛇蝎一般，二话不说，挥手发出了一道如水蓝光，包裹住苍流宫众人，朝远处飞去。

烛龙道那个白发金仙也立刻飞身后退，拉开了和中年道士之间的距离。

呼言道人、云霓互望一眼，也往后退了一段距离。

韩立看到众人的反应，心中一动，身形一晃，也退到了呼言道人等人的身旁，同时传音询问道："呼言道友，究竟何为灰仙？"

那个老道残魂虽然和他说过一些关于灰仙和灰界的事情，但并没有细说，看众人的反应，他们对灰仙似乎极为恐惧。

"厉道友你有所不知，我们北寒仙域其实本名叫作冥寒仙域，因一场灭世大战，整个仙域一分为二，才形成了现在的情况。那场灭世大战的起因，便是灰仙的入侵。灰仙与仙为敌，至于他们从何处而来不得而知，据说他们能吞噬仙人。当年那场大战，整个冥寒仙域所有宗门势力合力，加上其他仙域的帮助，才将那些灰仙击退。不过，冥寒仙域的近半宗门因此覆灭，许多族群灭绝。从那以后，再没有灰仙出没的消息。"呼言道人飞快说道。

"如此大事，怎么我以前没有听说过？"韩立闻言心中一凛，又问道。

"当年那场大战，距今太久远，而且天庭一直刻意掩盖此事，所以现在整个北寒仙域，就只有烛龙道、苍流宫等顶尖宗门有一些关于那场大战的记载。你年纪轻，入宗门时日又短，这等绝密之事自然不可能知道。"呼言道人继续说道。

韩立闻言，脑海中不由得想起了老道残魂此前所说的话，在心中一一验证，点了点头。

就在此刻，一道暗红色光芒落在那中年男子的身旁，蛟三的身影现出，微微向中年男子俯首示意："恭喜墨雨真人，重临仙界！"

洛青海等人见此，顿时一惊。没想到轮回殿的人和这灰仙竟然有交集。

韩立先前已经从老道残魂那里得知，轮回殿和灰仙有勾结，所以对于蛟三与灰仙有关联，他并不惊讶。

不过此前他对老道残魂所言只是半信半疑，如今其不知用了什么手段，强行占据了那人的身体，而那人似乎便是其口中的“墨雨”。

根据老道残魂所言，墨雨就是那个引发灰仙入侵冥寒仙域的太乙境灰仙的名字。

那老道残魂说，墨雨是冥寒仙君座下的一名女弟子，但眼前这人，明明是男身。这又是怎么回事？

韩立心中念头转动，目光闪动不已。

“你就是当年那个墨雨？原来你一直以来都躲在冥寒仙府！”公输久听到此话，脸色陡然一变。

“哦，竟然有人记得我。对了，你是何人？”墨雨丝毫不理会公输久，似乎没有看到对方一般，看了蛟三一眼，说道。

“轮回殿，蛟三。”蛟三回道。

话音刚落，蛟三身上红光闪烁，外貌身形飞快变化，转眼间化为一个身穿红裙的婀娜女子，脸上戴着赤色龙首面具，看不到容貌。

“蛟三？这次算承了你的情。说吧，你想杀谁？”墨雨的目光扫视了一圈，随即说道。

蛟三听闻此话，却没有说话，只是抬手往公输久所在的方向一指，就退到了一旁。

墨雨目光一转，朝公输久望去，微微一笑，却在韩立身上停留了一下。

“小子，才一会儿不见怎么就如此狼狈了？真是白白糟蹋了至尊法则。待本座先把人情债还了，再和你唠嗑。”墨雨看着韩立狼狈的样子，嘿嘿一笑说道。

在场其他人听闻此话，都看向了韩立，目光中多了一丝异样的神色。

“厉道友，你和这个灰仙究竟是何关系？”呼言道人传音问道。

“说来话长，我与那老道残魂在某处宫殿萍水相逢，顺手把那老道残魂带了出来。此人是敌是友，我还未知。”韩立心中苦笑一声，传音回道。

“莫非你当真进了传说中的月华殿？”呼言道人双目一瞪。

“如今看来，似乎是的。”韩立说道。

此时，墨雨的目光再次落在了公输久身上。

“我墨雨有恩必报，那就对不住这位上仙了。请问，你想怎么死？”墨雨说道，语气有点无奈。

“哼！你的魂魄刚刚归位，境界还不稳，想拖延时间恢复？幼稚！”公输久轻笑一声，两手掐诀，身前白气翻滚，十个白雾人影浮现，每一个都比之前大了数倍，朝墨雨飞射而去。

“哎呀，大事不好！这都被你看出来了，监察仙使都变得这般聪明了吗？”墨雨看似手舞足蹈，但旋即便有一道灰光从其掌心飞射而出，接着神色一正，说道，“实际上杀你，我只要用一招！”

话音落下，“砰”的一声，灰光骤然炸裂，化为无数灰色光丝，发出“吱吱”的声音。

这些灰色光丝速度极快，数量又极多，密密麻麻遍布数百丈空间，瞬间洞穿了这些白雾人影，一个也没有漏掉。

十个白雾人影身形立刻停住，然后轰然爆裂开来，化为漫天雾气飘散。

韩立等人面露惊色，这些灰色光丝竟然如此厉害，瞬间便灭掉了十个让他们陷入苦战的白雾人影。

灰色光丝洞穿这些白雾人影后，丝毫不停，继续铺天盖地地朝公输久射去。

公输久见此情形，脸上没有丝毫惊慌之色，张口喷出了一团白光，白光滴溜溜转动之下，化为一面白色古镜。

古镜表面白光大放，无数符文飞出，翻滚不定，化为一个厚厚的白色光茧，将他的身体严严实实地护在其中。

墨雨见此，手中的法诀一变。

灰色光丝猛地一亮，朝一处汇聚而去，转瞬间化为一道碗口粗的灰色光箭。

一股强烈的阴冷气息从光箭上散发而出，这股气息迥异于任何法则，但比起任何法则都不逊色。

光箭周围浮现一道道螺旋状的灰光，急速旋转，发出可怕的呼啸声，速度陡增数倍。

光茧刚刚成型，灰色光箭已闪电般射至，狠狠击在了白色光茧上。

“咔嚓！”

白色光茧仿佛蛋壳一般碎裂开来，公输久的身影露了出来，身体已经被灰色光箭洞穿了。

公输久面色灰白，七窍流血，从空中坠落。

一个太乙境玉仙在灰仙墨雨手下只坚持了一次呼吸！

见此，韩立心中震惊的同时，也不由得一松。

然而下一刻，诡异的一幕出现了！

径直坠落的公输久身体忽地解体，化为一团白色雾气，飘散开来。

紧接着，墨雨的身后突然浮现一个人影，正是公输久。

他一现身，二话不说，便张口一吐。

一团刺目的五色光芒飞射而出，光芒之中是一颗半透明的奇异晶石，晶石上面缠绕着一道道刺目的五色电弧，散发出一股恐怖的雷电天罚气息。

“天罚雷石！”

墨雨面色一变，立刻转身朝旁边遁去，同时身体周围“呼啦”一下浮现一股灰色火焰，形成一道灰焰护壁。

墨雨虽然快，但五色晶石速度更快，一个模糊便追了上来。

“轰隆！”

晶石陡然爆裂开来，化为一团耀眼无比的五色电光，顷刻间淹没了墨雨的身体。

一股雷爆气息从五色电光中散发而出，比先前丹劫之时强烈了十倍不止。

五色电光周围的空间剧烈扭曲，甚至浮现一道道黑色条纹，似乎快要裂开。一道道五色闪电朝周围溅射而去，所过之处，空气为之颤抖。

韩立等人见势不妙，急忙躲闪，退到了大殿外。

五色电光之中，墨雨的身形似乎彻底消失了，一点痕迹也没有留下。

公输久见此情形，脸上露出一丝笑容。

韩立等人见此，神情微变。毕竟一旦墨雨落败，他们这些人的处境自然不妙。

耀眼的五色电光闪烁了几下，飞快飘散。

公输久的笑容忽地一僵，当耀眼的五色电光消失之后，一个灰色光团浮现，有一人多高，上面缠绕着一道道浓郁的灰气。

灰色光团翻滚着朝两旁飘散，墨雨的身影露了出来，面色有些苍白，但身上一切完好，甚至衣服都没有破。

“你是灰仙，怎么可能在天罚神雷中幸存？这……这不可能！”公输久难以置信地看着墨雨，说话都有些结巴起来。

“想不到你手中竟然有天罚雷石，可惜只是最次等的，杀不了我。”墨雨摇了摇头，有些可惜地说道。

公输久突然转身，化为一道模糊白光，朝大殿入口闪电般飞去。

“哎，别急着走啊，再打一会儿。我可是守信之人！”墨雨大叫一声，右手一挥。

“砰”的一声，墨雨的左臂化为一团浓郁灰光，灰光一闪化为一根灰色锁链，锁链飞射而出，没入空中。

下一刻，公输久身旁一闪，灰色锁链浮现，将其牢牢地捆住。

墨雨身上灰光大放，朝周围扩散而去，瞬间形成一个灰色灵域，无数灰影在其中翻滚。

墨雨口中念念有词，灵域内的灰影朝一处汇聚而去，一个巨大的灰色龙首飞快凝聚成形。龙首上布满黑色符文，一股恐怖的阴寒气息散发开来，越来越强大。

韩立等人在龙首浮现的瞬间，顿觉全身一阵刺痛，一股股阴寒气息仿佛将他们的骨髓冻住一般，身上的护体光芒在这股阴寒气息面前形同虚设，他们急忙朝远处再飞了一段距离。

公输久眼见此景，面色难看起来，他低吼一声，身上浮现一层耀眼的白光，随即化为一团团白色火焰，熊熊燃烧。

每一团白色火焰之中都散发出一股庞大的法则之力，狠狠地灼烧灰色锁链，他自己也奋力挣扎。

灰色锁链顿时“吱吱”作响，飞快变细，眼看便要松脱。

不过，墨雨的施法已经完成。

灰色龙首已经凝聚而成，足有一座宫殿大小，表面布满灰色鳞片，闪耀着阵阵寒光，硕大的龙眼之中燃起两团灰色火焰，看向了公输久。

“嗷！”

一声巨大的咆哮从灰色龙首口中发出，大口一张，一道灰色光柱飞射而出，击中了公输久的身体。

耀眼无比的灰光爆发开来，让所有人睁不开眼睛，好一会儿刺目的灰光才暗淡下去。

韩立望了过去，脸色顿时微变。

只见公输久被打飞，撞到了一处宫殿残壁上，身体几乎陷了进去，衣衫破碎，披头散发，看起来受了重伤。

“就这么两下子，啧啧，真不经打。算了，不陪你玩了！”墨雨口中嘟囔着，手中掐诀，灰色龙首口中再次浮现一团刺目的灰光，一股庞大凶暴的气息再次散发开来。

公输久大骇，身上白光一闪，从墙壁上飞射而出，顾不得治疗身上的伤势，手上掐诀一挥。

一面白色小旗和一块黄色令牌飞射而出，绕着他的身体飞快旋转，幻化成一白、一黄两道光幕，将他的身体包住。

就在此刻，墨雨眉头忽地一皱，脸上露出一丝痛苦的神情，身体不停颤抖，身上的灰光忽地闪烁起来，灰色灵域也随之剧烈波动。

“轰”的一声闷响，灰色龙首首先崩溃，化为大片灰光，然后整个灵域一闪消失。

公输久一怔，随即眼中流露出大喜之色，身上白光大放，朝远处飞射而出。

就在此刻，一道金光闪过，一个人影迅疾无比地出现在前面，拦住了公输久，正是韩立。

韩立冲公输久咧嘴一笑，身上金光大放，真言宝轮浮现，急速旋转，表面数百团道纹金光流转不停。

无数金色波纹从上面飞射而出，凝聚成一个直径百丈的金色波纹区域，罩住了公输久。

公输久被金色波纹笼罩，动弹不得。

韩立一扬手，一柄青色飞剑飞射而出，化为一柄十丈长的青色巨剑，剑身上随即浮现一道道粗大的金色雷电，顿时散发出一股狂暴至极的气息。

韩立眼中寒光一闪，手中掐诀一挥。

青色巨剑上电光一闪，一个模糊就出现在公输久身前，重重地斩下。

轮回殿成员的秘密以及墨雨的事情已被公输久知晓，若是让其逃出去，只怕自己以后永无宁日，日日夜夜都要被天庭追缉。

他之前便已推断出，在三大至尊法则之一的时间法则面前，即便是太乙境玉仙也无法幸免，若放在此前，他自然没有丝毫可能近距离接近公输久，不过眼下，却是一个天赐良机！

“大胆逆贼，还不住手！”

雪莺在方才的大战中，躲到了远处，此刻眼见此景，立即飞射而来，口中大呼道。

事情发展到现在，显然与她之前设想的大相径庭，区区一名金仙境中期修士想要趁人之危，她自然不允许。

雪莺身形未至，一挥手，一道白光从她手中飞射而出，正是一根白色绳索仙器，绳索缠向青色巨剑，想替公输久挡下这一击。

不过，白色绳索仙器一进入金色波纹区域，速度立刻大减，仿佛停滞了一般。

雪莺此前并未见识过韩立的真言宝轮神通，顿时一怔。

韩立嘴角露出一丝冷笑，心念一动，金色波纹区域猛地扩大了一倍，将雪莺也笼罩了。

被金色波纹一罩，雪莺也一动不动，连脸上惊讶的表情也凝固了。

韩立困住雪莺后，抬手对着青色巨剑掐诀一点。

青色巨剑再次光芒一盛，化为一道剑芒，劈在了公输久身上。

伴随着一声惊天巨响，如山般厚重的剑芒碎裂开来，青色巨剑反震而回，剑身剧烈震颤，周围灵光紊乱。

韩立心中一惊，手中掐诀一引，青色巨剑滴溜溜一转，立刻稳住。

他朝公输久望去，面色微微一变。

只见公输久身上不知何时浮现了一层蛋壳般的白色光膜。这光膜呈乳白色，上面有一些条纹状的符文，符文不停地上下翻滚。

这些符文颇为古怪，与金篆文、银蝌文迥然不同，形似万年巨龟背上的花纹，不知是何神通，竟然能挡住经过无生剑海锤炼的青竹蜂云剑的锋芒。

韩立眼睛一眯，立刻再次掐诀一点。

青色巨剑上金色雷光大放，再次朝公输久劈去。

与此同时，韩立周身青光连闪，又飞出两柄一般无二的青竹蜂云剑。两柄飞剑滴溜溜一转，变成两柄青色巨剑，上面缠绕着一道道骇人的金色电弧，带着开天辟地之势，斩在公输久身上。

“轰轰轰！”

三柄青色巨剑再次被反震而回，那白色光膜只是略微波动，随即便恢复如初。

韩立眼见此景，面色一沉。

第242章
斩太乙

“万轮法珠！啧啧，想不到这个小小的监察仙使，身上的好东西倒是不少，真不忍心将之毁去。”墨雨的面色已经正常了一些，身上的灰光也不再波动，不过他并没有出手，反而饶有兴趣地看着韩立和公输久，口中淡淡地说道。

不远处，蛟三也看向韩立，目光微闪，不知在想什么。

洛青海、呼言道人等人看到韩立突然出手，神色也是各异。

韩立瞥了远处的墨雨和蛟三一眼，眉头微皱，随即两手掐诀，正要催动三柄青竹蜂云剑。

就在此刻，公输久身上的白光忽地一闪。

“轰隆！”

一股庞大的法则之力从白光中喷涌而出，仿佛一道巨大惊涛，轰击在金色波纹之上。金色波纹剧烈一晃，金光乱闪，里面的时间法则之力一阵紊乱。

韩立面色一变。随着时间道纹的增加，真言宝轮的威能大增，虽然受限于范围，但实际威能已远胜于他的时间灵域，面对强敌几乎无往不利，这还是第一次被困在其中的人撼动。

太乙境玉仙的实力果然不容小觑！

韩立虽惊不乱，两手飞快掐诀。

真言宝轮的转速再次加快，上面的时间道纹猛地绽放耀眼的金光，一股股时间法则之力从中喷涌而出，融入金色波纹区域。

金色波纹顿时一定，晃动渐渐平息。

但未等金色波纹彻底平息，白色光膜内的白光又是一亮，一股庞大的法则之力汹涌而出，冲击在金色波纹上。

金色波纹再次晃动起来，比上一次更加剧烈。

韩立见此，双手如车轮般掐诀，想竭力稳住金色波纹区域，但白色光膜内发出的法则冲击越来越剧烈，一道接着一道，山呼海啸一般。

金色波纹区域连连晃动，越来越剧烈，竟隐隐有崩溃之势。

“毕竟只是个金仙，对至尊法则的运用看来还是不行啊。”墨雨皱眉，喃喃自语，脚下迈出一步，似乎要有所行动。

“墨雨真人，别硬撑，让我来。”蛟三忽地开口说道，随即飞射而出。

“哦，既然你有心，那就去吧，老夫给你掠阵。”墨雨望着蛟三的背影，悠然道。

此时，站在最远处的洛青海突然单手一挥，蓝光一闪，祭出一面一人多高的蓝色石碑，石碑上面刻满了蓝色纹路，散发出一股莫名的气息。

洛青海双手按在蓝色石碑上，他身旁的几人也和他一样，把手按在了石碑上。

刚刚被震飞的南柯梦不知何时回到了洛青海身旁，面色苍白如纸，但她也将手按在了蓝色石碑上。

蓝色石碑骤然爆发出一道蓝色晶光，其中无数符文跳动，一下裹住几人，化为一道蓝光朝远处飞射而去，速度快得不可思议，一个闪动便消失在了天际。

烛龙道的白发金仙眼见此景，神情微变，随即张口一喷，数团血光飞射而出，裹住他的身体。

“嗡”的一声，白发金仙化为一道刺目血芒，朝着远处迅疾飞射而去，转眼间也消失无踪。

呼言道人和云霓见此，心中也萌生退意，他们看了韩立一眼，面露迟疑之色。

“呼言道友，你们先离开吧，我对那灰仙总算有些恩情，他应该不会伤我，你们留在这里恐怕会有危险。”韩立的声音在二人耳中响起。

呼言道人和云霓听闻此话，对视一眼。

“你们一个个的，干吗这么害怕非要逃走，我可是一个好人。”就在此刻，墨雨朝两人走了过来，口中嚷嚷道。

墨雨不说话还好，一开口，呼言道人和云霓二话不说，化为两道遁光，朝远处电射而去，转眼间消失在远处。

“唉，真是以小人之心度君子之腹……”墨雨摇头叹息，并没有追赶，转头朝韩立望去。

就在此时，韩立附近人影一闪，蛟三的身影浮现，两手一挥。

两道黄光从蛟三手中飞射而出，正是两根土黄色长针，长针散发出强烈的土之法则，化为两道纤细残影，朝公输久电射而去。

土黄色长针一进入金色波纹区域，立刻停滞了。

“厉道友！”蛟三眉头一皱，看向韩立。

韩立面露苦笑。他未修成时间法则之时，真言宝轮的金色波纹区域的威力并不算非常强大，他还能勉强控制，可以令其对己方之人不产生时间迟滞的效果。

自从他修炼到金仙境界，时间法则大进，修成可掌控自如的时间灵域后，真言宝轮的神通虽然威力大增，但不再受他控制。

蛟三看到韩立的神情，似乎明白了韩立的无奈，眉头皱得更紧了。若是这样的话，她根本无法插手帮助韩立。

韩立见此，深吸了一口气，周身金光一闪，张开了时间灵域，协助稳固金色波纹区域。

只是任凭他如何努力，似乎都没有多大的作用。金色波纹越来越稀薄，照此趋势，恐怕支撑不了多久。

如此一来，真言宝轮对雪莺的限制之力随之大减。一层雪白光芒从雪莺身上浮现，其中涌出一股股法则之力，狠狠地冲击金色波纹。

韩立转头望去，眉头一皱，手中掐诀一点。

金色波纹区域微微一闪，骤然缩小到直径百丈的范围，将雪莺放了出去。

雪莺恢复了自由，又惊又喜，随即惊惧地看了韩立和蛟三一眼，不再顾及公输久，身上白光大放，立刻朝远处电射而去。

“想走？！”

蛟三面色一冷，掐诀一点。

那两根土黄色长针也恢复了自由，化为两道黄光朝雪莺电射而出。两根土黄色长针速度极快，转眼间便追上了雪莺。

两根长针黄光大放，无数黄色符文从中飞射而出，形成两张黄色大网，当头罩住了雪莺。

两张大网中无数黄色符文翻滚，散发出一股强烈的法则之力波动，罩住雪莺后立刻飞快缠绕，转眼间化为一个黄色圆球。

蛟三面露满意之色，随即瞟了韩立一眼。若以实力论，雪莺虽然比不上她，但也相差不多，如今在这个时间灵域内，却被她一招擒住了。

就在此刻，黄色圆球猛地变大了两三倍，上面的一道道大网也被绷得紧紧的，露出许多缝隙。

一道道刺目的白光从这些缝隙中射出，朝四面八方飞射而去。这些白光飞射出去后，立刻朝着一处汇聚而去，一闪凝聚成雪莺的身影。

此刻，雪莺的面色有些苍白，她不敢再停留，身上白光大放，化为一道光朝远处飞遁而去，速度比之前更快，眼看就要飞出韩立的时间灵域。

蛟三面色一沉，冷哼一声。

蛟三身上暗红色光芒大放，然后猛地朝周围扩散而去，瞬间形成一个暗红灵域，弥漫二三十里，将白光笼罩。

无数暗红色光芒在灵域内翻滚，仿佛蛛丝一般缠绕在雪莺所化的白光上。

白光立刻速度大减，并且飞快消散。

雪莺脸色异常难看。

不过就在此刻，异变再次发生！

蛟三的暗红灵域和韩立的时间灵域交叉叠加在一起，两个灵域突然光芒大放，仿佛产生了共鸣一般，明亮了数倍。

两个灵域“嗡嗡”颤鸣，仿佛天女吟唱，空中浮现出一朵朵金花，飘落而下。

不仅仅是灵域，韩立身体周围的金色波纹区域也金光大放，明亮了数倍，立刻稳定下来，再次将公输久牢牢禁锢。

雪莺身体周围的时间灵域和暗红灵域光芒陡盛，也将其身影牢牢禁锢，让她动弹不得。

韩立和蛟三都露出惊讶之色，互望了一眼。

“这是……”远处墨雨看到这个情况，脸上也闪过一丝诧异的神情。

韩立和蛟三虽然心中满是疑惑，不知发生了什么，但二人都是反应机敏之人，立刻将疑惑抛开，先解决眼前之敌。

蛟三手中掐诀一点，黄色圆球碎裂开来，重新化为两根数丈长的黄色长针。

两根长针上绽放出冲天的黄芒，一个模糊消失无踪，下一刻出现在雪莺身旁，绕着此女的身体转了一圈。

两道黄色剑芒闪过，“咔嚓”一声斩在雪莺的身体上。

韩立没有理会蛟三那边的情况，而是盯着公输久。

被蛟三的暗红灵域笼罩，公输久身体周围也浮现出一道道暗红光芒，那白色光球颜色也暗淡了不少。

韩立眼中一喜，口中低喝一声，身体周围骤然绽放出耀眼的紫金光芒。

与此同时，数团颜色各异的彩光从韩立体内飞射而出，迎风变大，分别化为真龙、天凤、巨猿、雷鹏等真灵的虚影。

这些虚影围着韩立的身体微一盘旋，随即融入他体内。

韩立体内响起一阵爆竹般的声音，身体飞快变大，体表浮现出一块块紫金色的鳞片，瞬间化为一个百丈高的紫金巨人。

韩立双肩、肋下的肌肉蠕动，紫金光芒一闪，长出两个狰狞的头颅和四条粗大的紫金色手臂。

形势所逼之下，韩立施展出了压箱底的手段——涅槃圣体变身！

三头六臂的紫金巨人顶天而立，全身上下铭刻着金银两色的灵纹，小腹上浮现出三十六团星辰图案，散发出阵阵耀眼的星芒，和身上的紫金色光芒交相辉映，比以前的涅槃变身威势大了许多。

韩立双目蓝芒闪动，口中低喝一声。

“轰！”

一股庞大的气息从其所化的紫金巨人身上爆发，引得附近空气剧烈地颤抖，泛起一圈圈肉眼可见的波纹，朝四面八方荡去。

蛟三看到韩立的涅槃圣体变身，神色一凝，眼中闪过一丝复杂之色。

“咦，这变身，还有这个气息……”墨雨惊讶之余，眼中也闪过一丝异样之色。

紫金巨人六只手臂一抓。

三柄青竹蜂云剑飞射而出，落在他三只手掌之中。

韩立张口一吐，三道金色晶丝飞射而出，一闪没入三柄巨剑之中。

三柄青色巨剑散发出的青色剑光陡然明亮了许多，青光之中的金色电弧也骤然一亮，化为一枚枚金色雷电符文，环绕在剑身周围。

“轰隆隆！”

一股狂暴的气息从三柄巨剑上散发而出，附近空气再次震颤轰鸣。

紫金巨人另外三只手掌，其中一只手中黑光一闪，多出一个黑色圆轮，这正是重水真轮，其上绽放出一道道黑色水光。

重水真轮上黑光缭绕，散发出一股股沉重无比的气息波动。

另外两只手中紫金光芒汇聚，然后一闪分别化为一柄紫金巨斧和一柄紫金巨锤。

两件重兵器虽然是由灵力幻化而成，但也散发出强大的气息。

紫金巨人一步踏出，身躯忽地一个模糊，在原地消失不见，下一刻出现在白色光球前，其六只手臂猛然击下。

三柄青竹蜂云剑，重水真轮，还有两件紫金重兵器狠狠地轰击在白色光球上。

“轰”的一声惊天巨响！

白色光球剧烈颤抖，被击中的地方甚至凹陷了下去，表面光芒狂闪。

但此光球的防御坚韧得可怕，即便如此也没有破碎，反而将青竹蜂云剑等弹了出去。

不过抵挡这一击之后，白色光球的光芒也暗淡了一些。

紫金巨人六只眼睛中闪过一丝喜色，口中大喝出声，六条手臂一个模糊，忽然幻化出一道道残影。

刹那间，呼啸之声大作！

密密麻麻的青色剑影，黑色轮影，还有紫色斧影、锤影浮现，如疾风骤雨朝白色光球狂击而下。

“隆隆”之声大作，仿佛无数惊雷同时炸响，一股让人心颤的恐怖威压爆发开来，附近空间剧烈扭曲。

墨雨、蛟三二人眼见此景，面色也是一变，露出震惊之色。

一道道恐怖攻击倾斜落下，淹没了白色光球。

白色光球疯狂颤抖，仿佛惊天怒涛中的一艘白色小船，左右摇摆，散发出的光芒也越来越黯淡，很快变得只剩薄薄一层。

紫金巨人口中发出一声长啸，滚滚音波朝着周围扩散而去，身上绽放出刺目的紫色光芒，六条手臂骤然粗大了一圈，手中六件武器散发出的光芒也猛地一盛，随即化为六道残影，狠狠地打在白色光球上。

“咔嚓”一声！

白色光球碎裂开来，化为点点白光飘散！

公输久的身体浮现，披头散发，五官鲜血长流，似乎是刚刚震荡所致，脸上满是震惊之色。

他胸前悬挂的一颗白色圆珠“啪嗒”一声，碎裂开来。

六件武器略微一顿，然后一落而下，打在公输久身上。

“刺啦”一声，公输久的身体裂开了。

紫金巨人眼见此景，心中一松。

不过就在此刻，一团白光从公输久的尸体中飞射而出，是一只通体晶莹如玉的元婴，其周身缠绕着一缕缕晶莹剔透的白色火焰，火焰足有二三十缕，形似一朵莲花，将白色元婴裹在里面。

每一缕晶莹火焰中都有一道晶丝，正是法则晶丝。

白色火焰跳动，晶丝赫然在缓缓缩小，似乎在燃烧一般。

一股强大无比的法则之力从白色火焰中散发而出，顿时将周围的金色波纹逼退开去。

然后白色元婴身形一晃，没入空中，消失无踪。

紫金巨人眼中惊色一闪，却并未惊慌，眉宇间乌光一闪，一只黑色竖目浮现，正是破灭法目。

破灭法目滴溜溜转动，闪动着森然的黑色光芒，朝周围望去。

同时紫金巨人眉心处晶光闪动，一根晶莹锁链飞射而出，正是神念之链，也一闪没入空中。

神念之链看起来和之前大有不同，粗大了一倍有余，锁链周围浮现出一个个蝌蚪状符文，隐约散发出一股法则气息。

紧接着，“噗”的一声闷响！

千余丈外的空气一个波动，接着灵光一闪，那根晶莹锁链从中飞射而回，锁链上捆缚着的正是那只白色元婴。

元婴小脸紧绷，两只小手奋力挥舞，引得周围白色火焰翻滚，狠狠地烧灼着晶莹锁链，锁链却纹丝不动。

“还想跑！”紫金巨人冷笑一声，单手一挥。

一柄青竹蜂云剑飞射而出，表面青、金两色光芒大放，一闪化为一道青、金两色的细丝。

一股股锐利无比的气息从青、金两色细丝中散发而出，附近空气也为之颤抖。

细丝电射而出，一闪之下便出现在了白色元婴身前，猛地刺在元婴的眉心，有些艰难地洞穿而过。

白色元婴眉心被刺出一个小洞，身体周围的白色火焰顿时消散开来，所有神魂意识尽数泯灭，化为一个纯粹的元婴晶体。

紫金巨人见此，心中微微一松，这才彻底放下心来，两手掐诀，庞大的身躯上紫金光芒流转，飞快缩小，重新化为韩立的身形。

韩立面色一片苍白，单手掐诀一挥，周围的时间灵域和真言宝轮的金色波纹区域微一波动，消失无踪。

不管是施展灵域，真言宝轮，还是涅槃圣体变身，对仙灵力的消耗都是极大的，战斗到现在，他体内的仙灵力已经耗尽。

韩立抬手一招，那道青、金剑丝裹着一物飞射而回，没入他的体内，另外两柄青竹蜂云剑和重水真轮也被其收了起来。

他翻手取出两颗丹药服下，身上青光连续闪动，脸色这才好看了一点。

韩立收起了时间灵域，蛟三的暗红灵域一阵波动，顿时恢复了原样。

此女目光微闪，深深地看了韩立一眼，也收起了灵域。

韩立略一恢复，立刻挥手发出一道青光，从公输久尸体上卷回一个白色储物手镯、两件仙器，他将这些和那个白色元婴都收了起来。

“不错、不错。小子，想不到你区区一个金仙，竟然能够斩杀一名太乙境修士。这战绩要是宣扬出去，怕是要令整个仙界震惊了。至尊法则，果然名不虚传。”灰光一闪，墨雨飞了过来，含笑说道。

韩立听闻此话，目光微闪。

刚刚若非自己的灵域与蛟三的灵域产生了共鸣，威能大增，他决然杀不了公输久。

一念及此，他脑海中不由得浮现出先前在大殿内，伏凌宗那两个黑、白金仙施展阴阳法则突破火墙的情形，这和刚刚的灵域共鸣很相似。

韩立微微摇了摇头，不再费神多想，看向墨雨沉声道：“阁下究竟是何人？我现在究竟是该称你为无生道人，还是灰仙墨雨？”

“老夫乃灰仙墨雨，并非无生道人。”墨雨微微一笑，说道。

“那你先前和我说的有关无生道人及冥寒仙君之事，又有多少是真的？”韩立闻言心中一动，似乎并未怎么惊讶，又问道。

“先前在月华宫内，老夫为了让你带我出来，所以才隐瞒了自己的身份，至于和你说的其他事情，那都是千真万确，如假包换！无生道人就是冥寒仙君，而且她此刻也来到了这里。”墨雨说着，转头看向一个地方。

韩立和蛟三听闻此话，都是一怔，也都顺着墨雨的视线看了过去。

“无生，既然你已经到了，为何不现身？”墨雨柔声说道。

只见那处光芒一闪，一个人影浮现，正是陆雨晴。

不过她和先前气质大变，整个人散发出冰冷如雪，但又凌厉无比的气息，仿佛一柄绝世神剑，傲然而立。

韩立眼中闪过一丝惊讶之色，但随即又恢复平静。

“无生，一别多年，我们终于再见面了。”墨雨用如水般的目光注视着陆雨晴，缓缓说道。

说话之间，墨雨走了过去，握住了陆雨晴的双手。

“你做什么，有外人在呢……”陆雨晴再也无法保持冷漠，脸上浮现出两团红晕，有些娇羞地说道。

“当年我一念之差，害得我们分开这么多年，险些就此永别，这次说什么，我也不会再放手了。”墨雨轻声说道，语气坚定无比。

陆雨晴轻轻地挣扎了一下，没能挣出手，便没有再动，任由墨雨握着。

韩立和蛟三见此，觉得有些尴尬，同时移开了视线。

韩立脑海中浮现南宫婉的倩影，眼中流露出怅惘之色，心中暗暗叹了一口气。

第 243 章

别离

“哎哟！”

一声轻呼将韩立的思绪拉回了现实。他循声望去，只见墨雨歪着脖子，耳朵被一只纤纤素手揪着，一脸痛苦的神情。

而素手的主人便是陆雨晴。

蛟三见此，也是一阵愕然。

“让你别握，你还握！当老娘的话是耳旁风吗？”陆雨晴一改此前的娇羞，怒斥道。

“哎哟，别……别，要扯下来了。我错了……我错了还不行吗？”墨雨连声告饶。

“你哪次不是说自己错了，有改过吗？要不是你，我又何至于此？”陆雨晴单手轻轻一提，墨雨的脑袋也随之上升了几分。

“我这不是来给你赔罪了吗？别人都看着呢……”墨雨歪着脖子，脸上挤出笑容，道。

陆雨晴瞥了一旁的韩立和蛟三一眼，口中低哼了一声，捏住墨雨耳朵的两根手指才稍微一松。

墨雨如蒙大赦，连忙用一只手捂住耳朵，冲陆雨晴讨好地笑了笑。

“你为何要放走苍流宫宫主那些人？这里发生的事，若是被天庭之人得知，后果你很清楚。”陆雨晴皱眉说道。

“那些人只是无关紧要的小角色，不必理会。而且就算杀了他们，我们两人复生的消息也不可能瞒得住。”墨雨嘿嘿一笑，说道。

陆雨晴听闻此话，眉梢一挑，还要再说什么，墨雨却突然转身，朝着韩立和蛟三看了过去，拍了拍胸口说道："这次我和无生能够复生，多亏了你们二位相助。我墨雨虽不是什么正人君子，但向来有恩必报，你们有什么要求，尽管提出来，我们夫妇二人定不会叫你们失望。"

陆雨晴听闻此话，瞪了墨雨一眼，然后朝韩立望去，开口道："韩道友，先前多亏你一路护送，我才能顺利解封记忆。此番恩情若不报答，恐对道心有碍，所以你不必客气，有什么要求尽管开口。"

"韩道友？刚刚那些人不是称呼你厉道友吗？喂，你小子到底叫什么？"墨雨听闻陆雨晴此话，沉声问道。

"姓名不过是一个称呼罢了，阁下叫我厉飞羽就好。"韩立目光闪动，说道。

"哼，遮遮掩掩，你这人忒不爽快！"墨雨不满地看了韩立一眼，说道。

蛟三听闻此话，眼神也微微闪动，但依旧没有说话。

"既然陆道友这么说，那在下就恭敬不如从命了。我虽然修成了灵域，但对其还没完全掌握。两位都是前辈，在下想请两位指点一下灵域的使用方法。"韩立不想多谈此事，开口说道。

墨雨和陆雨晴听闻此话，互望了一眼。

"因为修炼的法则不同，每个人灵域的具体使用方法也各不相同，需要修炼之人自己摸索。不过旁人的修炼心得，确实可以借鉴一下。这是我多年修炼灵域的一点心得，你拿去参考一下吧。"墨雨屈指一弹，一道灰光飞射而出，落在韩立身前，化为一块灰色玉简。

"多谢。"韩立接住玉简，放出神识一扫，脸上露出一丝笑容。

"蛟三，你有什么要求，也尽管提出来吧。"墨雨目光一转，看向蛟三说道。

蛟三沉默了片刻之后，才开口道："我来此救你，是奉人之命，报酬大可不必。不过我在轮回殿中素闻墨雨真人见多识广，无所不知，故而想请教你一个问题。”

“哦，但说无妨。”墨雨有些意外，随即颔首道。

“方才我的灵域和厉道友的时间灵域产生共鸣，威能突然大增，不知墨雨道友可知道这是为何？”蛟三问道。

“放眼整个仙界，修为能达到金仙境者，基本都掌握了一门法则，毕竟未掌握法则的散修想要渡过三衰之劫太难，要想成就金仙那是难上加难。一般而言，对某一法则的感悟越深，施展出的灵域威能自然也就越大。不过法则之道作为这一界最本源的规则，本就玄奥无比，互相之间也往往存在着某种关联。有些契合的法则一旦结合运用，威力自然会大增。”墨雨听闻此话，微微一笑，说道。

“法则结合？”韩立心中一动。

“不错。不过这种情况非常少见，并不是所有法则都可以结合施展，只有彼此契合的法则，才有可能结合，比如阴之法则和阳之法则，风之法则和火之法则。”墨雨侃侃而谈。

“原来如此。这么说来，刚刚我的时间法则和蛟三道友的法则产生了结合效果，所以威能大增。”韩立点了点头，朝蛟三望去。

“据我所知，法则结合之道修炼不易。即便是契合的法则，想要将它们结合施展，也需要极强的悟性，还有长时间的练习配合。我和厉道友到今日为止，不过见过寥寥数次，而且从未有过这方面的交流，怎么可能会突然出现法则结合的情况，我想问的是这个。”蛟三看着墨雨，沉声问道。

“法则之道深奥无比，就是一方道主，也不敢说完全了解。而法则偶然结合之事，并非没有过，蛟三道友不必在意这些事情。更何况，若我没有看错的话，蛟三道友你掌握的应该是三大至尊法则之一的轮回法则吧，你们二人修炼的同为至尊法则，这种结合在过去可是不多见的。”墨雨解释道。

蛟三听闻，眼神闪烁，似乎对这个说法并不满意，却没有再说什么。

韩立看着蛟三，眼中闪过一丝诧异的神色。原来蛟三的法则是轮回法则，难怪自己当时就觉得有些奇怪。

“二位的要求，我们均已完成。我们二人刚刚苏醒，还有不少事情要处理，就不多留你们了。稍后我会施法将你们二位送出冥寒仙府，请二位在此稍等片刻。”陆雨晴说完，单手一挥。

也没等韩立和蛟三开口，一道青光就裹住了她和墨雨，朝远处飞去，一闪消失。

韩立目送二人离开，心中却是暗暗一松。

虽然此前他便对那老道残魂之言有不少怀疑和推测，但没想到，其是一名如假包换的灰仙，而陆雨晴，这位黑风岛岛主之女，竟是无生道人的转世，真正的冥寒仙君！

最让他没想到的是，冥寒仙君竟与墨雨这位太乙境灰仙，在不知道多少万年前便结成了道侣，且看起来感情相当不错的样子。还真是造化弄人。

思量间，韩立转头看了蛟三一眼，她仍然站在那里，虽然隔着面具看不到神情，但从其目光判断，她似乎还在沉思。

韩立摇了摇头，不再看蛟三，飞身落在了坍塌的宫殿之中，将神识散发开来。

韩立很快面色一喜，挥手发出数道青光朝着四周飞去。片刻之后，青光卷回了一些东西，是几块残破的金色屋顶，还有两具残破的金色傀儡。

这几块金色屋顶是用一种特殊的金色材料炼制而成，上面铭刻着一道道灵纹，散发出一股特殊的法则气息，和他的元合五极山有些相似。

他先前就想收取此物，毕竟能够抵抗丹劫之物是他炼丹最想要得到的，此刻虽然破碎了，但材料灵性未失，还有大用。

至于这两具金色傀儡，他也颇感兴趣。

蛟三依旧站在原地，对韩立的举动视若无睹，似乎没打算捞战利品。

韩立挥手将这些东西都收了起来，正要继续翻找。

就在此刻，一道粗大的金光毫无征兆地从天而降，将韩立和蛟三一下子笼罩了。

韩立只觉周身空气一紧，沉重无比的压力从金光中渗透而出，裹住了他的身体，让他动弹不得。

金光之中，无数灵纹翻滚流转，朝二人身旁汇聚而去，很快形成两个金色法阵。

“嗡”的一声，金色法阵光芒大放，发出一声巨响。

两人眼前一花，从金色光柱中消失不见。

冥寒仙府某处，一片杂草丛生的园林中，有一座保存完整的三层阁楼。

在阁楼第三层的栏杆内，站着一男一女，两人彼此相依，眺望着远方。

中年男子身着墨绿道袍，生得剑眉星目，当得起丰神俊逸四字，此刻正揽着怀中女子的肩膀，轻轻地抚摸。

“无生，你比以前娇小了不少，过往我可没法这么抱着你。”中年男子笑着说道。

这二人不是别人，正是灰仙墨雨和冥寒仙君陆云。

“这么说来，你更喜欢我当下这副皮囊了？”陆云秀眉一挑，一字一句地说道。

墨雨闻言，顿时神色一僵，额角有冷汗淌下。

“皮囊如何并不重要，重要的是内在的你还是原来的你。”他心中突然灵光一现，连忙正色说道。

“算了……揍你简直是白费力气。”陆云轻啐一口说道。

“是了是了，我皮糙肉厚没关系，若打痛了你的手，我岂不是要心疼死了。”墨雨笑嘻嘻地说道。

“我当年那么做，你真的不怪我？”陆云从他的怀中走出半步，手扶着斑驳的栏杆，问道。

“被你关起来后，一开始的几百年，我的确想不通。后来的一千年，我甚至有些恨你。可时间久了……就只是想你念你，怎么都恨不起来了。”墨雨看着她乌云般的鬓发，缓缓地说道。

“只是没想到轮回殿的反应会那么大，居然敢攻打我冥寒仙府，后来局势失去了控制，反倒被天庭那帮伪君子坐收了渔利。”陆云叹息道。

“都过去了，往事不必再提……此番你我重临北寒仙域，也该好好和天庭算一算账了。”墨雨神色微微一凝，抬手又去揽陆云的肩膀。

“啪”的一声脆响，他的手背重重地挨了一下。

“以后当着外人的面，不许动手动脚！”陆云背对着他警告道，嘴角却微微上扬。

一片未知的碧蓝海域上空。

无数流光凝聚成一道数丈高的方形光门，光门里面传出阵阵强烈的空间波动。

光门内炫目的金光骤然一闪，“呼”的一声，一根金色光柱从中笔直冲出，两道人影便像是乘着金龙一般，从光柱中一飞而出，光门随之消失。

飞出的两道人影分别是身着异族服饰的白发老妪和身材魁梧的黝黑汉子，正是都幻化了容貌的蛟三和韩立。

他们与墨雨分别之后，没过多久就被送出了冥寒仙府，来到了此处。

“蛟三道友，可知这里是何处？”韩立站稳之后，目光扫过茫茫海域，有些疑惑地问道。

“还在黑风海域的范围，不过距离红月岛已经很远了。”蛟三翻手取出一张青光闪闪的海图，仔细辨认了片刻，对韩立说道。

“这张地图，可否借在下一看？”韩立瞥了一眼海图，开口说道。

“不是什么值钱之物，送给你了。反正这次离开黑风海域，以后多半也不会再来了。”蛟三随手一抛，那张青色海图就落到了韩立手中。

“多谢。”韩立也不客气，接过海图后，冲对方抱了抱拳。

“不知韩道友接下来有何打算？”蛟三眉头微挑，问道。

“在下在黑风海域还有些私事要处理，办完之后，应该也会离开黑风海域吧。”韩立略一沉吟，如此答道。

“道友若肯听我一句劝，离开黑风海域怕是不够，离开北寒仙域要更好一些。”蛟三闻言，开口说道。

“这个我也清楚，此行发生了这么多事情，北寒仙宫宫主萧晋寒和监察仙使公输久先后殒命，一旦消息传回天庭，整个北寒仙域只怕都要经历一场天翻地覆的变故。我们这些进过冥寒仙府的人，自然是天庭追缉的重点对象，况且我早就已经在天庭的追缉榜上了。”韩立思索片刻后，道。

此次韩立与公输久一番激战，他虽然凭借真言宝轮最终将对方击杀，但当中的侥幸成分实在太多。

他将一身的神通催发到极致，的确有灭杀太乙境初期玉仙的威力，但受限于仙灵力，这种状态维持的时间实在太短，此番若没有灰仙墨雨消耗公输久的实力，以及与蛟三莫名其妙出现的灵域共鸣，他绝对不可能顺利取胜。

一想到将来难免会再遇到如此境界修为的天庭仙使，他就迫切地想要提升实力，变得更加强大，而北寒仙域接下来的局势，必定没办法让他安然修炼。他只有离开此处，另寻一个安稳的地方，才能继续修炼，提升修为。

“韩道友一身修为深不可测，未来本应是前途无量的康庄大道，实际上却是凶险重重，稍有不慎便会万劫不复。”蛟三看了韩立片刻，忽然说道。

“蛟三道友有话直说，何必如此危言耸听？”韩立闻言，神色不变地道。

“并非是我危言耸听，道友你修炼炼神术，本就是天庭的眼中刺，如今又涉及时间法则，更是走了一条断头路，未来……怕是没有未来了。”蛟三缓缓地说道。

“此话究竟是何意？”韩立眉头微蹙，问道。

“此事涉及大道根本，不是三言两语能够解释清楚的。韩道友若不想彻底走进死胡同，我可以引荐你成为我们轮回殿真正的核心成员，届时有轮回殿的庇护，天庭想要对付你，就没有那么容易了。”蛟三如此说道。

“核心成员，莫非此前的轮回之子并非核心成员？”韩立反问道。

“轮回之子确实是本殿的核心成员，只是此前事急从权，各方面也较为仓促，所以从严格意义上来说，殿主及本殿一些高层其实还不知晓你的存在。”蛟三继续说道。

“想让我死心塌地地倒向轮回殿，也不是不行，可是轮回殿真的有与天庭抗衡的实力吗？”韩立笑了笑，说道。

“相比天庭，我们的确没有各大仙宫摆在明面上的权力机构，但我们有诸如无常盟和十方楼这样的下层势力，数量众多，在整个仙域之中的分布十分隐秘，其中蕴含的能量，想必道友也心知肚明吧？”蛟三继续说道。

韩立闻言，面露沉思之色。

单单一个无常盟，其中的各种交易往来和信息交换，就已经庞杂到骇人听闻的地步，这还只是轮回殿下属的无数分支中的一个。由此可见，轮回殿的势力在整个仙域之中，早已根深蒂固。

“此事，我还需要想一想……”韩立没有就此决定。

“无妨。我相信你总有主动倒向我们的一天。”蛟三对此结果早有所料，说道。

“无论如何，北寒仙域的确是不能待了，不知要如何才能离开？还望道友指点。”韩立说道。

“不同仙域之间的往来，情况稍有不同，但大多数还是通过‘乾坤门’来进行两界跨越的。北寒仙域在冥寒仙君掌管时期，乾坤门一共有八处，只是后来经历一系列变故，大都已经损毁了。如今只有北寒仙宫还掌管着一处，就建在极星宫中。”蛟三说道。

“只有这一处？那岂不是说，想要去往别的仙域，只能通过北寒仙宫了吗？”韩立眉头蹙起，迟疑道。

“这算是官方掌管的路子，我们轮回殿自然无法使用。所以我们还另行开辟了一条通途，能够通往距离最近的黑山仙域，只是相比乾坤门，要费时费力得多。”蛟三摇了摇头，又说道。

“此话何解？”韩立眉头一挑，问道。

“道友或许不知，除了少数直接比邻而居的仙域之外，各大仙域之间都被蛮荒界域阻隔，当中的距离长短不一，但无一例外都凶险莫测。经过数百万年的摸索，我们轮回殿成功在其中开辟了一条相对来说较为安全的路线。”蛟三解释道。

“穿越蛮荒界域？为何不另外建造一座乾坤门……这样岂不是更加安稳便捷？”韩立蹙眉问道。

“韩道友莫以为这乾坤门是什么寻常的超远距离传送阵，其需要精通空间法则的金仙境以上修士全程参与，结合法阵，倾尽心力，耗费难以想象的巨额资源，方能打造成功。这成本可不是什么人都能承担得起的。”蛟三继续说道。

“若说别的势力或许造不起，可轮回殿只怕没有财力之忧吧？”韩立笑着道。

“不错。以我们轮回殿的财力，莫说是在仙域中建造一座乾坤门，就是三座四座也不在话下。可问题是，这乾坤门运转之时牵扯的空间法则之力，根本无法掩藏。我们建在天庭势力范围之内，又怎么可能长久使用？最终只能是为天庭做‘嫁衣’。”蛟三说道。

“的确如此。那这条路线……”韩立看向蛟三，迟疑道。

“你既然是轮回之子，使用此路线就在你的权限之内，我可以告知你。”蛟三点了点头，说道。

说罢，她便手掌一翻，取出一块白色玉牌，抛给了韩立。

“关于这条路线的情报，都在这玉牌之内了。”未等韩立开口询问，蛟三便说道。

“你何不以此玉牌为筹码，拉我入轮回殿核心？”韩立接过玉牌，挑眉问道。

“没有必要，相信不远的将来，你便会心甘情愿地主动加入。对了，先前承诺的炼神术第五层功法，现在也可以给你了。”蛟三摇了摇头，说道。

说罢，她手掌一翻，掌心又多出一枚黑色玉简，朝韩立抛去。

韩立抬手接了过来，略一查看后，便收入了储物镯中。

“蛟三道友重信守诺，韩某在此谢过。”韩立眼底闪过一丝欣喜之色，抱拳说道。

“我在北寒仙域还有些事情要处理，就此别过，他日再会。”蛟三说罢，当即转身，便欲离去。

临走之际，她又忽然转身说道：“韩道友，你这份谨慎心性，倒是和我认识的一位故人十分相似，若是他日你们相见，应该会十分投缘。”

说完之后，她当即化作一道光长掠而去，消失在天边。

第三卷

时空迷踪

第244章

重函秘宝

韩立望着蛟三离去的背影，无奈一笑。

他抬起手，仔细查看手中的海图，发现附近海域不仅距离红月岛极远，距离图上所标注的所有岛屿都不近。

片刻之后，他收起海图，体表浮现遁光，朝乌蒙岛的方向急掠而去。

海风呼啸，空气中夹杂着一丝腥咸的气味。

韩立一口气飞了数万里，抬手取下脸上的面具，恢复了自己本来的面目。他皱了皱鼻子，舒展一下身躯，身上衣衫猎猎作响。

他轻吐一口气，放缓了速度，一边俯瞰，一边朝前缓慢飞驰，感到了久违的轻松惬意。

这一次阴差阳错之下，他被呼言道人邀请加入了冥寒仙府之行，虽然其中危机四伏，各方势力更是钩心斗角，为了达到各自的目的不择手段，但所幸他运气不错，此行终究是有惊无险。

说起来，他这次的收获实在不菲，不仅修为提升到了金仙境中期，又凝聚出了时间法则之丝，掌握了灵域的修炼之法，还将整套青竹蜂云剑祭炼到了超乎想象的品级。就连金童和噬灵火鸟也都各有机缘，相信接下来它们一样会有不小的提升。

他的手上还有萧晋寒、封天都和公输久三人的储物镯，里面藏的宝物必定不少，同样令他期待不已。

约莫小半个时辰后，韩立的视野里出现了一座直径二三十里的三色小岛。

他当即放开神识，在岛上扫过一遍后，发觉岛上只有些许鸟兽，并无人迹，便心中一动，朝岛上落去。

临近岛屿上空，他便看清了岛上的情形。

只见岛屿东边植被茂密，古木参天，远观苍翠无比，里面不时有猿啼鹿鸣之声传出；中部林木稀疏，露出土黄色的山地；西部则是巉岩嶙峋，断崖深壑，一片青黑色。

韩立落到了岛上，密林之中顿时响起一阵“哗啦啦”的声音，密密麻麻的海鸟从林中升腾而起，乌泱泱地飞往岛外。

他在岛屿东部，寻了一处有阳光照射的林间空地，盘膝而坐。

一点金芒浮现，迅速变大，一层球形光幕立即撑开，将整座小岛都笼罩了。

而后，韩立手掌一翻，掌心中便多出了三个储物镯，膝盖上也出现了一面白色小旗和一块黄色令牌。

白色小旗上绘有云海蒸腾图，当中隐约有金、银两色纹路浮现，分别是以银蝌文和金篆文写的古怪符文，旗杆上还篆刻着“云箓”二字，应当是其名字。

此物虽然品阶不低，但上面并未设置禁制，韩立稍微炼化，便能够驱用自如。

他手中光芒一闪，将仙灵力注入其中。白色小旗立即舒展开来，化作一杆丈把来高的雪白大旗。

挥动之下，旗面上白雾升腾，似有云海滚滚涌出，片刻间就将整座小岛淹没了。

岛上群兽惊惶奔逃，疯狂四散，顿时乱作一团。

好在韩立只是稍加尝试，并未真正激发此宝的异能，所以并未真的伤及岛上的生灵。

不过他发现此物似乎是一件攻伐类的法宝，之前被公输久仓皇用出，只是临时充当护身法宝，并未真正发挥其威能。

照他估计，此宝既是一名太乙境初期修士用来抵御危机的，应该有不少妙用，若用来应对群体作战，或能物尽其用，展现其最大的威能。

收起白色小旗之后，他又拿起那块黄色令牌，仔细地打量起来。

只见令牌上笼着一层黄色光芒，里面有一些十分隐秘的符文闪动，正中央以金篆文写着“监察使”三个大字。

韩立心念一动，放出神识，朝令牌探查而去。

然而，当他的神识一接触令牌表面，一道黄色光晕立即从其上荡漾开来，如同一层水幕将他的神识隔绝。

韩立眉头微蹙，调动体内的仙灵力，尝试催动此物。

这时，一串符文闪着光芒，猛地冲出令牌，直冲高空而去。

韩立一惊，真言宝轮立即飞驰而出，释放出的金色波纹顿时将这片海域笼罩了。

那串符文刚飞出百丈，便被金色波纹覆盖了，去势立即减缓。韩立探出一只手掌，五指一合将符文抓了回来。

韩立目光微凝，看着手中挣扎不已犹如活物的符文，手掌用力一搓，黄色符文立即光芒消散，化作点点晶光，消失了。

不出他所料的话，这符文应该是令牌上的某种隐藏禁制，一旦被公输久以外的人催动，便会立即触发，若是让其逃了出去，只怕会立即招来天庭监察使的追查。

韩立呼出一口气，盯着已经恢复原状的黄色令牌，面露犹豫之色。

眼见此令牌有暴露他的可能，他心中第一个念头便是直接将其摧毁，但此令牌毕竟不是寻常之物，他总觉得这令牌以后可能会有意想不到的用处，若是现在销毁了，实在有些可惜。

迟疑半晌后，韩立没有毁灭令牌，而是施展多重手段，将其封锁之后，收了起来。

然后，他拿起了萧晋寒的储物镯，稍微炼化之后，将其内所藏之物全都取了出来，几乎摆满了林间的空地。

韩立略一查看过后，发现共有各类法宝三十余件，当中品相最高的是一套冰属性的子母剑和一面蓝色小旗，二者均是蕴含法则之力的后天仙器。

除此之外，还有数十瓶各色丹药，其中只有少数韩立辨识得出，是一些固本培元和疗伤的丹药，大部分他过往都没见过。

这些丹药之中蕴含的仙灵力极其浓郁，其上传出的药力气息皆比韩立往昔服用过的丹药强很多，不用猜也知多半是金仙境修士才合用的辅助丹药。

显然，这位曾经的北寒仙宫宫主，雄踞北寒仙域这么多年，身上的好东西果然不少，没想到这些东西现在都便宜了自己。

韩立如此想着，将这些丹药稍作分类后，袖袍一卷，收了起来。

而后，他的目光又落在了两个只有尺许高的白色卷轴上，他随手一招，便将其中一个卷入手中，打开来。

随着卷轴缓缓展开，韩立一眼就看到了竖向写在最右侧的几个大字：华南丹经。他不禁眉头一挑，连忙将整个卷轴彻底展开，仔细地查看起来。

片刻之后，他手掌缓缓卷动，将卷轴一点一点地收了起来，嘴角却挂着明显的笑容。

这卷丹经之中，记录的丹方数量并不多，只有五个而已。但这五个丹方无一例外，全都是炼制金仙级别的丹药的，韩立正好合用。

并且，根据丹方中的药物种类解析来看，他之前收起的那些丹药之中，就包含这五种。

这样一来，丹方和样品就齐全了，日后他随时可以自行炼制。

他好不容易才将咧到耳朵根的嘴角收了回去，深吸了一口气，压抑住心中的喜悦，打开了另一个卷轴。

这个卷轴内，以古篆小字密密麻麻地写了不下五千字，字迹如铁画银钩，力透纸背，字里行间颇有些冰寒肃杀之意。令人光是看着，便觉有冰霜寒气扑面而来。

这些古篆小字记载的不是他物，正是萧晋寒毕生修炼水之法则的感悟。

韩立虽然不修炼水之法则，但他的地祇化身修炼的黑海重水经正是水属性功法，他也经常使用重水，故而眼光不差，一眼就看出这份心得感悟言简意赅，精妙绝伦，绝对是修炼水属性法则之人梦寐以求的宝物。

收起两个卷轴之后，韩立又看向了地上数量最多、种类繁杂的灵药和灵材。

经过一番辨识之后，他发现这些灵药大都年份极长，是炼制金仙级别丹药所需的材料。

至于那些灵材，除了不少天造寒髓和少量乌云精金之外，其余东西虽然不常见，但价值都不如这两种，只是数量更多。

除了这些东西之外，剩下的就只是堆成小山包的仙元石了，在阳光的照射下，这些仙元石闪烁着晶莹的光芒，看得韩立目眩不已。

他喜滋滋地将所有东西全都收起之后，没有停歇，又将那个原属于封天都的储物镯拿了起来。

一阵青光卷过，方才被清空的地面再次被各种法宝器物铺满。光是后天仙器级别的宝物就有三件，分别是一柄两尺来长的黑色骨刀，一块漆黑的方砚和一块材质似玉非玉的奶白色镇纸。

韩立将其上设下的禁制一一破解之后，全都做了初步炼化。

那柄黑色骨刀的两侧，分别镌刻着一道形如弯月的深邃血槽，里面有淡淡的煞气飘出。

相比骨刀，那块方砚看起来就有些平平无奇了，上面没有任何符文，只是不均匀地分布着一些裂痕，但当韩立将仙灵力灌入其中后，方砚的裂痕之中立即有黑色火焰涌出，从中传出炽热无比的强大火力。

至于那块奶白色的镇纸，一端刻有一个形如蛮狮的兽头，当韩立以仙灵力催动时，镇纸会飞快变大，化作一座形如卧狮的雪白山峰，随其心意，镇压万物。

韩立略作观察后，便将黑色骨刀、方砚和镇纸这三件仙器收起，随后伸手一招。

一只尺许见方的八宝重函在地面出现，随后悬浮而起，落在了他的身前。

重函四面各有一道机关扣锁封闭，上面都贴着银色符箓。

韩立打量了片刻后，发现这四张符箓分别是“青龙困木符”“白虎烁金符”“朱明举火符”和“真武拒水符”，无论是品阶还是品相，无一不是禁制符箓中的上佳之物。

“居然用四象符阵来封禁此函，里面究竟藏着何物？竟让封天都如此珍视？”韩立心中疑惑，喃喃自语。

说话间，他便掐动法诀，周身金光大放，开始破解四象符阵。

四象符阵之所以难以破解，便在于四象之力相辅相成，彼此互为砥柱，所以不能一个接一个破解，而必须同时解开，否则极有可能导致函中之物直接被毁灭。

故而针对其最好的破解之法，便是有四名修为相当之人同时发力，一起破解。

韩立并未如此，他的做法更加简单粗暴，竟然直接唤出真言宝轮将其笼罩，不等四张符箓产生连锁反应，便在瞬息之间将它们一一解除。

顺利取下了四张符箓之后，八宝重函四面扣锁的机关扣便“吧嗒”一声，弹开了。

韩立双手抓住重函盒盖，将之一抬，取了下来。

随着盒盖打开，重函之内并未出现灵光阵阵，或者宝气冲天等异象，甚至没有半点灵力波动传出。

他探过身子一看，发现重函里面放着一本蜡黄色的古籍和一块巴掌大小的黑色玉牌，四周还整整齐齐码放着一根根黑色钉子。

他先将那本蜡黄色古籍拿了出来，手掌抚摸之下，只觉得有些滑腻，似乎是某种兽类的皮肤所制。

古籍封面之上，赫然写着四个大字——“幻辰宝典”。

看到这个名字，韩立不禁眉头一挑，觉得有些似曾相识。

思量再三后，他恍然大悟。当年他通过无常盟寻找时间功法时，听人说起过，伏凌宗内有能够修炼出时间法则的功法，正是此宝典。

关于时间功法，韩立一直以来接触的只有真言化轮经，所以没办法通过与其他功法相互印证比对，来加深对时间法则的理解。

这部《幻辰宝典》的出现，让他有了印证的机会。

韩立眼中异色一闪，忽然想起一事，连忙双手掐诀，唤出了真言宝轮。

只见宝轮上那只巨大的眼球悠悠一转，一道金色光线从中射出，打在了蜡黄色古籍上。

古籍表面金光闪动，随即湮灭，再没有半点动静。

韩立见状，脸上闪过一丝失望的神情，遂收起法诀，又将真言宝轮收回了体内，口中喃喃自语：“看来此物和烛龙道内的那块石碑不同，虽然同是记载时间功法之物，但上面并无时间法则之力……”

以他的神识，不过一顿饭的工夫，这部《幻辰宝典》就被他翻阅了一遍。他惊喜地发现，这部功法里虽然也是关于时间法则之力的阐述以及参悟之道，但无论是修炼之法，还是功法描述都与真言化轮经迥然不同，尤其是其中提到了“幻辰沙境”，似乎修成之后，可以影响某一区域的时间之力。

不过眼下看来，无论是封天都，还是齐天霄，对这部功法的修炼似乎都十分有限，至少在与人交锋之时，还无法用其对敌。

虽然韩立恨不得此刻就一头扎入此功法中细细揣摩一番，但如此一来，动辄便是成百上千年的闭关，在如今的形势下自然万万不可取。他将心中的念头强行压下，将《幻辰宝典》收起，待以后有时间再好好钻研。

深吸了一口气后，韩立又拿起那块黑色令牌查看了起来。

只见令牌上光滑无比，外层泛着透明的光泽，里面却浓黑如墨，看起来就像是一团墨汁被冻在了冰晶之中，将凝未凝，仍能看到缕缕墨丝流淌。

令牌表面镌刻着“乾天伏凌”四字，不知是另有含义，还是代表着封天都的大长老身份。

有了之前公输久令牌上的禁止遁走的前车之鉴，韩立先在周围布下一层法阵之后，才将仙灵力渡入此令牌之中，尝试着驱动此物。

结果，不论他如何尝试，这黑色令牌就是纹丝不动，恍如死物一般。

几番试验之后，没得出结果，韩立只好作罢。

八宝重函之中，除了这两样东西之外，就只剩下黑色铁钉，数量还不少，细数之下，竟有八十一根。

韩立随手拿出一根，放在眼前细细观察了一阵，发现不过一指来长的铁钉之上，居然密密麻麻地刻满了各式纹路，既有某种古怪异兽，又有奇异符文，四周还有缕缕墨迹般的黑色雾气缭绕，隐秘非凡，一看就知道不是俗物。

韩立将所有铁钉取了出来，忽然发现在那八宝重函底部，似乎还嵌着一块黑色铁板，上面纵横交错地分布着一道道或深或浅的沟壑。

他将铁板取出后，才发现其上灵纹密布，竟是一张品级不俗的阵盘，在阵盘左下角，有一串凸起文字：“乾天伏凌，阵守八方。”

“这……莫非是一座守山大阵？”韩立一手捧着阵盘，一手握着令牌，再看了一眼地上的八十一根黑色铁钉，喃喃自语道。

心中这般想着，他便将阵盘翻了过去，结果发现其背后有一处凹槽，轮廓大小分明与他手中的黑色令牌一模一样。

他心中一动，将令牌对着凹槽放了下去。

“咔”的一声轻响，令牌不偏不倚地嵌了进去，上面顿时乌光流转，内里的黑色墨汁也如游龙一般飞掠而出，在阵盘表面游弋。

只见阵盘上墨汁所过之处，一道道纵横线条交错之处，皆有暗金色的光点亮起。

韩立见状，眼中闪过一丝喜色，连忙将阵盘和令牌一同炼化。

而后他便将其置于地面，使之与整个小岛相连，继而捻起一根黑色铁钉，朝着阵盘上的暗金色光点放了上去。

只见黑色铁钉一接触阵盘，立即受到一股强大的吸引力，突然从韩立手中挣脱，“铮”的一声，钉入了暗金色光点上。

几乎与此同时，密林之中传来一声“轰隆”巨响。

韩立抬头望去，就见那里有一根高逾数百丈的乌黑光柱拔地而起，直指高空。其上似有异兽盘踞，表面不断有淡淡的黑气涌出。

“果然如此……”韩立心中一喜，继续捻起铁钉，朝阵盘上放置。

随着“铮”声不断响起，一根根黑色铁钉接连落入阵盘，小岛上也不断有乌黑光柱升起。

待最后一根乌黑光柱也升入高空后，围绕在光柱上的黑色雾气顿时散发开来，彼此融合，很快就化作一层淡黑色的光幕，将整座小岛笼罩了。

紧接着，那些出现在小岛各处的乌黑光柱，光芒变淡，一点一点变得透明，直至消失在空中。

不多时，笼罩小岛的光幕也隐没不见，看起来就仿佛什么事都没有发生过一般。

然而，在韩立身前的那座阵盘上，已经出现了一座被法阵笼罩庇护的小岛。

看了片刻之后，他站起身，身形一闪，便朝岛外飞了出去。

穿越那层光幕之时，韩立明显感到被灵力波动扫过，只不过由于他已经将法阵炼化，自然不会受到任何影响。

从岛屿外看，整座小岛没有丝毫变化，根本看不出有法阵覆盖，也感受不到有任何灵力波动传出，但是当韩立以明清灵目探查之时，那护岛大阵便显露无遗了。

他一口气飞出了千丈，抬起一只手，调动体内的仙灵力，朝小岛一拳轰击过去。

“轰！”

整片空间一阵激荡，一道巨大拳影生出，挤压着天地元气，层层叠叠如海浪一般，朝三色小岛轰击而去。

只见两者一接触，原本肉眼无法看见的法阵屏障顿时浮现。

其上乌光大作，一道道墨色游龙从八十一根黑色光柱中不断升腾而出，朝拳影轰击之处汇聚而来，运转着法阵之力抵挡。

小岛上空，顿时轰鸣声不断，黑色光幕上被压出一个深数十丈的凹陷，看似岌岌可危，却没有半点崩溃的迹象。

韩立见状，不禁暗暗点头。

他这一拳虽然并未出全力，但是以实打实的金仙境中期修为发出，威能着实不小，若是寻常的真仙境级别宗门的护山大阵，只怕早已经连阵盘根脚都崩溃了。

第245章

暴富

按照韩立的估计，这个乾天伏凌法阵的防御极限，应该略逊于当年北寒仙宫对付百里炎时在烛龙道内布下的那个法阵。不过，饶是如此，此阵也足以令人刮目相看了。

要知道，一般的护宗大阵都需要在宗门各处拣选灵气充沛的山根作为法阵的根基，布置特别炼制的阵旗、阵柱之物来压阵，保证法阵的威能。

只是这种法阵威能虽大，但属于死阵，无法移动改变，不易被人从外界攻破，却容易被人从内部动手脚，破坏阵脚和阵枢。

这座乾天伏凌法阵，只以阵盘发动，却是活阵，可以随时收起带走，不仅十分方便，而且不易被破坏。

一番试探过后，韩立甚至隐隐觉得，此物应该是伏凌宗真正的护山大阵的简缩版本，心中自然颇为欣喜。自己往后若是在别处开设洞府，有此宝在手，自然可省去不少麻烦。

回到岛上之后，韩立将阵盘重新收起，又装回了八宝重函，收入了储物镯中，继续清点从封天都那里得来的东西。

相比萧晋寒，封天都的丹药和丹方较少，数量和质量都远远不及前者。

但是，封天都所藏的灵材远比萧晋寒丰富。

光是天河星沙就有半斤之多，另外还有十多块巴掌大小的罗彩霞晶和七八瓶阴沉幽水，这三者无一不是炼制后天仙器所需的重要灵材，只要一星半点，就能在仙域的大拍卖会上引来群仙疯狂争抢。

除了这些外，封天都竟然还藏有两根一尺来长的银络仙藤，此物在北寒仙域可是赫赫有名的顶级傀儡仙材，是可遇不可求的无价之宝。

据韩立从一些典籍上看到的野史记载，以此物炼制而成的傀儡，身躯堪比真仙，体内能生出犹如仙人一般的经络，使之如活人一般运转仙灵力，从而用出除自身原本神通以外的仙家法术。

韩立将这些东西全都收起来后，目光落在了一根碧如翡翠的竹杖上。

此物不过三尺来长，只有成人拇指粗，通体共有九段，每一个竹节处微微泛着白色光泽，虽然已是无根之物，但看起来仍然有勃勃生机，竟是一件具有木之法则之物。

他虽然修炼时间法则，地祇化身修炼水之法则，在这两者之外，并不常接触其他属性法则，但同样知道蕴含法则之力的物件有多么珍贵。

特别是对于修炼木属性法则之力的修士来说，这竹杖更是可遇不可求的宝物。

韩立要凝练时间法则之丝，往后同样需要大量的时间法则之物，届时可以尝试以此物跟其他修士交换。

除了这根青色竹杖之外，剩余的东西就没有什么能让韩立看得上眼的了。

不过，这倒不是因为剩余的东西没有价值，而是因为他如今的眼光实在太高，否则就是那一堆比萧晋寒数量还多的仙元石，也能令一大堆真仙羡慕了。

将封天都的东西全都清点完毕之后，韩立略作停顿，就又将公输久的那个白色储物镯炼化，把里面的东西全都取了出来。

“哗啦啦！”

一个比封天都和萧晋寒所有仙元石加起来还要多一倍的晶石小山出现在林间空地，一直堆到了空地边缘，以至于其他宝物只能被放在了另一边。

韩立站在这仙元石小山前，嘴巴微张，惊讶得不知该说什么了。

“一个太乙境修士随身带的仙元石，居然有这么多……”半晌后，他喃喃自语，将这些仙元石全都收了起来。

加上渠灵、萧晋寒和封天都等人的，如今他的仙元石总数已经有近两百万块，恐怕一个大势力倾全宗之力，也就只能凑出这么多吧。

这种骤然暴富的感觉，让韩立不禁心旌摇曳，有些飘飘然。

不过，他很快就冷静了下来。

未来修行之路漫漫，要耗费的资源更是难以计数，单是搜集诸如太蜚独目这种时间法则之物，就需要花费无数资源，更别说还要炼制时间道丹等珍稀丹药。

光是让他修炼到太乙境界，这两百万块仙元石只怕远远不够。

一想到这里，韩立之前那种大喜过望的感觉彻底消退了。

他来到空地的另一边，继续查看公输久的遗物。

首先映入他眼帘的，便是一个巨大的多层木架，上面挂满了无常盟的各式面具，牛鬼蛇神，龙虎凤龟，有千余张之多。

“这是……”韩立上下一扫，顿时面露惊诧之色。

只见这些面具之上既有以“蛟”字计数的面具，又有以“貉”字计数的面具，还有以“枭”“狐”等字计数的面具。

韩立看着这些从蓝到赤、各色皆有的异兽面具，不免有些兔死狐悲之感，心道若是自己此番也死在公输久手上，只怕身上这几张面具也都会被挂在这架子上面了。

“日后倒是不愁面具不够用了……”他轻叹了一口气，接着嘿嘿一笑，衣袖一卷，将整个木架收了起来。

由于公输久的贮藏实在太丰富，韩立只好先拣丹药这一类整理，将所有的瓶瓶罐罐集中在一起，清点起来。

公输久的丹药数量不少，而且品级极高，大部分韩立都不认识，料想应是太乙级别的丹药。

不过，韩立毕竟是一名天丹师，通过丹药的气味和性质，大概能推断出来，这些丹药大部分有疗伤恢复之用，促进修为的只有两种。

而恰巧存放这两种丹药的玉瓶上，都贴着一张金箔，上面书写了它们的名称，分别是“玉清丹”和“乙苑丹”。

不过，让他有些遗憾的是，这两个玉瓶之中都只剩下了一颗丹药。

由于那金箔的材质有些特殊，他便想拿下来仔细查看一下。

结果，他的手刚碰到金箔，金箔上便有光芒亮起，一个个金色字符随之出现在空中。

“玉阳髓，风灵子，九叶茱萸……”韩立看着出现的一个个名字，心中了然。这金箔上记录的，正是炼制这一丹药的丹方。

记住药材名字后，韩立又根据药名药性，在公输久收集的灵药中核对了一番，结果发现大多数药材都有，只有几样没有。

“有了丹方就好办了……”韩立嘴角勾起一抹笑意，缓缓地说道。

说罢，他捧起最后一个黑色玉匣，撕掉上面的金色符箓，将其打开来。

随着盒盖缓缓打开，一股浓郁的药香顿时扑面而来。

韩立目光一扫，就看到一颗莹白如玉的丹丸躺在玉匣之中，其表面有三道金色纹路盘绕，上面雾气蒸腾，在丹药上方三寸，竟凝成了一朵白色祥云。

“道纹……”韩立一眼就认出了那三道金纹，忍不住惊讶叫道。

这颗白色丹药，竟赫然是一颗蕴含气之法则的三品道丹。

道丹的珍稀程度自然不言而喻，其成丹之前都要经历丹劫，故而成丹概率极低，所以眼前这颗三品道丹，绝对可称得上是一件无价之宝。

韩立欣喜难耐，将其捧在手上看了又看，久久不肯放下。

好半天后，他才将玉匣重新合上，贴上符箓收了起来。

整理完丹药之后，韩立缓了好一阵，才开始清点公输久的法宝。

不知是不是由于到了太乙境层次的仙人对法宝的依赖相对金仙来说更弱，所以公输久储物镯中的法宝数量极少，竟然只有两件后天仙器，别的法宝一件也没有。

其中一件后天仙器，是一个长满铜锈的小型编钟，不过巴掌大小，看起来像是刚刚出土没多久，有点腐朽不堪的样子。

当韩立以金仙修为想要将其揉碎时，却发现根本做不到。

除此之外，他还发现一处古怪，这编钟悬在空中时，不论他以何物敲击，始终不会发出半点声音。

所以直到最后，他也没能发现此宝的真正驱动之法。

另外一件仙器，则是一柄造型古怪的黑色战刀，有五尺来长，刀身与刀柄各占一半，上面刻满了造型古朴的雷云图纹。

一开始，韩立尝试着将仙灵力灌注其中，引得古怪战刀颤鸣不已，所有雷云图纹皆转为金黄色，有金色电丝闪烁不定，阵阵雷霆之力从中生出。

可后来，当他将体内的雷鹏之力和青竹蜂云剑中的辟邪神雷灌入其中时，战刀竟然震颤加剧，雷云图纹忽明忽暗，出现明显的排斥。

韩立心念一动，将蟹道人唤了出来。

蟹道人现身，目光略扫了一眼地上尚未收起的战利品，就收了回来。

“韩道友……”他语气平静地道。

韩立见状，目光微闪，道：“先前一番厮杀，收获不小，这柄雷云战刀便是其中之一。蟹道友你正好擅长雷法，不如试一试，看看是否合用？”

蟹道人没有急着答话，目光往战刀上扫了一眼，神色微微一变。

“怎么了，可是有何不妥？”韩立察觉，立即问道。

“我若没有看错的话，此刀名为‘斩霆’，是黑土仙域赫赫有名的一柄神兵。”蟹道人的目光没有离开战刀，缓缓地说道。

“黑土仙域……看来道友的记忆似乎又恢复了不少。”韩立眉头微挑，说道。

“自从来到北寒仙域之后，时常会有一些片段闪现，最近越来越频繁，过往不明白的片段如今也逐渐串联在一起，的确是知道了更多的事情。”蟹道人没有否认，答道。

“无妨，我没有介怀此事的意思。既然你能认出此刀，也算你与它有缘，这斩霆战刀，就赠予你了。”韩立笑了笑，说道。

“正所谓无功不受禄，我不能要。”蟹道人的目光缓缓从斩霆战刀上移开，淡然说道。

“蟹道友，这一路从灵界自仙界，你帮了我不少，虽为契约的缘故，但毕竟有帮衬之谊。况且，日后只怕还有不少事情需要你去做，有了此刀辅助，你的战力也能提升不少，对我来说是好事。”韩立心知蟹道人的脾性，对此毫不意外，开口劝道。

“也好。”蟹道人听罢，略一思量，点头说道。

说罢，他便将战刀接了过来，双手握住刀柄，眼中亮起一丝金色电芒。

随着一阵“刺啦”声，黑色战刀之上的所有雷云图纹同时绽放出耀眼的金光，层层叠叠的金色雷电如同浪潮一般暴涨，那威势比韩立试验时不知强了多少倍。

“今日所赠，他日必报。”蟹道人将战刀收了起来，开口道。

韩立笑着点了点头，没有再说什么。

“黑土仙域……难道蟹道人的主人，以前便是黑土仙域之人？”收回蟹道人后，他心中有些疑惑起来。

思索了片刻之后，韩立便又开始清点起其他物件。

这一次，他的目光落在了一只小小的白玉貔貅上。这貔貅看起来像是世俗之人喜爱的把玩之物，表面颜色微黄，泛着温润的光泽。

“你是自己现身，还是要我将你打出原形？”韩立眼中闪过一丝蓝光，笑着问道。

他的话音落下，貔貅依旧静静地趴在原地，仿佛就是一件死物。

“既然你不见棺材不落泪……那就别怪我手下无情了。”韩立双眼微微一眯，声音不觉冷了几分。

约莫两息之后，白玉貔貅终于动了，身上骤然亮起一道光，身形急速变大，化作一头房屋大小的白色巨兽。

“区区金仙，也敢……”白玉貔貅巨口一张，口吐人言。

结果，白玉貔貅话还没说完，就僵在了原地。其脖颈四周，三柄青竹蜂云剑不知何时浮现，剑尖直指咽喉，闪烁着金色电光。

显然只要白玉貔貅稍有动弹，这三柄利刃便会将其头颅砍下。

“你说你这人真是……打打杀杀的多没意思，咱们还是坐下来聊一聊吧。”说话间，白玉貔貅的身形急速缩小，趴在了韩立身前，唯唯喏喏地道。

三柄青竹蜂云剑如影随形，依旧围绕着它，威势半点没有减弱。

“你应该是公输久豢养的灵宠吧？看你身上的气息不弱，之前我们与公输久交战之时，为何不见你出手帮他？”韩立神色没有一丝变化，缓缓问道。

“呸！我可是蛮荒真灵，他豢养我？他……他有什么资格将我当作灵宠？他不过是仗着活得久，修为高，强迫我跟着他罢了。”白玉貔貅顿时勃然大怒道。

“先回答我的问题，当时为何不出手？”韩立面色一寒，说道。

“还能为什么……因为出手也打不过你们。你们一个时间法则，一个轮回法则，还有一个看不出深浅的老怪物，公输久自己犯浑，我才不乐意跟着他送死。”白玉貔貅悻悻地道。

“你不出手帮他，他就没有制约措施拉你下水？”韩立怀疑道。

“他倒是想呀，嘿嘿……可他做不到，只要我不肯跟他签订契约，他除了直接灭杀我，就没什么能制约我的。”白玉貔貅有些洋洋自得地说道。

“没有？你当下这副身躯难道不是被他以秘法禁锢的？否则以你真灵之躯，又怎会化作一个小小把件，被装在储物镯中，想逃都逃不掉。”韩立眉头一挑，笑着问道。

“那是，那是因为……”白玉貔貅闻言，顿时有些词穷。

“说说吧，你究竟有什么能耐，能让他刮目相看，不在你身上设下死禁？”韩立话锋一转，问道。

“实话对你说吧，我有个天赋，能够聚敛八方之财，这些年来给公输久那老匹夫攒了不少家底，所以他才不愿杀死我。”白玉貔貅摇着头说道。

“若是不肯说实话，我倒是不介意杀了你，反正你的真灵之血对我来说还是有点用处的。”韩立目光一斜，不怀好意地望着貔貅说道。

“哎哎，别……你们人族一个个的，怎么都这么狡猾？我的确财运不错，能够帮你发现一些隐藏极深的天地灵宝。并且随着我实力的提升，这个天赋还有更高进阶。”白玉貔貅一惊，语速极快地说道。

“哦，这一点以后有的是时间验证。说说吧，你是想与我签订真灵契约，还是为我提供真灵血脉？”韩立闻言，点了点头说道。

“小爷我有的选吗？不过看你这人比公输久那老匹夫顺眼多了……”白玉貔貅看了看悬在身侧的剑锋和笼罩在四周的时间灵域，苦兮兮地说道。

韩立见此，嘴角微微翘起一个弧度，另一只手一抬，朝白玉貔貅的眉心指去……

签订完契约之后，白玉貔貅主动开口说道：“主人，现在我们算是绑在一条船上了，我提醒你一句，先把那玩意儿毁了吧。”

韩立循着它指的方向望去，看到了一只金灿灿的镂空圆盘，心中一动，开口问道：“那是什么东西？”

“是公输久那老匹夫用来与天庭其他监察使和巡查使联系的东西。有此物在的话，天庭一旦知道公输久出事了，便会循着此物找过来。”白玉貔貅解释道。

韩立伸手一抓，将那镂空圆盘摄入手中，仔细地打量起来。

片刻之后，他面色骤然一变，冷声问道：“此物一旦强行损毁，天庭那边只怕会立即知晓，你让我毁掉它，是何用意？”

“用寻常之法毁掉，自然是这个结果。不过交给我来做，就不会有此后患了。放心吧，我们已经签订契约，你若身死，我又能有什么好下场？”白玉貔貅没好气地道。

韩立闻言，将信将疑地把圆盘递了过去。

结果就看到，白玉貔貅张嘴一咬，将那镂空圆盘直接囫囵吞入了腹中。

“我天生无肛，腹内自成一方天地，保管只进不出。这通信法盘进了我的肚子，就是与这片天地隔绝了，任何人都别想再找到它的踪迹。”白玉貔貅舔了一下嘴，自得地说道。

“这个才是你真正的天赋吧？”韩立略带几分调侃地说道。

“你可别想着把什么脏东西都往我肚子里扔，我可是非法宝灵物不吃的！”白玉貔貅闻言，知道自己在这个家伙面前又失言了，愣了片刻后，有些懊恼地叫道。

韩立见状，这才露出了些许笑意，继续清点起公输久的遗物来。

白玉貔貅对公输久的财宝竟然如数家珍，与韩立一起清点，倒是帮了他很大的忙。

灵材、灵药也是不少，品级高到令人惊叹，还有一幅不甚完整的仙界地图，其中包含了北寒仙域的不少区域。

最令韩立意外的是，公输久居然有两件蕴含时间法则之力的物件。

其中之一，是一颗表面长着密密麻麻金色小点的圆形果实；另一个则是一柄尺许长、上面镌刻着回形符文的残破匕首。

日影逐渐西斜，天色已暗，临近傍晚了。

韩立光是清点战利品，就不知不觉间花去了大半天时间。他伸了一个懒腰，长长地出了一口气，像一个土财主一样，露出了满足的笑容。

片刻后，他手掌一挥，一道金光滴溜溜一转，落在了地上。

一个八九岁年纪的粉嫩女童从中浮现，脚步踉跄，在原地打了好几个圈，一屁股瘫坐在地上。

韩立连忙朝其望了过去，就见她的小脸蛋上红扑扑的，一根冲天小辫晃个不停，眼皮耷拉着，哈欠连天，一副没睡醒的样子。

“大叔，吵我睡觉，真是烦死了……”金童揉了一下惺忪的睡眼，却压根儿没有要睁开眼睛的意思，嘴里不满地嘟囔着。

“别睡了，起来吃点东西。”韩立笑着说道。

“吃什么……”金童一听有东西吃，才勉强将眼睛睁开了一道缝，仍是半眯着说道。

“自己看……”

韩立说着一挥衣袖，十七八件闪着各色毫光的法宝带着阵阵强烈的灵力波动，出现在地面上，其中还包括之前金童没吃完的那些白色石柱。

“哇，这么多……”金童眼前一亮，这一下算是彻底清醒过来了。

金童身形一闪，在林间划过一道残影，就来到了这些法宝前。只见她整个人环抱在一根石柱上，上下拍动着，满是欣喜之色。

就在这时，金童像是突然想到了什么一样，脸色顿时一沉，满是怀疑地看向韩立。

“怎么了……”韩立被金童直勾勾地盯着，有些芒刺在背，忍不住开口问道。

第246章

星河剑阵

“大叔，你是不是背着我一个人数宝了！这些东西都是你挑剩下的，对不对？”金童小脸紧皱，有些不满地叫道。

“看你啃完炉子睡得那么沉，我就让你多睡了一会儿。”韩立摸了摸鼻子，如此说道。

金童闻言，腮帮子一鼓，显然对韩立的回答并不满意。

一直趴在一旁的白玉貔貅看到这一幕，眼珠子滴溜溜一转，似乎显得有些疑惑。

“这镯子是专门留给你的，里面不管有什么东西，全都归你。”韩立单手一抬，手上多出一个储物镯，将它递给了金童。这个储物镯的原主人，正是先前与金童大战过的齐天霄。

金童闻言，将信将疑地接过了储物镯，打开一看后，顿时乐开了花。

“还是大叔好！”

金童麻利地把储物镯戴在手上，将地上的其余法宝器物也都收了起来。

韩立看着她，微笑无语。

白玉貔貅见状，无精打采地趴了下去。

金童心情转好，这时候才注意到旁边还趴着一个死气沉沉的白色貔貅，于是蹦蹦跳跳地来到它的身旁，抬起手在它脑袋上拍了一下。

“大叔，这条土狗哪儿来的？我可以吃掉吗？”

她一开口，就把白玉貔貅惊了个半死，它立即开口怒骂道：“你个小丫头片子说什么呢，我可是蛮荒真灵！”

“敢在本仙女面前逞强……”金童目光骤然变冷，嘴角一咧，露出两排细小的白牙。

白玉貔貅不知怎的，遍体生出寒意。

不过今天过得实在憋屈，它可不愿被一个小丫头片子欺负到头上来。

“看我怎么收拾你……”白玉貔貅血口一张，顿时化作房屋大小。

“嘿嘿……”金童咧嘴一笑，身上顿时亮起了金色光芒。

韩立见此，嘴角一阵抽搐，默默地转身，朝远处走去。

约莫半刻钟后，三色小岛重归平静。

“走吧，我们回趟乌蒙岛。”韩立将岛上的痕迹抹除，开口说道。说罢，他便手掌一挥，原属于公输久的碧玉飞车就悬在了空中。

韩立身形一跃，落在了飞车上。

“好，出发……”金童一脸雀跃，高声叫道。其身下骑着一头雪白貔貅，那貔貅一脸哀莫大于心死的神情。

“小白，还不走？！”眼见貔貅没有反应，金童立即双腿一夹貔貅两肋，斥道。

白玉貔貅哀鸣一声，身上亮起光芒，驮着金童落在了碧玉飞车上。

飞车化作一道流光，消失不见。

数日之后，一座海岛上空绿影一闪，一个碧绿光团仿佛空间转移般浮现，后面拉出一道道残影，几次呼吸后才消散。

绿色光团消散，现出一辆碧玉飞车，飞车上站着韩立。

他看着身下的碧玉飞车，面上露出一丝满意之色。这辆碧玉飞车不愧是公输久这个太乙境修士的飞行仙器，速度极快，比他之前的青鸾飞车，快了数倍。

由于此飞车速度太快，他还没有完全掌控，操控其停止时有些不太顺畅。

金童仰躺在飞车上，露出小肚子，呼呼大睡，貔貅则有些无精打采地躺在飞车角落。

韩立看着金童，目光微闪。

这几日金童又吃了不少灵宝，再次变得昏昏欲睡，身上的气息也起伏不定，缓缓增强，似有突破的征兆。

韩立感受着金童身上的气息波动，眼中闪过一丝喜色。

金童如今的实力已经极其强悍，单对单的话，不用时间法则，他虽也有办法克制，但没有必胜的把握。若是其再有突破，对他的助力自然更大。

韩立面上露出沉吟之色，然后他挥手发出一道青光，笼罩金童，将其收入了一只灵兽袋。

虽然金童不喜欢灵兽袋，但其突破在即，还是在灵兽袋里更加稳妥。

貔貅看到此幕，双足一挺，站了起来。

“你也进入灵兽袋休息一下吧，这些灵宝材料，用来给你恢复。”未等貔貅开口，韩立一挥手，便将其收入了另一个灵兽袋，并且随手丢了一些无用的灵宝进去。

做完这些，他朝着下方的海域望去，眉毛微挑。

这片海域是黑风岛和青羽岛之前激烈交战之地，但此刻这里已经没有了那种剑拔弩张的气氛。

他这几日经过了几处海岛，几乎没有看到黑风岛和青羽岛的修士。

韩立心念一转，很快便明白了。

原本青羽岛和黑风岛的争斗，便是北寒仙宫为了阻止轮回殿和其他势力找到仙府入口的位置，在背后推波助澜所致。

此刻冥寒仙府已经降临，黑风岛和青羽岛的争斗自然没有必要继续。

黑风海域恢复平静也是好事，对乌蒙岛也有利。

韩立在原地站立片刻，挥手打出一道法诀。

碧绿飞车光芒一盛，化为一道模糊残影继续朝着前面飞去，瞬间从原地消失无踪。

又飞了数日，乌蒙岛终于遥遥在望。

就在此时，韩立眉梢一挑，停了下来，朝着左侧一个方向望去，眼中流露出一丝异色。

他随即身形一转，朝着那里飞去，片刻之后在一处海岛上停了下来。

此岛面积不大，比乌蒙岛要小上不少。岛身狭长，形如柳叶，上面植被有些稀疏，到处都露出大片灰白色的岩石。

韩立看着下方的海岛，面上露出奇异之色。

此岛正是寒丘率领的寒晶族之前居住的岛屿，现在已经归于乌蒙岛之下，岛上此刻张开了一层水蓝色的禁制，笼罩了整座岛屿。

韩立目光四下一扫，心中一动，脑海中浮现出在月华宫中催动掌天瓶神魂穿梭时的情景，就是在这里。

不过那时看到的柳叶状岛屿，虽然是眼前这座，但二者之间还是有一些差距。

“难道……”他目光忽地一亮，身形飞射而下，没入岛屿附近的一处海面，朝着下方潜去，很快便到了海底。

韩立目光朝着周围望去，同时将神识散发开来。

他眼睛很快一亮，人朝着前方飞去，来到一处海底巨岩旁，挥手打出一道剑气，没入巨岩中。

“砰”的一声，巨岩裂开一个大洞。

韩立手伸了进去，很快又缩了回来，这时手中多了一个圆环，圆环上面沾满了泥土，不过仍然能看出其是一个碧绿圆形手镯。

“果然！”他看着手中的碧绿手镯，脸上露出笑容，喃喃自语。

这个碧绿手镯，正是之前他神魂穿梭到金海的元婴上时丢入海底的。

韩立以此作为印证，便可以确定，当初神魂穿梭到金海的元婴上，是回到了久远的过去，也就是冥寒仙府被灭之时。

他翻手取出掌天瓶，轻轻摩挲，沉默无语。

掌天瓶拥有催熟灵草的能力，已经让他震撼，现在竟然又诞生出让神魂穿梭到过去的神通。

这么看来，他第一次神魂穿到那个凌云子老道身上，八成也是回到了过去。

只是那时是什么时间点，他却无法确定，以后有机会可以查一查。

还有他当初催动掌天瓶看到的那个大耳僧及其五位弟子的场景，至今还历历在目，不过当时的情况，他仍没搞清楚，也不知对方身份。但有一点可以确定，其修为必然远超他的想象，否则他又岂会只是听了对方的几句话，便能在修为上突飞猛进。

韩立定了定神，将小瓶收了起来。

掌天瓶这件宝物到底还有多少神通，他此刻完全无法确定，但此宝的玄妙定然远超他的预料，只能以后再慢慢摸索。

他右手一挥，一股蓝光散发开来，将周围海水隔开，海底出现一片空地。

韩立拿起了那个储物镯，手一挥。

“哗啦”一声，地面多出一堆东西，是一些仙元石、灵宝、丹药、典籍等物。

当年他大略看过这些东西，不过因为时间紧迫，并没有细看。

此刻细查之下，韩立眼睛不由得一亮。

地上的仙元石数量竟也不少，有五六万块，虽然品相与他如今身上的仙元石相比有些不如，但也是一笔不菲的财富了。

至于那些灵宝，赫然都是飞剑，数目不少，有六七十柄之多，品质也都不低。

除少数几柄外，其他飞剑都呈淡蓝色，样式也一模一样，显然是一副成套的飞剑。

韩立细数之下，这一套飞剑数目恰好也是七十二柄，和青竹蜂云剑一样，且剑身隐隐散发出一股股星光之力波动，竟然是一套罕见的星辰属性的飞剑。

韩立打量了这些飞剑几眼，便移开了目光。

这七十二柄飞剑品质虽然很高，都达到了巅峰灵宝级别，距离仙器只是一线之隔，但和青竹蜂云剑相比还差很多，不值得他关注。

除了七十二柄星辰飞剑外，地上还有一白、一黑、一绿三柄长剑。

这三柄长剑，赫然都是仙器级别，尚未得以催动，便散发出阵阵法则波动。

韩立拿起了那柄白色长剑，此剑通体骨白，虽然也是直的，但剑身上有些凹凸不平，仿佛是用某种妖兽的腿骨炼制而成的。

他单手一挥，骨白色长剑顿时一亮，周遭顿时泛起阵阵白色阴风，整柄剑散发出一股刺骨的阴寒之意。

以韩立的肉身，也不由得轻颤了一下，周围海水却没有冻结。

他眼睛一亮，这白色骨剑内蕴含的法则似乎只对肉身有作用，倒是颇为神奇，可以用来对付一些肉身强大的修士。

韩立将白骨剑放在一旁，拿起了另一柄黑色仙剑。

此剑通体漆黑，比寻常仙剑短了很多，只有尺许长，而且剑身细长，隐隐有一道暗绿色细纹铭刻其上。

韩立瞳孔忽地一缩，手指在黑色细剑的剑刃上一擦而过。

他手指微痛，指尖竟被划出了一道口子，伤口呈漆黑色，并且飞快腐烂，同时朝着周围蔓延。

“好厉害的剧毒……”韩立眼中露出一丝赞赏。

他自言自语的同时，指尖浮现一团金光，手指上黑色剧毒蔓延的速度立刻大降，伤口蕴含的一丝剧毒法则之力随之被逼了出来。

漆黑伤口顿时飞快变暗，几次呼吸之后便消失无踪，韩立的手指恢复了原状。

他放下黑色细剑，看向最后一柄仙剑。

此剑通体墨绿，足有一人高，赫然是一柄重剑，剑刃呈波浪状，散发出阵阵森寒光芒。

三柄仙剑之中，此剑蕴含的法则之力最为庞大，不逊色于公输久、封天都等人身上的任何一件仙器。

韩立五指并拢，握住了此剑剑柄，将其拿了起来。

下一刻，其面色微微一变。

此剑奇重无比，虽远远无法和重水真轮相比，但若是肉身之力差一点的修士，别说祭炼使用了，就是提也未必提得起。

思量间，韩立手臂一动，墨绿重剑顿时化为一片模糊的绿色剑影。

一股强大的法则波动从绿色剑影中弥漫开来，正是毁灭法则。

韩立的手一动，绿色剑影顿时猛地一缩，凝聚成一道绿色光柱，朝着远处海底地面斩去。

“呼啦”一声！

海底地面仿佛一块脆布，被一剑斩裂开一道数十里长、百丈宽的巨大缝隙。

整个海底剧烈晃动，仿佛发生了地震一般，远处的寒晶海岛也随之晃动，好一会儿才恢复平稳。

韩立眼中闪过一丝喜色。

此剑尚未祭炼，他刚刚并未动用全力，只是催动了其部分威能，便已如此厉害，且其蕴含的法则之力是一股纯粹破坏的强大力量。

他刚刚若是全力出手，恐怕可以轻而易举地令方圆千里的海底尽数破碎，远处的寒晶海岛也无法幸免。

就在此刻，一缕神识从寒晶岛中散发而出，朝着周围飞快扩散开来，是寒晶海岛上坐镇的那名散仙。

韩立此刻并不想和其见面，单手一抬，一股淡淡青色波纹顿时笼罩住了自己，还有刚刚那一剑造成的痕迹。

那名散仙的神识在岛屿附近来回探查了数遍，没有发现异样后，很快缩了回去，没有再出现。

韩立没有收回青色波纹，而是让其继续笼罩着自己。

他看了一眼手中的墨绿重剑，点了点头，将之与另外两柄剑一起收了起来，然后目光一转看向那些丹药。

依次检查了一遍后，韩立嘴角露出了一丝笑意。

这些丹药比起萧晋寒、封天都的储物镯中的珍藏丹药丝毫不逊色，大多是各种疗伤、解毒的丹药，为了探险准备得极为充分。

将丹药分门别类地收起后，他看向了最后的东西，两本玉册和一块古怪的丝绢。

这两本玉册，一本呈淡金色，另一本却呈淡蓝色，且后者比前者要厚不少。

他先拿起那本金色玉册，飞快地翻看了一遍。其上面记载着一门高深的功法——皓月剑诀，这是一门剑修功法，据称可以修炼到太乙境。

虽然与剑有关，但其修炼的剑意与韩立所修的大相径庭，不过其中有些地方可以借鉴一二。

他将此玉册放下后，又拿起了另一本淡蓝色玉册，放出神识一扫之下，心中一动。

这本玉册上记载的是各种剑术，有近千种之多，每一门剑术都精妙无比，让他大开眼界。

这些剑术不仅有杀敌之用，还有斩杀心魔、磨炼精神等妙用。其他御剑、相剑之术，还有孕剑之术等偏门内容，更是记载颇丰。

韩立以前自认为对剑术也算精通，但此刻看到这本玉册，才知道自己实在是井底之蛙。

剑修之道实在浩渺，他以前掌握的那些，不过是九牛一毛。

韩立索性盘膝坐了下来，如痴如醉地阅读玉册，很快将玉册上半部看完，翻到了下半部。

他面色一喜，下半部玉册中记载了各种剑阵，比前面的剑术更加玄妙。

“狂沙凌影剑阵！”

“眠月映魂剑阵！”

“三才归元剑阵！”

……

一个个精妙绝伦的剑阵在韩立面前展开，不仅有用于杀敌的剑阵，还有困禁剑阵、防御剑阵，甚至还有以剑气刺激肉身穴窍、淬炼肉身的剑阵等等，让韩立大开眼界。

韩立飞快浏览，很快看到了最后。

在玉册的最后，记载着一个剑阵，而且篇幅不小。

他看了几眼，口中不禁轻咦了一声，目光一凝。开始时他面色还算淡然，但时间一点点过去，他渐渐神色肃然，随即整个人惊喜不已。

足足一顿饭的工夫，韩立才抬起头，目光闪动不已。

这套剑阵名为“大星河剑阵”，顾名思义是一套星辰剑阵，这阵法极为复杂，乃无生道人阅尽天下剑阵后参悟浩瀚星河的变化，花了十万年时间创出的绝世奇阵，是无生剑宗的剑阵巅峰，足可跨越一两个小境界杀敌。

甚至可以说，前面那些看似让人眼花缭乱的剑术和剑阵，似乎都只是为了最后这个剑阵而存在，最后的剑阵才是集大成者。

想要布成此剑阵，需要七十二柄飞剑，而且必须是蕴含星辰之力的飞剑，品质也必须极高，否则根本无法承受此剑阵的庞大威能。剑阵一旦成型，每一柄飞剑都将和天空的一颗星辰产生感应，接引星辰之力，使阵内宛如一条繁星璀璨的星河，可以说已经脱离了法阵的范畴，衍化出天地自然大道。

此阵威力虽大，但对修为的要求也不低，需达到太乙境，且神识之力强大者方可施展。

不过若是仅有三十六柄飞剑的话，可施展缩小版的“小星河剑阵”，且“小星河剑阵”对修为的要求也随之降低，仙灵力深厚的金仙境后期修士也能勉强施展，绝对可以横扫同阶无敌手。

韩立缓缓呼出一口气，压下激动的心绪。

他对这套“大星河剑阵”怦然心动。

在金仙境时，还有可能做到越阶杀敌，而一旦到了太乙境，成就玉仙之体，一个小境界的差距都是天堑，越阶杀敌基本是不可能的事，除非有超强的法则之力或者仙器相助。

这套“大星河剑阵”竟然可以越一两阶杀敌，不知道是不是真的有这么厉害。

韩立一念及此，目光一转，看向了一旁的七十二柄淡蓝色飞剑，挥手取过一柄，屈指在剑身上轻轻一弹。

飞剑仿佛一条蓝色灵蛇般扭曲震颤不已，发出清脆的剑鸣声。

金海炼制出这套星辰飞剑，显然也是想要修炼“大星河剑阵”，只是不知其当年是否修炼成功。

这套星辰飞剑的品质虽然不错，但不知是否达到了“大星河剑阵”的要求。不过想要知道结果倒也不难，找个机会施展一下就行了。

虽然玉册上记载，只有修为达到金仙境后期的人才能勉强施展“小星河剑阵”，但他体内的仙灵力远比一般金仙境中期深厚，未必不能施展此剑阵。

韩立放下手中的飞剑，脸上现出一丝沉吟之色。

星辰飞剑即便可以施展小星河剑阵，以他的实力估计也很勉强吧。想要展现出“大星河剑阵”的真正威能，必须另外炼制一套星辰飞剑才行。

他的青竹蜂云剑恰好是七十二柄，品质远高于这些星辰飞剑，青竹蜂云剑虽然并未蕴含星辰之力，但也不是没有办法改变。

这本玉册中记载了多门高深的孕剑之术，其中便有一门接引星辰之力、淬炼飞剑的法阵秘术，名叫“星斗聚灵阵”。

此秘术能接引星辰之力，淬炼飞剑内部的杂质，提高飞剑的品质，而且被此秘术淬炼后的飞剑会慢慢转化成星辰属性。

金海在这门秘术后面特意做了一些批注，韩立估计其也是用这门秘术炼制出了这套星辰飞剑。

只是如此一来，会对青竹蜂云剑产生什么影响，就不得而知了。

而且经历了冥寒仙府之行，他如今才能催动三柄飞剑，想要催动三十六柄飞剑不知要等到何年何月，更何况是七十二柄飞剑了。

韩立苦笑了一声，摇了摇头，看来此事只能等以后有机会再说了。

（本册完）

（《凡人修仙之仙界篇》第10册即将上市，敬请期待！）